Story by Fuse, Illustration by Mitz Vah

伏瀬 イラスト／みっつばー

転生したらスライムだった件 21

Regarding Reincarnated to Slime

GC NOVELS

ルミナス・バレンタイン
『聞け、妾《わらわ》の名は
ルミナス・バレンタインという。
神にして魔王、ルベリオスを
統べる者じゃ』
初手から大暴露。
神を信じる者達から信仰心を疑わせて
どうするつもりなのかと、
ルミナスの配下達が頭を抱えたほどである。

「しゃーない。俺だって本気を出すとしますか」
ディーノの最強戦闘形態が露わになる。
その姿は、六対十二枚の白と黒の輝く翼を持つ、
光輝なるものだった。
漆黒の司祭服のような霊装で身を固め、
手には召喚された二本の剣を持っていた。
ディーノ

転生したらスライムだった件 21

Regarding Reincarnated to Slime

目次 ―― 迷宮侵蝕編

序章

決意の時

Regarding Reincarnated to Slime

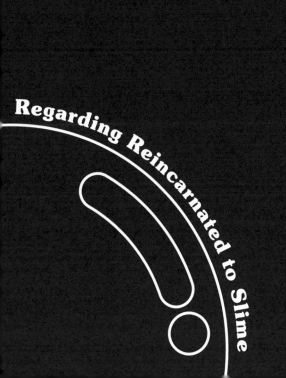

魔物達は震撼《しんかん》した。

彼等の希望はリムルだったのだと、そう痛感して。

その報告は、魔物の国《テンペスト》の幹部達を戦慄せしめる事となる。


ベニマルが目覚めたのは、ソウエイに運ばれて寝かされた、迷宮内の保養施設にある医務室のベッドの上だった。

神樹の攻防戦から、それほど時間は経っていない。

とても大きな喪失感によって、寝ている場合ではないと飛び起きたのだった。

それは、ベニマルの隣に寝ていたガビルやゲルドも同様だった。

同時刻、示し合わせたように起き上がったのである。

迷宮内に設けられた〝管制室〟に集まる幹部達。

〝聖魔十二守護王《せいまじゅうにしゅごおう》〟からは八名。

迷宮守護を任されていた、ディアブロ、ゼギオン、クマラ。

重傷なのに起き出してきた、ベニマル、ガビル、ゲルド。

ゴブタの影に潜み傷を癒していた、ランガ。

そして――

イングラシア王国から緊急帰国した、テスタロッサ。

責任感の強いテスタロッサが全てを部下に擲《なげう》って駆けつけたのだ、事の重要さが窺えるというものだった。

当然ながら、シュナを筆頭に政治担当のリグルド達、ゴブタやアピトといった、その他の幹部も集まっている。

現在戦闘中の者は除外して、動ける者が勢ぞろいした形だった。

〝管制室〟の主と化しているラミリスも、その報告に息をのんだ。

現在、迷宮は敵対勢力から攻撃を受けている真っ最中だ。しかし、そんな状況とは比較にならないほど、その情報は重要だった。

信じ難い気分でいっぱいのラミリスなのだ。

ベレッタやトレイニーも、口を挟まないだけで動揺を隠せずにいた。

ヴェルドラを見送って留守番をしていたカリスも、平常心を保てずにいる。

その報告をもたらしたのは、『分身体』を通してもっとも間近で状況を見ていたソウエイだった。

ソウエイは告げたのだ。

リムルが消えた、と。

「リムル様が消失したというのは、本当なのか?」

皆を代表してそう問うたのはベニマルだが、ソウエイの言葉を疑っている訳ではない。

むしろ、逆だ。

自分の中にあるリムルとの繋がりが消えたのを実感しているからこそ、その言葉を否定して欲しくて問いかけてしまっただけである。

「ああ……確かだ。俺が護衛に入る隙もなかった……」

後悔の滲む声でそう答えるソウエイだが、誰からも文句は出ない。

ソウエイからの報告を聞けば、そこにいたのが誰であっても、結果は同じだっただろうと思えたからだ。

何しろ、誰もが信頼しているリムル本人が、為す術《すべ》もなく敵の術中に嵌ってしまっているのである。今は文句を言って意味のない責任追及をするよりも、今後の対策を考えねばならぬ時なのだった。

〝管制室〟を沈黙が支配する。

そんな中、突如響く轟音とともに机が砕けた。

「俺が付いていながら、こんな事に――」

普段は冷静で、どの様な場面でも激昂する事のないソウエイが、怒りに任せて机を叩き壊したのだ。

テスタロッサも目を閉じ、ソウエイの言葉に同意した。

そう、そう考えるのが普通なのだ。

（わたくしだって、何も出来なかったわ……）

自身も何も出来なかった。むざむざと、敬愛するリムルを戦いに出向かせてしまったのだという、拭いきれぬ負い目が、テスタロッサの心を覆い尽くしていた。だからこそ、ソウエイの言葉に反論は出来ない。慰める事すら出来ない。

ただ、自身の無力さを噛み締めるのみ。

それはテスタロッサだけではなく、この場にいる者達の共通した認識でもあった。

しかし――

これに反応したのが、ディアブロだ。

「自惚《うぬぼ》れるなよ、ソウエイ。お前が何かしていたところで、無駄死にする者が一人増えただけです」

蔑むような冷たい目で、ソウエイの発言を一刀両断する。

「クッ……」

ディアブロの言葉には遠慮や思いやりがないものの、真実である。ソウエイもそれを理解して、言い返す事も出来ずに黙るしかない。


もっとも、ここで言い返せるような気力が湧いてくるほど、ソウエイは無責任ではないのだ。自分の不甲斐なさを恥じて、リムルを失った重圧に耐えるしかない。

ディアブロはやれやれと溜息を吐いた。

「言い過ぎですわよ、ディアブロ」

そう言ったのはテスタロッサだ。

テスタロッサは一つ息を吐くと、続ける。

「この場にいる誰であっても、ミリム様の暴走を前にしては同じだったでしょう。ディアブロ、それは貴方であっても同じではなくて？」

有無を言わせぬ迫力で、テスタロッサはディアブロを見据える。

テスタロッサは聡明なので、ディアブロの思惑を理解していた。自分が悪役に徹する事で、この場の者達の怒りの感情を芽生えさせようとしているのだ、と。

絶望に向き合うならば、感情を高めなければならない。

嘆いているだけでは、人は絶望に飲まれてしまう生き物だから。

生きる気力が必要なのだ。

それを手にする最も手っ取り早い方法は、怒りの感情を燃やす事であった。

ディアブロはそれを熟知していたのだ。

そしてまた、それはテスタロッサも同じであった。だからこそディアブロの考えを読み解き、その結末まで見通している。そしてそれは、テスタロッサには許容出来ないものだった。

「ディアブロ。貴方、ここで皆の怒りを煽るだけ煽って、自分は追放されるつもりなのでしょう？　そしてその足で、フェルドウェイに挑むつもりね？」

テスタロッサは、断言するように問いかける。

「チッ」

これだから、この女《テスタロッサ》は苦手なのだ——と、ディアブロは忌々しく思った。

古い付き合いだから、隠し事が出来ないのである。

一見すると冷静に見えるディアブロだが、その実、自棄《やけ》になっていた。

どうして私も連れて行ってくれなかったのですか、リムル様——と、悲しみで狂いそうになる自分を抑えるのに必死になっていたのである。

テスタロッサは、そんなディアブロの心境を正確に見抜いている。

だから容赦なく、言葉の刃で責めるのだ。

「貴方、リムル様の前で無様を晒したんですってね」

「は？」

「時間を止められたくらいで動けなくなって、何も出来なかったのでしょう？　無様ね」

それを聞いて、ディアブロも反論する。

「クフフフフ。そういう貴女も、雑魚を相手に取り逃がしたそうではありませんか」

ディアブロの目は笑っていない。

本気の殺意をテスタロッサへと向けている。

〝管制室〟は一触即発の空気となった。

沈黙が支配する中、誰もが悲しみ、絶望していた。

先の戦闘で満身創痍となっていたゲルドとガビルも、神妙な表情で口を開かない。

クマラは、ブルブルと青褪めた顔をして震えている。

ベニマルは怒りの波動を抑えるように、ぐっと拳を握り締めていた。

ラミリスは泣きそうになり、俯いていた。

困った時には、いつもリムルが何とかしてくれていた。

そのリムルが、今はいないのだ。

もっとも短気なシオンがこの場に不在だった事は、ある意味で幸運だった。

下手をすればシオンの言動に皆が引きずられて、玉砕という最悪な手段に打って出てしまっていた可能性も否定出来ないからだ。


——だが、それはあくまでも可能性の話だ。


この場にはまだ、揺るがぬ者がいた。

不動の沈黙を破り、ゼギオンが動いたのだ。

組んでいた両腕をほどき、立ち上がった。

そして、重々しく告げる。


「下らぬ。何をつまらぬ心配をしている？　リムル様が消えたというが、ソレがどうしたというのだ？」

ゼギオンは不動だ。

皆の動揺を疑問視するように、そう言い放った。

その態度からは、リムルが滅ぶはずがないと、ゼギオンが心から信じている様子が窺えた。

「我等が主《カミ》たるリムル様ならば、時空の果てからであろうとも帰還なさるであろう。そうならぬのであれば、何か理由があるはずだ」

ゼギオンが力強く断言する。

それは、この場にいる誰もが望んでいた言葉だった。

皆の心に、希望という名の火が灯る。

そんな一同の反応を見て、ゼギオンが続ける。

「余りにも、幼稚。我等は、親に見捨てられた子供ではないのだ。深く考えろ。そして、感じるがいい。我等はまだ、リムル様の加護を受けているではないか！」

ゼギオンの言葉は自然で、それを微塵も疑っていない信念を感じさせるものだった。何事にも動じぬ姿を魅せつける事で、皆の不安を吹き飛ばそうとしているのだ。

流石はゼギオン殿だわ――と、テスタロッサも感銘を受けた。

テスタロッサの機嫌は直り、いつの間にか口元に薄っすらと笑みを浮かべている。

そう感じたのはテスタロッサだけではない。

その通りだと、皆が気付いた。この場に会した全員が、ゼギオンの言葉に納得させられたのだ。

〝魂〟を繋ぐ絆は遮断されたように感じられるが、それは、リムルの消失とイコールではない。自分達に感じ取れないだけで、まだ温かい気配に包まれている感覚が残っていた。

それは単なる残滓なのか、それとも――

冷静になれ、とゼギオンは言う。

繋がりは途切れようとも、〝リムルの加護〟は消えていなかった。

それに気付いている者もいたのだが、自分が希望的観測をしているだけなのでは、と不安に思っていた。

下手な希望を抱くよりは、最初から何も期待しない方がいいのではないか、と。

しかし、それは間違いだった。

最後まで諦めぬからこそ、道は開かれるものなのだ。

悩むのは後でいい。今は、自分に出来る事を愚直に行おう。

皆がそう、心に誓った。

希望は燃料となり、熱く燃え始める。

「我等は、リムル様に試されているのだと知れ。リムル様に全て頼らねばならぬほど、我等は脆弱ではない。であるにもかかわらず、リムル様がいないと何も出来ぬと言うのならば――」

親から巣立ち出来ぬような軟弱者など、自然の摂理に則って滅べばいいのだ――と、ゼギオンは強い信念を込めてそう言い放った。

それは、誰もが共感するしかない言葉である。

「その通りだ」

と、大きく頷きながらベニマルが同意を示す。

思えば、出会った頃から頼りっぱなしだったように思う。

ベニマルは、かつての失敗を思い出していた。

リムルとの繋がりが断たれただけで動揺し、仲間達に甚大な被害を及ぼしてしまったファルムス襲来事件を。

あの時、ベニマルは誓ったのだ。

リムルに頼らずとも皆を導けるような、そんな腹心になると。

そして、あのような惨劇を二度と繰り返さない、と。

その決意を、新参のゼギオンに指摘されて思い出した。リムルから後の事を任された腹心として痛恨の極みであった。

リムルが不在となった今、全ての責任はベニマルの肩にのしかかっているのである。今こそ、ベニマルが立つべき時であった。

どんなに不安に思っていても、それを表面に出してはならない。それが指導者の責任であり、義務なのだ。

だからベニマルは不敵に笑う。

「フッ、リムル様が戻って来られた時に心配させないように、俺達だけでも大丈夫だって事を証明しなきゃな」

いつもの調子でそう言ったベニマルに、ゴブタが頷き明るく応じる。

「そうっすよ！　リムル様が消えたからって、死んだと決まった訳じゃないっす！　あの人はしぶといから、何かあったとしても必ず帰って来てくれるっすよ!!」

この発言に苦笑したのがリグルだ。

「ゴブタ！　お前は相変わらず口が悪いぞ！」

ゴブタにげんこつを落としながら、リグルが言う。

「そうだ。俺達はいつも、リムル様に頼ってばかりだった。ベニマル様の言うように、リムル様に恥じぬように仕事しなきゃな」

うむ、と幹部一同が頷く。

「そうっすよ！　ずっと頼りっぱなしになるのは駄目っすよ！」

とゴブタがおちゃらけて、皆の怒りと笑いを誘った。

この時点でもう、下を向いて嘆く者は皆無となっていた。

嘆く時間は終わったのだ。

「その通りである！　我輩も、リムル様がいないというだけで不安になってしまった。この様な有様では、リムル様に笑われてしまうのである！」

ガビルも反省の言葉を口にする。

「ソウエイ殿の言葉だから、リムル様が消し飛ばされたのは疑いようもないが……リムル様が負けるなど、有り得ぬ。何らかの策に違いあるまい」

ゲルドもまた、重々しく自分の考えを述べた。

これもまた、その可能性は否定出来ない、と皆に思わせるものだった。

「だよね、だよね！　ま、アタシはリムルを信じてたし、全然心配してなかったけどね！」

ラミリスが元気を取り戻し、調子よく言った。

迷宮勢もこれに頷く。

「その通りでありんす！　リムル様が負けるわけ、ありんせん！」

と、クマラが。

各々が希望を口にする事で、一気に活気が戻ってきた。

その様を見て、ベニマルも思う。

リムル様に頼り切っていたのは、俺だけではないな――と。

甘えているつもりはなかったが、いるのといないのでは大違いだった。

ただそこに在るだけで、皆が安心出来るのだ。

それを深く思い知りながら、ベニマルが言う。

「頼るというと聞こえはいいが、それは責任の押し付けと紙一重だからな」

サラッとした発言だが、その言葉は重い。

誰もが思い当たる節があり、表情を引き締めた。

「常にあの方に、全てを委ねていたように思う。これも良い機会だ。我等だけの力で、この難局を乗り切るとしようじゃないか！」

ベニマルの宣言を受けて、リグルドが大きく頷いた。

「そう、その通りですな！　皆で笑ってリムル様を出迎えられるように、精一杯頑張るとしましょう！」

これにソウエイも続いた。

ゼギオンに軽く礼をして、反省を口にする。

「まったく、俺とした事が冷静さを欠くなどと……すまない、ゼギオン。お陰で冷静になれた」

そこにいるのは、いつも通りのクールな男だ。影を束ねる者としてまだまだだと自覚したのか、先程まで取り乱していたのが嘘のように静かに決意を燃やしていた。

それを皮切りとして、皆が次々に決意表明を行った。

そして最後に、ディアブロが嗤いだす。

「クフフフフ。やれやれ、私が活を入れる必要はありませんでしたか」

飄々《ひょうひょう》と話すディアブロに、ゼギオンが応じた。

「お前はやり過ぎる」

「そうでしょうか？　ここで目を覚まさないなら、リムル様の配下として失格でしょう？」

「だからと言って、敵を前に無駄な力を使う必要はあるまい」

そう受け流されて、ディアブロは苦笑した。

大きく映し出されているスクリーンの映像には、迷宮内を快進撃する〝敵〟の姿があった。ゼギオンの言うように、今は身内で言い争っている場合ではないのである。

それでも、これは必要な儀式だったのだ。

少なくとも、ここで意識を切り替えられなければ、この先の戦いの後に待つのは敗北であろう。

ディアブロはそう読み切っていた。

けれどもう、その心配は消え失せた。

「その通りですね、ゼギオン。リムル様に失望されぬよう、私達だけでも戦えるのだと証明しようではありませんか」

ここで落ち込んでいる暇などない。さっさと迷宮に侵入した愚か者共を滅殺すると同時に、氷漬けになっているカレラ達の救出に向かわなければならないのだ。

皆の意識が切り替わった今ならば、それも不可能ではないのである。

「そうね。この世界をさっさと平定して、リムル様に戻って来てもらいましょう」

微笑みながらテスタロッサが言う。そのまま続けて、今後の方針を口にする。

「ウルティマのところにヴェルドラ様が向かわれたのなら、もう心配は不要でしょう。だったら私は、カレラを助けに行ってくるわね」

ふむ、とディアブロは頷いた。

「どうして助けたと騒ぎそうですが、ミリム様の手の者達も救い出さなければなりませんしね。お願いしますよ」

その言葉を合図に、テスタロッサが動く。

方針が承認された以上、彼女に迷いなどないのだ。

テスタロッサを見送ってから、ベニマルがディアブロに視線を戻した。

「それでディアブロ、お前はどうするつもりなんだ？」

ディアブロは大スクリーンに視線を投げかけ、不敵な笑みを浮かべながら、その本心を語った。

「フェルドウェイを始末してリムル様にこの世界を献上するつもりでしたが、気が変わりました。この地の守りを固めねば、リムル様の命令に背く事になりかねませんからね」

実に何気ない語り口調ではあったが、その内容は聞き流せないものだった。

ゼギオンもピクリと反応する。

皆を代表して、ベニマルが問うた。

「ほう？　ヤツラが脅威だと考えているのか？」

ベニマルも、敵の姿に目を向ける。

そこに映し出されている敵情報には、おおよその存在値も算出されて表示されていた。

ヴェガ、ディーノ、ピコとガラシャ、そして古城舞衣《マイ・フルキ》の、〝七凶天将《しちきょうてんしょう》〟五名だった。

各々が百万という数値を軽く超えているどころか、一千万を超える者もいる。

紛れもなく脅威と呼べる集団であったが、ディアブロが気にするほどではない、とベニマルは考えていた。

「確かに、今の俺は万全ではないが、ここにはゼギオンもいる。お前は気にする事なく、自由に動いても構わんぞ」

そう言われても、ディアブロは考えを変えなかった。

「念の為、ですよ。勿論、ゼギオンを信じていない訳ではありませんとも」

これに、気にしたふうもなくゼギオンが応じる。

「気にするな。オレは自分の役目を果たすだけだ」

迷宮内の全ての存在を守り抜くという信念が、その言葉には込められていた。

「方針が決まったのなら、オレはもう行くぞ」

ゼギオンは常に動じない。

背を向けて歩き出すゼギオンに続き、一礼してアピトも去って行った。

迷宮には、ゼギオンという最強の守護者がいる。

何も恐れる事などないのだった。

その頼もしさに、ラミリスの表情も緩む。

「ま、まあね。ゼギオンちゃんがいれば、アタシ達は安全ってものなのよさ」

この言葉には、沈黙を守っていたベレッタやトレイニーも頷くしかない。悔しいが、ゼギオンの実力は誰もが認めるものなのだった。

「オレは、回復に専念させてもらおう」

そう言って、ゲルドが目を閉じる。

今は休むのが仕事だと、はやる気持ちを抑え込んで自分の役割を全うする為に。

「我輩も、出番までに休んでおくのである！」

ゲルドよりはマシだが、ガビルも大怪我を負っていた。そしてゲルド以上に魔力消耗が激しく、いわゆるガス欠状態なのだ。

目立つ傷は治癒済みなのだが、体力の回復は追い付いていないのである。

ゲルド同様、今は休むのが正解であった。

ガビルとしては、氷漬けになったという旧ユーラザニアも心配なのだ。

仲間であるカレラ達も心配だが、思わぬ事から恋人になれたスフィアの安否も気になるのである。

本当であれば、怪我など無視して飛び出したい気持ちだ。だが、ガビルには責任があった。

今、自分に出来る事、しなければならない事、それを正しく理解して、実践しなければならなかった。

ガビルは色々な思いを呑み込み、療養に徹するのであった。

こうして、魔物の国《テンペスト》の幹部達は動き出した。

先程までの不安は払拭されて、その表情には力が満ちていた。

強い意志で輝いていた。

彼等はもう、ゼギオンが口にしたような、リムルがいなくては何も出来ない子供ではないのだ。各々が自分の役割を正しく認識して、それを果たすべく全力で取り組んでいるのである。

魔王リムルの名に泥を塗らぬように。

帰って来たリムルに、彼等の実力《チカラ》を認めてもらって褒めてもらう為に。

彼等は今、名付け親《リムル》の庇護下から羽ばたく時を迎えたのだ。

第一章

滅びゆく都

Regarding Reincarnated to Slime

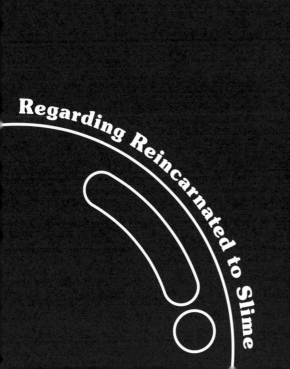

来てくれたのか――と、ルミナスは思った。

ヴェルドラは平然としており、ダグリュールを前に臆する様子などない。

当然だ。

時が止まっては何も出来ないルミナスと違って、〝停止世界〟でも当たり前のように動けるのだから。

ヴェルドラを見ていると、今までの絶望感は何だったのかと、非常に馬鹿馬鹿しくなってくるルミナスである。死を前にして張り詰めていた緊張が解けて、何故だか安心感が込み上げて来るのを感じていた。

しかし、それは認めたくない感情だ。

（馬鹿な。ヴェルドラが来てくれただけで、妾《わらわ》が安堵するなど――有り得ぬ！）

そんなふうに心に過《よぎ》った想いを切って捨て、ルミナスは現状に意識を向けた。


「クアハハハハ！　我、参上！」

と告げた後も、ヴェルドラは高笑いを続けている。

この危機的状況でありながら、普段通りの緩さだった。

それがとても、ルミナスを安堵させていた。

止まった時の中では、その声は誰にも届かない。

〝停止世界〟を発動させたダグリュール以外には、ヴェルドラの声を聞ける者などいなかったハズなのだ。

それなのに、その能天気なまでの高笑いはいつもと同じで――

『何を呆けているのさ！』

その憎まれ口は、かつての仇敵のものだ。

（ああ、そうか。コヤツもおったのじゃな）

と、ルミナスはウルティマの存在を思い出す。

この〝停止世界〟の中で、どうやってヴェルドラが時空間を超越したのかと思ったら、ウルティマが関与していた訳だ。

（ならば納得――なワケあるかぁ――っ!!）

ほんの一時前まで〝停止世界〟を認識する事さえ出来なかったルミナスにとって、今目の前で起きている現象は理解不能の領域である。

だが、それが現実なのならば――ウルティマの言うように、呆けている場合ではないのだろう。

ルミナスは、意識はあるものの身体を動かせない状態である。そんな混乱状態のルミナスに、ウルティマが容赦なく問いかける。

『で、どんな感じ？　状況を認識くらい出来ているのかな？』

ルミナスは慌てず答えた。

『ふむ、そうじゃな。状況の認識も覚束《おぼつか》ぬが、ひとまず危機を脱したというのは理解した』

それを聞いて、ウルティマはニヤリと笑う。

『ふーん、初めて体験する〝停止世界〟なのに、〝声〟を認識して〝会話〟が成立するなんて、キミもなかなかやるじゃん。流石はボクが認めた遊び相手《ライバル》だね♪』

かく言うウルティマも〝停止世界〟を何度も経験している訳ではないのだが、それは言う必要のない情報だ。自分が格上であると思わせられるようにマウントを取りつつ、状況のすり合わせを行っていく。

『会話出来るって事は、〝視えて〟いるよね？』

『勿論じゃ。あの忌々しい邪竜が、ダグリュールと睨み合っておるのがな』

ルミナスの超感覚は、おぼろげながらも状況を捉え始めている。

平然と動けるのは、ヴェルドラとダグリュールのみ。ウルティマも偉そうな口調だが、まだ慣れていないのか動けるまでには至っていないようだ。

『ふむふむ。って事は、〝情報子〟への干渉までは可能になってるんだ』

光もなく、音は伝わらず。

何も把握出来ない〝停止世界〟――

その中を認識しようと思えば、霊子よりも光子よりも小さな、世界の根幹に通じるような特殊な物質に干渉するしか方法がない。

その物質こそがウルティマの言う〝情報子〟なのだと、ルミナスにも理解出来た。

『この〝情報子〟とやらを自由に動かせるようになれば、止まった時の中でも動けるようになるのじゃな？』

『その通りだね。ボクはもう、感覚を掴んだ感じかな』

事実、ウルティマは既に手足の感覚を取り戻している。

そうなれば、後は早い。呼吸するように〝停止世界〟を我が物と出来そうであった。

『妾《わらわ》も負けておれぬのう』

ルミナスも感覚を研ぎ澄ませていく。

自身の内面及び周囲に漂う物質を把握し、その中から時に束縛されていない〝情報子〟のみを選別して、それを意図的に動かせるように。

ルミナスの指先がピクリと動いた。

『やるじゃん』

『競争じゃな』

時間は止まっているが、猶予はなかった。

ヴェルドラとダグリュールの戦いがどうなるのか不明だ。であるからこそ、その決着が付く前に動けるようになっておかねばならぬのだ。

ルミナスとウルティマは、競うように感覚を研ぎ澄ませていったのだった。

●

時間に抗い始めた者達を他所《よそ》に、ヴェルドラとダグリュールの会話は続いていた。

「ヴェルドラ、か。絶妙なタイミングで登場するとは、どういうカラクリだ？」

〝停止世界〟の最中に『空間転移』を行うのは、ダグリュールからしても理解不能だ。見えている範囲内ならばまだしも、遠く離れた地からピンポイントでやって来るなど、非常識極まりない行為であった。

「フッ、知れた事よ。ヒーローとは、常に恰好良く登場するものなのだ」

ダグリュールからの問いかけに、訳知り顔でそう答えるヴェルドラ。望む答えではなかったが、ヴェルドラらしいので納得してしまったダグリュールである。

そんなダグリュールに向けて、ヴェルドラはとんでもなく馬鹿な提案を口にした。

「で、ダグリュールよ。物は相談なのだがな」

「何だ？」

「時が止まっていては、我の恰好良さが皆に伝わらぬであろう？」

「それはご愁傷様だが……」

何を言い出すんだコヤツは――とダグリュールは思ったが、大人しく話を聞く。

時間は一度止めてしまえば、維持する労力はそれほどではない。かと言って、それなりに面倒ではあるので、本来であれば相手をする必要などないのだ。こんな面でも、ダグリュールの付き合いの良さが表れていた。

ヴェルドラは言う。

「どうせ動けるのなら、時間を止め続ける意味はあるまい。だからな、仕切り直しをしてもらいたいのだよ」

「むむ？」

「時間が動き出すタイミングに合わせて、我の登場をやり直したいのだ。こう、ルミナスの目の前でだな、貴様の拳をバシッと受け止める訳だ」

「……」

「そうやって、ルミナスを感動させる必要があるのだよ」

「……理由を聞いても？」

「クアハハハハ！　何、簡単な話よ。我は昔、色々と仕出かしておる。故に、ルミナスからちょっぴり恨まれておるのだ。ここで我が好印象を植え付けて恩を売る事で、全てをなかった事にしようという寸法よ」

これっぽっちも自分に利のない話をされて、流石のダグリュールも呆れ果てた。

だからこそ、子供をあやすように言い返す。

「ふむ。ワシとしても『時間停止』は解除するつもりだが、貴様の茶番に付き合ってやる理由はないぞ？」

実に正論であった。

そう、ダグリュールにはヴェルドラに付き合ってやる義理などないのである。話を聞いてあげているだけでも、なかなかにお人好しだと言えるだろう。

実際、〝停止世界〟で動ける者が相手なら、時間を停止させる意味などない。無駄に消耗するだけで、無意味であった。

だが、それは相手が一人だけだった場合の話だ。

時間を止めた状態を解除した瞬間、ダグリュールはヴェルドラだけではなくルミナスの相手までしなければならなくなる。

今は倒れているが、ルミナスの手でシオンも復活するだろう。

そうなれば今より面倒になるので、〝停止世界〟を維持し続ける意味はあった。

しかし、ウルティマだけではなくルミナスまで〝情報子〟を認識している気配があり、このままでは今の優位性が失われるのでは——と、ダグリュールは懸念していたのである。

であるならば、敵に経験を積ませているようなものだ。それならばさっさと〝停止世界〟を解除してしまいたいのに、ヴェルドラがワガママを言い続ける。


「水臭いぞ！　我がこれほどまでに頭を下げておるのだから、頼まれてくれてもいいではないか‼」

と、どこまでも自分勝手な理屈を、さも当然とばかりに主張するのである。

はぁ————やれやれ、とダグリュールは疲れたように大きく溜息を吐いた。

そして、そんなダグリュールの気持ちをよく理解出来てしまうルミナスである。

（この腐れトカゲ、後でシメル！）

と、ルミナスは顔を真っ赤にして激怒した。

今動けたならば、間違いなく蹴りを叩き込んでいたであろう。

ひょっとすると、怒りで動けるようになるのでは——と、そう思えるほどに、ヴェルドラの態度は舐め腐ったものだった。

〝停止世界〟だからルミナスに聞かれていないだろうと思っているからか、油断しきって本音がだだ漏れだった。

後で必ず痛い目にあわせてやる——と、ルミナスは心に誓った。

　自由なヴェルドラ。

　呆れるダグリュール。

　怒りに燃えるルミナス。

　静かに〝情報子〟を理解するウルティマ。

　まるで交差しない思惑、より混沌とする状況の中で、不思議な現象は続く。

　それを起こしたのはシオンだ。

　目は閉じたまま。全身の傷は開いたままで、血が流れ続けて……。

　そう、それは不自然だ。

〝停止世界〟では、どんなに大怪我だろうが血が流れ出る事などないのである。心臓すら止まっているのだから当然だ。

　それなのにシオンの血が流れているという事は――

　ゆらり、とシオンが動く。

　血走った目を見開き、幽鬼の如く立ち上がったのだ。

「む!?」

　ダグリュールが驚愕する前で、異様な雰囲気を纏ったシオンが大きく深呼吸した。

「シオン……お主、〝停止世界〟を理解したか」

　ダグリュールが思わず呟く。

「むむ、シオンよ、今は我がだな――」

　自分の出番を奪われそうだと直感したヴェルドラが、気まずそうにシオンに話しかける。

　しかし、それに被せるようにシオンが発言した。

「――ヴェ、ヴェルドラ様……そ、その者は、私の獲物です。ゆ、譲ってはもらえないでしょう、か？」

　大太刀を杖代わりにして肩で息をしつつ、シオンがヴェルドラに頼みこんだ。

「う、うむ」

　仕方なくヴェルドラは口ごもるように頷く。

　ここでダメだとは言えない雰囲気だった。

　邪な考えのヴェルドラとシオンでは、心構えや気迫が違ったのだ。

　ヴェルドラに残された選択肢は、シオンの求めに応じて恰好つけて見守る事のみだったのである。

「ふむん、よかろう！　我が少しだけ、力を貸してやる。思う存分、戦うがいい！」

倒れそうになるシオンを支えながら、ヴェルドラがそう応じた。そしてそのまま、シオンが回復するようにとエネルギーを注ぎ込む。

（むぅ!?　貸すとは言ったが、遠慮なく我から奪い取ったものよ……）

シオンにゴッソリと魔素《エネルギー》を奪われたヴェルドラは、ふらつきそうになるも必死に耐えた。

「あ、有難う御座います――」

「気にするな」

爽やかに笑って、心で泣いて。

ヴェルドラはシオンを送り出したのだった。

＊

ダグリュールが聳《そび》える壁のように、悠然と立つ。

その前に立つシオンは、嬉々として大太刀を構えた。

「待たせてしまいましたね。ですので、今度はもう少し楽しませて差し上げましょう」

「ふむ。では、その言葉に甘えさせて貰うとするか」

二人は気安く頷きあい、仕切り直して対峙した。

「ご期待には応えなければ！」

停止した世界の中で、ダグリュールとシオンの本当の戦いが始まろうとしていた。

………

……

…

シオンは猛省する。

シオンの内心では、激情が渦巻いていた。

ダグリュールにいい様にあしらわれ、まるで歯が立たなかった事への怒り。

自分の配下、親衛隊の者達が倒されゆく事への怒り。

理不尽な現実を前にした、無力感。

不甲斐なさと悔しさ、そして強者への羨望。

それら全てを飲み込み、冷静な判断力で、全ての感情を抑え込む。

怒りは原動力だった。

以前のように暴走などしない。

自分に何が出来て何が出来ないのか、それを考える。

シオンは迷わない。

相対する敵を憎むのではなく、その〝魂〟で観察するのだ。

善か悪か――それ自体には意味がないのだと、シオンは既に知っていた。

戦いの最中には、余計な情報など邪魔なのだ。

制圧可能か、不可能か。それだけが重要なのだった。

シオンは渦巻く感情をそのまま捨て置き、あるがままに受け入れる。

リムルの言葉のままに、シオンは実践する。

それがどれだけ無茶振りで困難な理想論であろうとも、素直に、ただ愚直に。

その結果、シオンは物事の本質を〝魂〟で直感出来るようになっていた。

ダグリュールとの戦闘でも、シオンの直感は発揮されていた。

ダグリュールの、底の見えぬほどの圧倒的な凄みを、シオンは戦う前から肌で感じていた。

以前には気付かなかった、その穏やかな見た目に隠された、荒ぶる魂、その暴威。

或いは、それこそがシオンの目指すべき究極の完成形だ。

それを体現するダグリュールに、シオンは戦慄する。

冷静に考えるならば、ダグリュールとシオンの力の差は歴然としていた。勝負になるならないなどという次元の話ではなく、同じ土俵にすら立てないのは明らかだった。

だが、それでも。

シオンに『撤退』の二文字はなかったのだ。

リムルの作戦は完璧である。そう在らねばならぬのだから、ここにシオンが配置された事実には理由があるはずだった。

であるからこそ、命令がない限り、シオンが撤退する理由がないのである。

それが、シオンの考えであった。

純粋にリムルを信じているのだ。

ある意味、思考放棄である。だがしかし、シオンにとってはリムルの命令が至上であり全てであった。

(リムル様が、何も手を打たずに我等を無駄死にさせるはずがありません。この状況にも意味があるはず……ならば私は、新たな命令が下されるまで全力で従うのみ)

迷いのない者は強い。

シオンは死すら恐れず、不退転の決意で戦線を維持したのだった。

そんなシオンだからこそ、ルミナスの心を動かせた。

高貴なる吸血姫は、その身が穢《けが》れる事を非常に嫌っていた。だからこそルミナスは、万全の策を巡らせて完璧な布陣で罠を張ったのだ。

それが破られたのだから、もう勝利の可能性など残っていないのである。

シオンにだってわかるのだから、賢いルミナスがそれを理解していないはずはない。

この場は可能な限りの戦力を温存しつつ、ラミリスの迷宮を守護するリムル勢と合流するのが正解だったのだ。

シオンだってそう思いつくくらいだから、ルミナスがそれを選択したとしても恨みはしなかった。それどころか『賢明なルミナスならば、さっさとこの戦域から逃げ出すだろう。せめて、その為の足止めくらいは――』と、そう思って覚悟を決めていたほどである。

(ルミナス様の手助けは意外でした。私一人ならば、とっくに倒されていたでしょう。ですが、フフフ、らしいと言えば、あの方らしい選択です)

魔王ルミナスは、シオンの思っていた人物像とは違っていた。しかし、それが嬉しいシオンである。

信頼出来る仲間がいるというのは、それだけで心強いものだ。たとえここで散る事になろうとも、いや、だからこそ尚更、最後にルミナスの心根に触れられてシオンは嬉しかったのだ。

ダグリュールは強い。

実際に剣を交えてみて、シオンはそう実感した。

ダグリュールは、いまだにその力を隠している――と、シオンはそう確信していた。

彼が本気になったなら、自分はアッサリとその力に飲み込まれるだろう、と。

敗北は確実。

しかし、それすらもリムルの思惑通りであるならば、シオンに求められる役割は自ずと知れていた。ダグリュールの本質を見極めて、後に繋げるのだ。

そうした決意の下、シオンの無謀とも呼べる挑戦が繰り返されたのである。

自らの本質に酷似する、ダグリュール。目指すべき姿とも言えるダグリュールを手本とするかの如く、シオンは剣を振るった。

この戦いの記憶を、己の〝心核《ココロ》〟に刻み込むように。

そして、ルミナスの権能によって〝死と蘇生〟を繰り返した末に――

――時が止まる――

――シオンの認識の端っこで、世界から色が消えた。

まだだ！　まだ終わりではない!!

気迫で咆哮しようとするが、シオンの身体は反応を示さなかった。

停止したまま、立ち上がれない。それどころか、口を開く事さえも出来なかった。

ピクリとも動けない。

意識だけが戸惑い続けている。

しかし、シオンは諦めない。

世界から色が消えていく様が、脳裏に焼き付いていた。

その瞬間にこそ、この不可思議な現象に繋がる原因があるはずで――

（ならば、それを再現すれば済む話です！）

それは無茶苦茶な理屈だった。

〝勇者〟のように大いなる運命に導かれていない限り、ユニークレベルの権能では時の支配など不可能なのだ。

だが、しかし――

そんな真理などシオンの知る所ではないし、知った事でもなかった。

そこに可能性があるのならば、後は実行するだけなのだ。

シオンはユニークスキル『料理人《サバクモノ》』を発動させて、己の身体を作り変えていく。その結果、何度も何度も最適化を繰り返された彼女の肉体は、今回もシオンの要求を受け入れたのだった。

重要なのは結果のみ。

シオンは理屈を超えて、〝停止世界〟を我が物としたのだった。

だが、それは過程に過ぎない。

目標は遥か遠い先にいて、シオンはいまだに挑戦者であった。

………

……

…

剣閃が煌く。

それは比喩であり、光のない世界では刀に輝きなど生じない。

しかし、そう表現するしかない鋭さで、シオンの剣撃がダグリュールを襲った。


物理的結合力が全て喪失した〝停止世界〟の中で、ダグリュールは自らの意思で肉体を支配している。自身の肉体を金剛石よりも硬く硬化させ、両腕でシオンの一撃を受け止めてみせた。

その結果、ダグリュールは両膝まで地面にめり込ませる事となる。上段から振り下ろされた刀の威力を受け止めきれずに、その勢いに呑まれたせいだ。

目を見開くダグリュール。

〝停止世界〟の中では、空気の振動は発生しない。あらゆる繋がりがなくなっている為に、意思の介在しない場所ではエネルギーの伝達が生じないからだ。

意思の支配下にある肉体によって、分子を掻き分けるような状態となる訳である。

故に、大地を蹴って推進力を得る事も出来ない。力の衝撃はそのまま大地を抉り、今のダグリュールのようにその足を取られる事になるからである。

〝停止世界〟の中では物理法則が成立しない。

魔法法則であろうとも、ほぼ全てが発動せずに不成立となるだろう。

そうした特殊な条件下での戦闘が、通常の様相と異なるのは当然の話だった。

ダグリュールは舌打ちすると、有り余る力を噴出させて、シオンの刀を弾き返した。今度は逆に、シオンがその両足を地面に取られる事になる。

そんな剣と拳の交差が数合続くと、両者は自然な流れで戦えるようになっていた。

ダグリュールは勘を取り戻し、シオンは状況から学習したのだ。

戦いは激しさを増す。

それは見た目の激しさだけではなく、権能による攻防も含まれる。

ダグリュールは、究極能力《アルティメットスキル》を所有していない。彼自身が究極生命体であり、〝竜種〟に近しい存在であるからだ。

その拳を振るうだけで、物理法則を上書きする破壊の力を現出させる。その力を放出すれば、特殊な波動が大地と大気に干渉して、局地的な破壊を巻き起こすのだ。

だが、それらの超能力は、こと〝停止世界〟においては意味がなかった。

ダグリュールの力は大いに制限を受け、権能は碌《ろく》に発動しない。ここにきて、天運がシオンに味方し始めたのだった。

＊

シオンが無心になって刀を振るう。

無駄がなくなり、速度が更に高まっていく。

それでも、ダグリュールには届かない。

ダグリュールは、素手でシオンの刀を全て弾いていた。

「ほう、これだけ打ち合っておるのに、刃毀《はこぼ》れせぬのか」

その賛辞は本物だ。

何しろ、ダグリュールの硬化させた肉体には、『万物破壊』の権能が宿っているからである。

だからこそ、その賛辞には心がこもっており、本気で賞賛しているのだとシオンにも伝わっていた。

「当然です！　私の愛刀は、リムル様より賜ったもの。毎日の様に愛情を注いでおりますから、今では私の身体の一部のようなものなのです‼」

その言葉通り、シオンは毎日刀を磨いて自分の妖気と馴染ませていた。

まさに身体の一部と言っても過言ではなく、シオンの成長に合わせて〝神・剛力丸〟という神話級《ゴッズ》へと至っているのである。

だからこそ、〝停止世界〟の中であっても壊れない。ダグリュールの『万物破壊』にも耐えられたのだが、それはシオンにとっての幸運だったと言えるだろう。

そして本当に幸運だったのは、シオンがダグリュールを手本にしていた事だった。

ダグリュールは、その有り様そのものが現象であると言える。

究極能力《アルティメットスキル》に相当する、硬化変身・万物破壊・魔法無効・属性中和・激震波動——その他、様々な権能を有する究極生命体。それこそが〝大地の怒り《アースクエイク》〟ダグリュールなのだ。

本来であれば、そんなダグリュールにシオンが勝てる道理などない。

物理も魔法も超越した、破壊神のような存在。それがダグリュールなのだから、近接戦闘など自殺行為そのものだった。

だが、しかし。

シオンは学習する。

ユニークスキル『料理人《サバクモノ》』の〝確定された自分の望む結果を出す〟という権能——完全なる因果律操作によって、常に自分自身を最適化し続ける事によって。

そして今、シオンはダグリュールを模倣していた。

〝停止世界〟すら学べたように、ダグリュールの超能力すらも我が物にしようと貪欲に。

「——信じられぬ。その程度の力なのに、ワシと互角だと？」

一進一退の攻防。

そう、ダグリュールが驚嘆したように、シオンは押し負けていなかった。圧倒的格上を相手に、互角の戦いに持ち込んでいたのだった。

その秘密もまた、ユニークスキル『料理人《サバクモノ》』の『確定結果』だった。

この権能は、時の止まった世界においては無敵だったのである。

何しろ、原因も結果も時の流れの向こう側に存在する以上、〝停止世界〟ではシオンの意志が全てに優先されていた。敵に通用した攻撃は常に最大効果を発揮するし、一度防げた攻撃はシオンに痛痒を与える事すら不可能になるのだ。

最大魔素量《マックスエネルギー》では十倍近い差があるにもかかわらず、シオンがダグリュールと互角に戦えていた理由がこれであった。

だがそれでも、シオンがダグリュールを上回る事はない。

模倣では、本物に敵わないのである。

果てしないと思われるほどの攻防を経て、それは少しずつ明らかになっていく。

——しかし。


シオンの幸運はまだ尽きていなかった。

忘れてはならないが、この場にはヴェルドラもいる。

「ふむ。そろそろ我の——」

ヴェルドラは、満を持してシオンと交代しようとした。

今度こそ邪魔は入らない。そう確信して。

しかしその時、繊手《せんしゅ》がヴェルドラに触れた。

「む？」

何の気なしに意識を向けた瞬間、強烈な脱力感がヴェルドラを襲った。

「ギャワわわわぁ——ッ!?」

慌てたヴェルドラの視線の先にいたのは、満身創痍ながらも立ち上がったルミナスであった。

どんどんやつれていくヴェルドラに対し、ルミナスの血色はどんどんと良くなっていく。

「フンッ！　来るのが遅れた罰じゃ」

気が済むまでヴェルドラの生気を吸収して、ルミナスはそう吐き捨てた。

そのセリフには照れ隠しも含まれていたのだが、当然のようにヴェルドラは気付かない。

そのせいで余計にルミナスの怒りを買ってしまっているのだが、ヴェルドラがそれを察せられるようになる日はまだまだ遠い――どころか、来ないかもしれないのだが……。


ヴェルドラの生気を奪ったルミナスは、〝停止世界〟を完全に理解した。

ダグリュールとの戦闘で失った力も取り戻し、服装までもいつの間にか新品同様に再生されている。

「貴様はそこで見ておるがよい」

ヴェルドラなど邪魔だとばかりに、ルミナスもダグリュールと戦うシオンの横に並んだのである。

そして、もう一人。

ウルティマも準備完了していた。

「シオンさんに負けてられないもんね。ボクを忘れてもらっちゃ困るよ♪」

成長速度に定評のあるウルティマは、経験さえ積めばあらゆる事態に対応可能なのだ。既に〝情報子〟を完璧に理解して、自分の血肉として置き換えている。現実世界同様、あるいはそれ以上に、自由自在に戦えるようになっていたのだった。

こうなるともう、ダグリュールには時を止め続けている理由などない。

「やれやれ、せっかくの優位を失ってしまったわい」

ダグリュールは、片眉を上げてそう嘆く。

シオンとヴェルドラだけでも面倒だったが、ここにルミナスやウルティマまで参戦するとなれば、これ以上〝停止世界〟を維持する意味はない。

どの道、シオンが相手では〝停止世界〟が足を引っ張っていた。

ここに至ってようやく、ダグリュールは〝停止世界〟を解除したのだった。


そんな中――

(ひょっとして、我の出番はもうないのでは……)

ヴェルドラがそんな心配をしていた事など、誰も気付く事はなかったのだ。

＊

再び時が動き出した途端、戦場の騒《ざわ》めきが耳を打つ。

ダグリュールに挑もうとしていたウルティマは、舌打ちしてフェンの相手に戻って行った。

それを横目で見送りながら、ヴェルドラがシオンの肩に手を置いた。それから、重々しく告げる。

「シオンよ、見事な戦いぶりであった。しかし、だ。貴様がダグリュールと互角に戦えたのは、それは〝停止世界〟の中だったからだ」

時が流れだした今、世界は再び物理法則に支配されている。当然ながらダグリュールの能力制限も解除されているので、超自然的権能が猛威を揮《ふる》う事になるだろう。

ヴェルドラは暗に『シオンではダグリュールに勝てない』と言っているのだ。

「忠告、有難く。ヴェルドラ様」

シオンは礼を言うが、ヴェルドラの言葉の意味を理解していない。

理解したとしても、気にしなかっただろう。

今更ダグリュールの危険性を指摘されずとも、シオンの本能はとっくにそれを理解しているのだった。

恐怖心すらも麻痺させて、シオンは地を蹴った。

桁外れのパワーが大地を抉るように吹き飛ばし、シオンはダグリュールに向かって突き進む。砲弾のような勢いまで加速して、ダグリュールへと〝神・剛力丸〟を振り下ろした。

それを素手で受け止めるダグリュール。闘気を纏っているとはいえ、それは信じ難い光景であった。

ぶつかり合う、力と力。

両者の覇気が衝突し、戦場に異様な密度の乱気流が生じていた。

激闘は、音すら置き去りにして繰り広げられる。

両雄の激突を見守るのはルミナスと、ついでのヴェルドラだ。

「貴様は何をやっておるのじゃ？」

「……」

シオンをサポートするルミナスが、ジト目で問うた。

それに対し、沈黙を守るヴェルドラ。シオンへの忠告を軽くスルーされた事で、ちょっぴり放心状態になっていた。

ここからどうやって自分を恰好良く見せられるか、それを思案しているのだが、良い案は思い浮かばない。決定的にタイミングを逃した感があり、挽回は不可能っぽかった。

こうなるともう、余計な事をしないに限る。

〝沈黙は金〟だとばかりに、ヴェルドラは様子見に徹する事にした。

ヴェルドラの見立てでは、シオン不利。どころか、勝負が成立しているのが不思議なほどで、だからこそ、絶対にヴェルドラの出番はあるはずなのである。

互角に戦えているのは、ルミナスのサポートがあるからだ。

それと、圧倒的に劣っている身体能力を、権能を駆使する事で誤魔化しているのである。

大したものだ——と、ヴェルドラは素直に称賛した。

シオンはダメージを受けても『無限再生』で癒してしまう。その上、ルミナスが回復魔法で治癒するので、四肢欠損レベルの致命傷であろうが気にもしないのだ。

言葉にすれば納得出来そうな状況だが、普通は無理だった。自分の手足が吹き飛んでも気にしない者など、そこら辺にいるはずがないのである。

シオンが生半可ではない精神力を有している証拠であり、ヴェルドラが感心した理由であった。

こうして様々な要素が積み重なって、総合力では互角の勝負が成立していた。

これまでの攻防を経て、ダグリュールもその事に気付いている。自分の圧倒的な破壊力をもってしても、シオンに決定的なダメージを与えられない事実に。そしてそのせいで、戦いに終わりが見えないのだと。

苦々しい表情で、ダグリュールはシオンを睨《ね》め付けた。

「やれやれ、ワシをここまで本気にさせるとは、貴様を見直したぞシオン」

穏やかにシオンを称え、そして表情を一変させるダグリュール。

その瞬間、ダグリュールの気配が変わった。

太古の昔、破壊を撒き散らしたその巨大な力が、今、解き放たれる。

「全天壊滅激震覇《タイダルウェーブ》」

それは、陸上で発生した大津波だ。

上下左右、あらゆる方向に向けて激しく震動する暴力の津波《はどう》。それは、分子結合すら解《ほど》かんばかりに激しく、あらゆる存在を蹂躙する。

〝大地の怒り《アースクエイク》〟の二つ名に相応しい超能力が、全方位からシオンへと降り注いだ。逃げ場のない暴威によって、シオンの身体が錐揉み状態で翻弄されていく。

一つの法則しかない〝停止世界〟と違って、現実世界では多岐にわたる物理法則に影響を受けている。観測すべき現象は数多《あまた》あり、因果律を支配するなど絵空事だ。

完璧な法則支配が困難なのだから、完全なる先読みなど不可能だ。圧倒的格上であるダグリュールの全てを読み解けない以上、シオンが権能を駆使して対応するのも限界があった。

ヴェルドラが指摘した通り、シオンの勝機は〝停止世界〟の中だけの話だったのだ。

ここまでか——と、全身に刻み込まれるような激痛の中で、シオンはそう諦めかけた。

地面に叩きつけられたが、大地が激震している。シオンは立つ事すら侭《まま》ならず、再び宙に投げ出された。

大気が咆哮するかの如く渦を巻き、雷鳴を轟かせる。

それは絶望の光景だ。

ルミナスにも助けに入る余裕はない。

ヴェルドラならば可能だが、シオンが助けを求めていないのに動くような性格をしていなかった。

だから助けはなく、シオンの意識が途切れるまでその絶望は続くかと思われた。

しかし、その時——

プツリと、シオンの心の奥底で何かが途切れるような感覚があった。

それは、〝魂〟に根付く何かで……。

（……リムル様？）

シオンは茫然となった。

全身を貫くような痛みがあったのに、それを感じる余裕すらなくなっている。

たった今、リムルがこの世界から消えた。

それは本当の絶望だ。

先程まで感じていたのは、ただの甘えだったのだと理解させられた。

（そんな……）

シオンの心に虚無が去来する。

全ての感情が絶望に呑み込まれた。

シオンにとってはリムルが全てであり、生きる意味だった。リムルがいなければ、全ての事柄が色褪せてしまうのだ。

「うおおおおおおおおおおーーーーっ!!」

シオンが吠《ほ》えた。

虚無の心に湧き出たのは、憤怒。

シオンの生存本能が、この局面で活性化されていた。

絶望を塗り潰した憤怒は、シオンの肉体をも活性化させていく。

それに応える声があった。

《確認しました。個体名：シオンの封印が解除されました。これによって、制限されていた能力《スキル》が進化を開始……成功しました。ユニークスキル『料理人《サバクモノ》』が、究極能力《アルティメットスキル》『暴虐之王《スサノオ》』に進化完了しました》

これが、シオンが究極の力に目覚めた瞬間であった。

リムルが——シエルが健在だったならば、絶対に獲得出来なかったであろう権能だった。

ダグリュールと戦いながら、シオンはその本質を急激に変質させていた。愚直なまでに素直に、常識に囚われる事なく有るがままの有り様を受容して、力を把握していった。

肉体だけではなく、その精神まで。

シオンが進化する土台は形成されていたのだ。

そして今、リムルが消えた。これが契機となったのである。

シオンは、リムルを殺しうる可能性を秘めていた。

それを警戒していたシエルがリムルと一緒に消えた事で、シオンへの監視の目もなくなり枷が外れたのだ。

これにより、シオンの権能は完全な形で顕現したのだった。

しかし、権能の進化などシオンにとっては無意味なものだった。

リムルがいなければ、どんな力も宝の持ち腐れでしかない。

否。

——断じて否だった。

シオンは地獄に光明を見出す。

リムルの策に抜かりはない。あってはならない。

ならば、この状況すら計画の内なのだ。

シオンは愚直だった。

疑心暗鬼になって怯えたりしない。

根拠など何もなくても、リムルの勝利を疑ったりしないのだ。


(流石はリムル様。こうなる事まで見通されておいでだったのですね！)

それはシオンの思い込みによる過大評価であったのだが、シオンにとってはそれが真実である。

歓喜と羨望がシオンの心を満たし、有り得ぬような膨大な力が湧き出て来るのを感じていた。

純粋な暴力。

破壊の力。

善も悪も関係のない、暴虐の力。

それは、リムルを殺しうる可能性を秘めた最凶の力だ。

だから封印していたのに——と、シエルがいたらぼやいていただろう。

しかし、シオンがそれに気付く事はない。

(感謝します、リムル様！)

と、歓喜のままに獲得した権能を我が物とする。

ずっとダグリュールを意識していたシオンは、かなりの影響を受けて自身の肉体を最適化させている。それは、進化した権能である究極能力《アルティメットスキル》『暴虐之王《スサノオ》』も同様だった。

暴虐の化身であるダグリュール。

究極能力《アルティメットスキル》『暴虐之王《スサノオ》』が暴威を司ったのは、ある意味で必然だったのだ。

故に、荒れ狂う全天壊滅激震覇《タイダルウェーブ》の暴威も、シオンにとっては造作もなく制御可能になっていた。

戦場に荒れ狂っていたエネルギーを全て吸収し、シオンが平然と立ち上がった。

そして、不撓《ふとう》不屈の意志でダグリュールを睨み据え、宣言する。

「今度こそ私が、貴様を叩き潰す番です！」

果てなき勝利への渇望が、シオンを突き動かす。

突き抜けた暴威を宿す者同士の戦いが、遂に決着の時を迎えようとしていた。

＊

シオンの敗北を予見し、拳を握って前に出ようとしていたヴェルドラは、悲しい勇み足になって恥ずかしそうに頬を掻いた。

「何をしておるのじゃ、貴様は」

呆れたようなルミナスの視線が痛い。

ヴェルドラは誤魔化すように咳払いして、高笑いした。

「クアハハハ！　我の予想通り、シオンが頑張っておるようだな」

「……」

「オホン」

もう一度咳払いして、ヴェルドラはシオン以外にも目を向ける。

戦場では各地の戦闘が継続中であり、局所的な緊張状態が続いていた。

両陣営の上位者が参戦した事で、指揮系統に乱れが生じている。

その影響は顕著だ。

巨人軍は浮足立ち、組織だった抵抗が難しくなっている。個々が強者だから、もともと連携した軍事行動が苦手なのだろう。

それに対して、ルミナス側は準備万端だ。個々が自分の役割を認識しており、あらゆる事態を想定して訓練を欠かさなかった。そのお陰で、戦線はルミナス側の有利に傾いていた。

それとは別に、各所に大小の渦が出来ていた。余人を寄せ付けないほどの激しい戦闘の影響で、戦士達がその場を避けているのだ。

小さな渦の中心にいるのは、グラソードとアルベルトだった。

静謐で、それでいて苛烈な一騎討ち。静と動が激しく交差する剣戟が、二人だけの世界で続けられている。

もう少し大きな渦には、複数の人影があった。

吸血鬼の王者ルイ・ヴァレンタインと五大闘将筆頭〝四腕《よつわん》〟のバサラが、様子見の段階ながら頭一つ抜けた激闘を繰り広げている。

これに加わったのが、ルミナスの執事ギュンター・シュトラウスだ。この地を死守するという主の決意に感銘を受けて、自らも後の事を考えるのを止めて戦場に立ったのである。

それはルミナスからの命令ではなかったが、ギュンターにとっては望み通りの展開であった。

「手助けするぞ、ルイ」

「ふむ、共闘するのは数百年ぶりかな？　衰えていないだろうね、ギュンター」

軽くそう会話して、後は自然にコンビが成立したのだった。

その周辺には、名立たる強者達が集団戦を演じていた。ルイの配下である七大貴族達と、巨人軍の中核たる五大闘将がぶつかり合っていたのだ。

数の不利を覆すほど、巨人軍は強かった。戦況は一進一退を繰り返し、両陣営ともに隠し玉を温存している様子。現段階でも、勝敗の行方を予測するのは困難だった。

一番大きな渦では、もっとも激しい戦闘が行われていた。

〝三星帥《さんせいすい》〟フェンを相手に、ウェンティと『憑依による同化』をして若き日の姿となったアダルマンが、死力を尽くして挑んでいた。

また、そんなアダルマンに協力するのが、ウルティマだ。〝停止世界〟が解除されるなりフェンに不意打ちを仕掛けたちゃっかりさんだった。

数値だけを見れば、二人合わさっても戦いが成立しないほど、フェンは超越存在である。しかしながら、蓄積された経験と卓越した技量《レベル》を有するウルティマとアダルマンが相乗効果を及ぼす事で、互角の戦いに持ち込めていたのだった。

全ての局所で、戦況は拮抗していた。

ヴェルドラはそれを見て取り、自分が介入する必要はないと判断する。

「ふむ。皆、頼もしいではないか」

ヴェルドラはそう呟いた。

そんなヴェルドラに、ルミナスが突っ込む。

「なんじゃ、まだ居たのか？」

その冷たい言葉にビクッとなったヴェルドラだが、それでもめげずに高笑いする。

「クアーーーッハッハッハ！」

空気を読んだら負けだとばかりに、笑って誤魔化す算段なのだ。

そんなヴェルドラだが、実のところ内心は穏やかではない。

リムルとの繋がりが途絶した事に気付き、動揺していたのだ。

もっとも、ヴェルドラはリムルを信じていた。繋がりはなくなったが、まだ微かに気配を感じていたのである。

（何かがあったのは間違いなさそうだが、我が慌てる必要はないな。むしろ――）

そう、むしろこの場で仕事を放棄する方が、後にヤバイ事になる。ヴェルドラはそう直感し、この戦局にいつでも介入出来るよう見守る事にしたのである。

ルミナスはそんなヴェルドラを睨み、吐き捨てるように告げる。

「邪魔じゃ。戦う気がないのなら、大人しく引っ込んでおれ」

ヴェルドラは一瞬怯んだ。

（ぐ、ぐぬう……何故、どうして我が、悪者のような扱いを受けねばならぬのだ……）

ルミナスが怖いので、ちょっと涙目になるのも仕方のない話であった。

しかし、元を辿れば自分の発言が原因なので、自業自得なのである。それに気付いていないから、ヴェルドラが反省する事はない。

「ルミナスよ、そう冷たい事を言うでないわ！　我だって頑張っておるのだ。先程だって、貴様達を救ってやったのだぞ！」

貴様は気付いておらぬだろうがな——などとドヤりつつ、ヴェルドラが自分の功績を誇る。

少しでもルミナスの怒りを鎮めたいとの思いからそう発言したのだが、ルミナスの冷たい態度に変化はなかった。それどころか、地雷を踏みぬいた感がマシマシだ。

「ほほう？　妾《わらわ》を助けたじゃと？」

ルミナスの冷たい金銀妖瞳《ヘテロクロミア》が、ヴェルドラを見据えた。

「う、うむ！」

冷や汗が出るものの、ヴェルドラは気を取り直したように胸を張った。

それは虚勢だったが、それもまた逆効果だった。

「邪竜《トカゲ》め！」

そう吐き捨てられ、プイッと顔を背けられてしまったのである。

怒鳴られるより辛いと、ヴェルドラは悲しくなったのだった。

＊

ヴェルドラが悲しい目に遭っていたが、それはシオンには関係のない話だ。

ダグリュールとの戦闘は佳境に入り、決着の時が間近に迫っていた。

ダグリュールとシオンが激突する。

シオンの攻撃が直撃したが、ダグリュールに痛痒すら与えられなかった。

しかしシオンは挫けず、更なる攻撃を繰り返す。

ダグリュールも負けずに反撃する。

鉄の塊のハンマーよりも重厚な拳を、シオンが〝神・剛力丸〟で受け止めた。続く連打が放たれる前に、大太刀を振り抜きながら闘気をぶつけ続ける。

それに押されて、ダグリュールが宙に浮いた。

それは異常な光景だ。

体格はシオンより一回り以上大きい上に、魔素量《エネルギー》では隔絶した差が開いている。常識的に考えたら、それは在るはずのない現象だった。

「ぬう⁉」

「まだまだァーーッ、断頭鬼刃《だんとうきじん》‼」

シオンが追撃する。

〝神・剛力丸〟に更なる闘気を込めて、ダグリュールへと叩きつけたのだ。

刃渡りが三倍以上に伸びた必殺の大太刀が、ダグリュールに直撃した。

だが、ダグリュールも大したものだ。

「ぬぅん‼」

ダグリュールは全身に闘気を張り巡らせて防御膜を形成し、シオンの技を消し飛ばしたのである。素の状態に戻った〝神・剛力丸〟が、ダグリュールの交差した両腕に受け止められた。

続いて、お返しとばかりに蹴りを放つダグリュール。

が、シオンは「チッ」と舌打ち一つして、その場を後退して難を逃れた。ダグリュールの闘気の残滓がシオンに直撃したのだが、不思議な事に何事もなかったように平然としている。

「む？」

怪訝そうなダグリュール。思っていた手応えと違うのを不審に思い、その原因を探ろうとする。

対照的に、シオンはまるで気にしていない。自分の力が増した事にすら気付いていないのか、ただガムシャラに、ダグリュールへの攻撃を続けていた。

本人すら理解していないのだと、ダグリュールは直ぐに察した。こうなると、会話による情報収集など期待出来ないというものである。

（まあいい。当初の予定通り、叩き潰せば済む話よ）

ダグリュールは気持ちを切り替えて、より大きな力を込めて反撃を行った。

結果、シオンの力も更に増して、攻防はどんどん激化していったのである。

シオンの異変の理由は、言うまでもなく進化した権能にあった。

究極能力《アルティメットスキル》『暴虐之王《スサノオ》』の本質は、精神生命体の天敵とも呼べる相殺能力《マイナスブレイク》だったのである。

ヴェルドラからエネルギーを補給した際も、完成する前の権能を無意識に活用していた。

受けたエネルギーを自分のエネルギーで相殺し、中和しつつ我が物へと変換する。それだけではなく、自分の攻撃で対象のエネルギーを奪って流用可能なので、最終的にはどんな敵であろうとも倒す事が可能となるのだろう。

ただし、最終的にはというのがミソだった。

シオンの保有エネルギーに限界がある以上、無尽蔵に強くなる訳ではないのである。

これだけならば、遥かに格上の存在であるダグリュールには及ばない。

シオンがここまで急激にダグリュールへ迫れたのは、限界を超えて権能を運用していたからである。

本来なら自分の肉体が崩壊するような膨大なエネルギーだろうとも、シオンは吸収し我が物にしようと試みていた。余剰分でダメージを負っても、それを気にする事なく権能を行使していたのである。

そうなると、ダグリュールは必要以上に疲労が蓄積する事になり、怪我を負った訳でもないのに体力が削られるという現象が生じていたのだ。

これこそが、精神生命体の天敵たる所以《ゆえん》である。

シオンの不死性と組み合わさったせいで、より凶悪な効果を発揮しているのだった。

シオンは暴虐の名の通り、荒れ狂うエネルギーを制御する。奪ったエネルギーを我が身に宿し、ダグリュールに対抗した。

究極能力《アルティメットスキル》『暴虐之王《スサノオ》』のお陰で、エネルギーの塊であるダグリュールを前にして善戦を続けているのである。

だが、それも終わろうとしていた。

ダグリュールとて百戦錬磨の怪物なのである。伊達に魔王を名乗っておらず、覚醒したてのひよっこに好き放題されるほど柔《やわ》ではない。

(なるほどのう。どうやらコヤツ、ワシの力を流用しておるのだな)

と、早々に見抜いてしまった。

そうなれば、対処は簡単だ。

シオンに御せぬほどの威力で、勝負を終わらせればいいだけの事であった。

「全力でいく。死んでも恨むでないぞ」

ダグリュールはそう宣言した。

「望むところです！」

と、シオンも応じる。

ダグリュールが放つのは、極大化されたエネルギー衝撃波を収束させた対個人技、局所破壊奥義だ。

「極渦壊滅激震撃《メイルストロムバスター》!!」

ダグリュールの覇気が大きく蒼く輝いて、その波が渦潮のように螺旋を描く。そしてその波に乗って、ダグリュールの巨躯が先陣をきってシオンに迫る。

一見するとドロップキックだが、その秘めたる破壊力《エネルギー》はまさに天災級《カタストロフ》だ。

究極能力《アルティメットスキル》『暴虐之王《スサノオ》』を以ってしても、その全てを無効化する事など不可能。シオンとはそのままの意味で桁が違う力で、ダグリュールは勝負を終わらせようとしたのだった。

(圧倒的な力の差とは、技量《レベル》では乗り越えられぬものなのだ。悪いが、貴様が培ったものなど、ワシの前では無力だと知るがいい)

ダグリュールはシオンを認めている。

舐めてなどいないし、その経験や心の強さを好ましく思っていた。

しかし、戦いにはそうした感情が関与する余地などなく、あるのは、力による蹂躙という結果のみなのだと、ダグリュールは熟知していたのである。

シオンは善戦したが、それもここまでだった。本気になったダグリュールを前にしたなら、抗いようのない結末しか用意されていないのだから……。

ダグリュールにとってそれは、確信であるというよりも、当たり前に起きるべき現実であった。

　もっとも、そうしたダグリュールの内心の思いなどシオンには届かない。

　そもそも、敵が何を考えているかなど、いざ戦いが始まってしまえば関係ないのだ。

　迫りくるダグリュール——極渦壊滅激震撃《メイルストロムバスター》を目前にしても、シオンは不敵な笑みを浮かべる。

　それに気付いて、ダグリュールは不審に思った。

（死を前にして諦めたか？　いや、それにしては——）

　シオンの様子は、まだ勝利を諦めていない挑戦者そのもので、その表情から読み取れるのは反撃の意志。何も出来るはずのないこの局面で——しかし、その時。

　一筋の閃光がダグリュールの脳天に落ちた。

「真・天地活殺崩誕《カオティックフェイト》!!」

　遅れて届く、シオンの気焔《きえん》。

　ダグリュールは驚愕に目を見開いた。

　——そう、久しく感じた事のない激しい痛みが、脳天から額にかけて生じていた。

　それこそ数千年来の痛みだったが、ダグリュールを驚かせたのはそれだけではない。

　確かな手応えとして、シオンへの敬意と必殺の意思を込めた極渦壊滅激震撃《メイルストロムバスター》が炸裂した感触を捉えていたのである。

　それは予定通りなのだが、シオンの対応が予想外だった。

　シオンは、一切の防御を捨てて攻撃に全力を注いだのである。

（馬鹿なッ！　コヤツ、死ぬ気か!?）

　ダグリュールとしては、シオンを気に入っていた。あわよくば死んで欲しくないと思う程度には、愛着だって抱いていたのである。

　今は敵同士であるが、この大戦が終わった暁には仲間になれるのではないか——と、そういう思惑もあった。それが無理でも、わざわざ殺す気はなかったダグリュールなのだ。

　シオンほどの強者であれば、逃げに徹すれば生き延びられる可能性はあった。最後まで生を諦めなければ、これ以上邪魔をしないのであれば、ダグリュールだって見逃すつもりだったのである。

しかし、シオンは無駄な足掻《あが》きで命を散らして――

（む!?）

その時、ダグリュールは違和感に気付いた。

脳天の痛みに気を取られたが、それ以外にも異状があったのだ。

信じ難い事に――そう、とてもではないが、現実だとは思えない事に、ダグリュールは地面に膝をついていた。

立ち上がれなくなっていたのだ。

（何が起きたのだ？）

ダグリュールはもう一度、自身の記憶を読み直す。

シオンは防御しなかった。

どうせ完全に防御出来ないと割り切ったのか、反撃に全力を尽くしたのだ。

上空から迫るダグリュールへのカウンターとなるように、〝神・剛力丸〟を下から斬り上げていた。

本来であれば、極渦壊滅激震撃《メイルストロムバスター》の暴威で弾かれる為、その刃がダグリュールに到達する事はない。

それだけの力の差があったのだが、しかし交差する瞬間、シオンの刃は霞むように消えていた。

まるで物理法則を無視して、ダグリュールに直撃したのである。

（まさか……確定結果？　シオンめ、ワシを相手に『因果律操作』を行ったのか!!）

まさに、ダグリュールの理解が正解であった。

シオンは既に何度か、ダグリュールに刃を届かせた経験がある。大きなダメージを与えるには至っていなかったが、それでも確かに、〝当てる〟事は出来ていたのだ。

だからこそシオンにとって、その現象を再現するだけなら簡単な話だったのである。

究極能力《アルティメットスキル》『暴虐之王《スサノオ》』の権能は『思考加速・万能感知・魔王覇気・確定結果・無限再生・行動改変・虚無相殺・幻想破壊・時空間操作・多次元結界』と、群を抜いて多彩で有用なものばかりだ。

その中でも『虚無相殺』と『幻想破壊』がもっともヤバイ権能で、これが組み合わさったならば、シエルが警戒したようにリムルをも殺せる可能性が生まれるのである。

これらの権能を駆使したのだから、シオンの真・天地活殺崩誕《カオティックフェイト》がダグリュールに痛打を与えたのも当然の結果だったと言えるだろう。

ただし――

シオン本人も無事では済まない。

シオンにもダグリュールの奥義が直撃しており、如何にシオンが『超速再生』どころか『神速再生』すら上回る『無限再生』を獲得していようとも、即死――に、なるハズだった。

しかしそれは、シオンが一人だったならば、の話だ。

「再誕《リ・バース》――ッ!!」

戦場にルミナスの美声が響く。

ダグリュールの暴力がシオンの〝魂〟を砕く前に、その神の手で救い出す為に。

死ぬ定めにあったシオンは、魔王ルミナスの究極能力《アルティメットスキル》『色欲之王《アスモデウス》』によって、死の淵から救い上げられたのだった。


地に膝をついたダグリュールに対し、シオンが誇らしげに立つ。勝敗は、誰の目にも明らかだった。

「うふふ。助かりましたよ、ルミナス様」

「たわけ者め……貴様、妾《わらわ》が助けられなんだらどうするつもりだったのじゃ？」

どうするもこうするも、その場合はシオンは死んでいた。

ルミナスならば必ず助けてくれるだろうと期待した、シオンの作戦勝ちであった。

「勿論、ルミナス様なら何とかしてくれると信じていました！」

それを聞いて、呆れたように大きく溜息を吐くルミナス。

もうよいとばかりに頭《かぶり》を振って、微笑みを浮かべる。

「〝様〟など付けるな。ルミナス、と呼ぶがよい」

「――!?」

「何じゃ、不満か？」

「いいえ――いいえ、ルミナス。今日より貴女は、私の友ですね！」

実にストレートに、シオンは笑顔で好意を示した。

「フンッ！　好きに思えばよいわ！」

そう応じたルミナスの方はと言うと、照れたように頬を真っ赤に染めている。そして、ツンッと、そっぽを向くのだった。

＊

この戦いを見守っていたヴェルドラは、ルミナスがシオンと語っている様子も目撃していた。

これがツンデレかと察したものの、それを口にしないだけの分別は身に付けている。今はそれよりも、上手く話に加わってボッチを脱するのが先決だった。

「クアーーーハッハッハ！　見事。実に見事であったぞ、シオンよ！」

愉快そうに笑うヴェルドラ。

実に自然に交ざれたと、ヴェルドラはそう確信していた。

しかし、甘い。

「まだいたのか、邪竜《トカゲ》が」

と、ルミナスから冷めた視線を向けられてしまったのだ。

シオンに向けた温かい眼差しから一転、炎すら凍り付きそうなほど冷たい眼差しになっていた。

そんな冷たいルミナスの態度に、ヴェルドラの心核《ココロ》が折れかける。逃げ出したい気持ちになってしまうがグッと我慢して、平気なフリをした。

「無論だとも。貴様等が心配だった故、見守っておったのよ！」

本当だよ？　と、ヴェルドラが強調する。

「シオンよ、よくぞ我の予想を上回ってみせたな！　良くやった。感動した！」

そんなふうにシオンを褒めながら、ヴェルドラはどうにかして冷めた空気を温めようと努力する。

もうよいか、とルミナスは思った。

実のところ、それほど怒っていないのだ。それどころか、助けてもらって感謝してもいた。

しかし、感謝の気持ちを口にするのは躊躇《ためら》われた。

ヴェルドラが付け上がりそうな気がしたし、それに何より、ヴェルドラに対して素直になれないルミナスなのである。

そんな訳でルミナスは、ここらで矛を収めようとした。

（まあ、気を抜くには早いであろうしな）

敵将ダグリュールを倒したとはいえ、戦争は継続している。まだ気を抜ける段階ではないのだった。

そしてまさに、そんなルミナスの心配が的中する。

ダグリュールの敗北は士気に影響を与え、戦場の空気は巨人勢に厳しいものとなっていた。

大将が倒れた事で、巨人達は浮足立った。戦場でそれは致命的だ。

グラソードも動揺し、剣の冴えが鈍る。その結果、アルベルトに圧され始めている。

フェンも舌打ちして救援に駆け付けようとしたが、それを許すウルティマではない。敵が弱ったらそれを見逃すような性格をしていないので、ここぞとばかりに攻め立てていた。

アダルマンも同様だ。今までのお返しとばかりに、ウルティマと見事な連携を見せてフェンを追い詰めていく。

勝利は目前——そう思えたのだが、戦場に哄笑《こうしょう》が轟いたのだ。

その背筋が凍るような迫力のある笑い声の主は、たった今シオンが倒したはずのダグリュールであった。

「ふっ、ふはははは！　まさか、な。まさかこのワシが、地に膝をつかせられるとはのう。シオンよ、貴様を見くびっておったようだ。謝罪するとしよう」

そう言いながら、ダグリュールは平然と立ち上がる。

手応えは本物だったとシオンは感じていた。大きな傷は与えられていなかったが、ダグリュールのエネルギーを大幅に減少させる事には成功していたのである。

それなのに、ダグリュールは応えた様子を見せなかった。

「謝罪は不要です。倒したと思っていた自分が恥ずかしいので」

「ふあっははは！　謙遜するな。ワシに血を流させる事が出来た者など、ヴェルダナーヴァ以降、誰もいなかったのだ。誇るがいいぞ、シオンよ！」

その言葉の通り、ダグリュールの脳天から額へと伝って血が流れたままだった。しかも、シオンの凶悪な権能によって、回復する気配すらない。

それなのに、ダグリュールの覇気《オーラ》はその勢いを増していた。

ダグリュールを中心とした戦場に、不気味な気配が漂う。

それを察して、シオンやルミナスは身構えた。

しかしここで、喜び勇む者がいた。

誰あろう、ヴェルドラである。

「クックック。やはり、流石はダグリュールよ。それでこそ、我が好敵手《ライバル》だった男よ！」

シオンよ、そこで休んでいるがいい――と言い残し、ヴェルドラはダグリュールの前まで進み出たのだった。

そして――

ヴェルドラとダグリュールが対峙する。

「やはり、貴様の相手は我であろう？」

「違いない。お主が出て来るのなら、ワシ等だけで片を付けるべきであったな」

ダグリュールの目的はルミナスなのだが、それをヴェルドラが邪魔するというならば、優先順位は変更されるのだ。

重要度がまるで違った。

たとえは悪いが、ダグリュールからすれば『木っ端を相手にしている場合ではない』という事である。

「後悔せぬよう、本来の姿に戻るが良い。互いに全力で、因縁の決着をつけようではないか！」

ヴェルドラが、高らかに言い放った。

ダグリュールも、これに頷く。

「ふっふっふ、よかろう！　竜と巨人、どちらが上かわからせてやろうぞ！」

両者は楽し気に睨み合った。

「今日こそ、我が上だと理解させてやる」

「手加減はせぬ。ヴェルドラよ、貴様も本気を出すがいい!!」

両雄は、同時に叫んだ。

そして、これまた同時に本気の姿へと変身する。

ヴェルドラは、竜形態《ドラゴンモード》へと。

そしてダグリュールは、弟達を召喚した。

「グラソード、フェン、来るのだ。今こそ、我等の力を見せる時である!!」

その呼びかけに応じる弟達。

グラソードは「勝負は預ける」とアルベルトに一礼し、ダグリュールの下へと参じた。

フェンは、纏わりつくアダルマンを蹴り飛ばし、不意討ちを仕掛けてきたウルティマを殴り飛ばして、「チッ、しつけーヤツ等だぜ。また後で相手してやんよ」と言い残し、ダグリュールの下へ帰還した。

そうして、三兄弟が揃った。

「開封、三位一体《アシュラ》!!」

ダグリュールの命令により、古《いにしえ》の封印が解除された。

ダグリュール、グラソード、フェンの三兄弟が、眩い光に包まれる。

それは、神話の時代の破壊神の再来。

想像を絶する存在値《エネルギー》を内包する、三面六臂の巨神が顕現したのだ。

こうして、ダグリュール達の準備も完了した。

「クアハハハハ！　ダグリュールよ、その姿、それが貴様の本性なのか？」

「その通りだ。覚悟せよ、ヴェルドラ。今のワシは優しくないぞ！」

天が鳴き、地が震える。

世界を滅ぼせるほどの超常能力を有する者同士の、神話級の戦いが始まろうとしていた。

＊

その巨神は、一目見ただけで手に負える存在ではないと、シオン達は理解した。

兄弟達と合体したダグリュールから放たれる、圧倒的な覇気《オーラ》。それは、まさしく神と呼ぶに相応しいものだった。

大気が振動して雷鳴が轟いている。

ダグリュールの武威に、天が怯えているかのようだった。

その異様な雰囲気に圧されて、言葉を発する事も出来ないシオン達一同。

かろうじてルミナスが、ポツリと本音を吐露する。

「何という化け物じゃ……アレは手に負えぬわ」

それは、その姿を見た全ての者達が持ったであろう感想であった。

やせ我慢など意味がない。

立ち向かっても犬死にが待っているだけなら、生存への可能性に賭けて逃亡する方がまだマシだったからだ。

もっとも、そんな巨神と向き合うヴェルドラがいるからこそ、シオンやルミナスの表情にも余裕が見て取れた。

いや、それには諦観が含まれているのだ。

ヴェルドラが敗北した時点で、自分達の命運も尽きるのだと。

言ってみれば、全てをヴェルドラに託したようなものだった。

そうなるともう気楽なもので、恐怖心も薄れるというもの。シオンやルミナスは、観戦気分になって勝負の行方を見守る事にした。

そんなシオン達に向かって、ヴェルドラが叫ぶ。

「シオンよ、戦いが始まったら、全力で防御を行うがいい。貴様の権能であれば、都合よく皆の力を統合出来るであろうさ」

ヴェルドラの声は『思念伝達』となって、戦場全体にまで届いた。

「アダルマンにアルベルトも、散っている吸血鬼《ヴァンパイア》共も、皆でシオンに協力するのだ。誰か一人でも手を抜くと、全員巻き込まれて消し飛んでしまうだろうからな！　クアーーーハッハッハ!!」

ダグリュールも、それを止めようとはしない。

ヴェルドラ同様、自分の配下達の安全を優先させるべく、指示を出している。

「バサラよ、状況は理解しておるな？　速やかに安全を確保せよ」

呼びかけられたバサラだが、現在、ルイとギュンターを相手に白熱戦を繰り広げていた。実にいい感じに気分が高まっていたのだが、王からの命令とあっては従うしかない。

「決着はもう少し待ってやる。もっとも、ダグリュール様がヴェルドラを倒したら、その余波でお前達はオダブツだろうがな」

そう言い捨てるなりバサラは、配下の五大闘将を呼び集め、軍勢の立て直しに走るのだった。

ルイやギュンターにも異論はなかった。

「恐ろしい強さだったね」

「ふむ、流石は名立たる〝四腕《よつわん》〟よな。ヤツはまだ本気を出しておらなんだぞ」

「そうだね。私も本気じゃなかったけど、さてさて、どちらがより多く奥の手を隠し持っていたのやら……」

ルイは、局地での勝敗に意味を見出していなかった。

最終的には大将同士の決着で勝敗が決するのだから、その時にルミナスの役に立てるよう、力を温存していたのである。

しかし、その必要はなくなった。

宿敵だったヴェルドラが自分達を代表して戦う事になるなど想定外だったが、こうなってしまっては、自分達が介入する余地など残されていないのだ。

ヴェルドラから偉そうに指示されるのは癪《しゃく》だったが、そもそもの話、ルミナスがこの状況を是としているのだから、ルイやギュンターに否やはないのだった。

ヴェルドラは当然の事のように場を仕切り、どんどん決定事項として命令を下していく。

そして最後に声をかけたのは、失神しているダグリュールの息子達だった。

『ダグラ、リューラ、デブラよ——寝ている場合ではないぞ！』

「「「——ッ!?」」」

大音声の『思念』を浴びて、三兄弟が飛び起きた。

それを確認して、ヴェルドラが続ける。

『これより起こる事に刮目せよ。我がそなた達の父を倒すところをな！』

重々しく、ヴェルドラが言い終えた。

その、普段とは異なる雄々しい姿に、三兄弟は言葉が出ない。

だが、只ならぬ事が起きようとしている事だけは理解出来たようで、大慌てで頷いていた。

三兄弟だけではなく、誰もがヴェルドラの真面目な雰囲気に気圧される。

今より起こるは神話級の戦いである、と。

その戦いぶりを目に焼きつけ、後世に語り継ぐ目撃者とならねばならない――と。

いつになく真面目なヴェルドラの雰囲気に、シオン達はもとよりルミナスも感銘を受けていた。

いや、ルミナスだけは若干訝しんでいたのだが……。

実は、それはまさしく的中していた。

(ククク、今の我ってば、かなり恰好いいぞ！　我の勇姿に皆が驚いておるわ!!　これよ！　こういう見せ場を、我はずっと待っておったのだ!!)

などと、雰囲気ぶち壊しになるような事を、ヴェルドラは考えていたのである。

ヴェルドラの本心に気付く者が誰一人としていなかったのは、皆にとって幸運な出来事なのだった。

＊

神話は再現される。

暴虐の化身であるダグリュールと、暴風の化身たるヴェルドラ。

その権能に共通するのは〝雷〟である。

ダグリュールは自身の超絶能力により、大地と大気の電位差を自在に操る事が可能なのだ。故に、自然界最強の攻撃手段である雷による攻撃を多用出来るのだが、それはヴェルドラも同様であった。

ヴェルドラは自身のエネルギーを循環させる事で、自然に雷を生じさせられるのだ。

必然的に、両者共に雷に対しては高い耐性を有していた。

であるからして、雷撃をそのままぶつけ合っても意味はない。

それなのに、ヴェルドラとダグリュールは互いの闘気《オーラ》を雷に変換してぶつけ合っていた。

万の軍勢が一瞬で消し炭になるほどの高火力の雷撃が、互いの皮膚に触れる事すら敵わず空中に霧散する。

互いが身に纏う『結界』に阻まれた結果だが、そのせいで性質の異なるエネルギーが干渉し合い、広大な範囲の戦場に雷の柱を乱立させる事になったのだ。

戦場は数分とかからず、阿鼻叫喚の地獄となった。

両陣営とも、あらかじめ防御態勢を構築していたから、人的被害は出ていない。しかし、その状態を維持するのも困難になるほど、激しく消耗してしまう。

このままでは不味い、と互いに思った。

神話を目撃するどころではなく、このままでは全員巻き添えになって消滅するだろう、と。

そう悟るなり、ルミナスが叫んだ。

「邪竜め！　これだから、手加減を知らぬ者は嫌なのじゃ!!」

愚痴っても仕方ないが、何度もヴェルドラから迷惑を被っているだけに、ルミナスは辛口なのだ。

それは単なる鬱憤《うっぷん》晴らしだったのだが、これに呼応する者がいた。

「わかるぜ。ウチの大将が本気で暴れたら、下の者《モン》にはいい迷惑だからな」

バサラだった。

自分達だけで構築した『防御結界』の強度に不安があったので、ルミナス勢を盾にしようと考えて接近していたのだ。その際に両陣営の『結界』が接触した事で、ルミナスの愚痴が聞こえたのである。

バサラとしては、思わず同意して呟いてしまっただけだった。それがルミナスに聞こえるとは思っておらず、他意もなかったのである。

しかし、ルミナスは地獄耳だった。

バサラが返答したのに気付き、そちらにチラリと視線を向けた。

（ふむ。このままでは出力不足で、両陣営とも『結界』維持に綻びが出るであろうな。そうなれば、生き残れるのは数えるほどじゃが……）

自陣営はともかく、巨人勢は全滅だろう。

ルミナスとしては、巨人達を根絶やしにしたい訳ではないのだ。ダグリュールとは仲が悪いが、それは遺恨あっての事。自分達の諍いで、全員を道連れにするなど寝覚めが悪くなると考える。

可能であれば、救える命は救いたかった。

一つだけ、全員が生き残れる可能性があった。

逡巡は一瞬。

ルミナスは意を決して、バサラに声をかける。

『バサラと言うたか。ルイとギュンターを圧するほどの勇士と見込んで、提案がある』

それは思念となって、全軍の脳裏に響いた。

つまりその交渉は、両陣営の末端まで聞いている状況で行われているという事だ。

これは迂闊に答えられぬと、バサラは気を引き締めた。

『聞くぜ、吸血鬼の女王様』

『貴様達も妾《わらわ》達に協力せよ』

『――は？』

『生き残りたければ、全員で防御陣形を構築せねばなるまい。全員の力を結集させて、シオンに強化させるのじゃ』

これが、ルミナスの導き出した答えだった。

この戦場で、今まで敵対していた者同士で、いきなり協力するのは難しい。

だがしかし、それを為さねば全員が死ぬ。

バサラもそれを理解した。

（これは提案と言っちゃいるが、事実上、俺達への救済だな……）

シオンを擁するルミナス達だけならば、ひょっとすると生き残れるかも知れないのだ。

確かに、バサラ達が協力すれば楽になるだろう。それを考慮しても、宿敵を助ける理由には足りていなかった。

（――って言うか、それならこの状況を利用して、俺達を始末しちまった方がいいわな。それなのに、この女王様はお優しい事で）

敵わないな、とバサラは思った。

『その提案、喜んで受けさせてもらうぜ。野郎共、文句はねーな？』


巨人勢が、応ッ！　と呼応する。

こうして、全員一致でルミナスの提案は受諾された。

これにより、全員が生き残る事になるのであった。

＊

ダグリュールは、波動を自在に操作する。

大地を揺らせば地震を起こし、大気を震わせれば放電を発生させる事が可能だ。

意図的に気流を操作して、真空波を生み出すなども容易であった。

しかし、ヴェルドラには通用しない。

当然である。

何しろヴェルドラも、暴風の化身なのだから。

そんな事はダグリュールも熟知しており、今更慌てふためく事でもない。

長年の喧嘩相手でもあるし、互いの性質は熟知していたのだ。

それでも、これから先は話が違う。

自らの全力——三位一体《アシュラ》となった今のダグリュールならば、ヴェルドラを相手に優位に立てるだろうと考えていた。

「思えば、この力をお主に試すのは初めてよな」

「ふむ。言っておくが、我も昔とは違うぞ？」

「吐《ぬ》かせ。ワシに負けた時の言い訳を用意してやったのだ！」

ダグリュールが本来の力を解放したのは、ヴェルダナーヴァに敗北して以来初めての事だった。

フェンが封印されていなかったとしても、その力を必要とする事はなかっただろう。

それほど、ダグリュール自身も強いのだ。

しかし、三位一体《アシュラ》となった今、かつての自分さえ矮小に思えるほどだ。

ダグリュールは、自身の血が沸き立ち興奮している事を自覚する。

今こそ、長き因縁の相手と雌雄を決する時だった。

かつての自分と互角だったヴェルドラなど、三位一体《アシュラ》の敵ではないと確信していたのである。

魔法など通用しない。

三面六臂になった今、死角はない。

それ以前に――『硬化能力』によって金剛石をも軽く凌駕する最強硬度に到達した肉体は、いかなる攻撃をも跳ね返すのだ。

たとえば神話級《ゴッズ》を所持したグラソードが、今の三位一体《アシュラ》に攻撃したとしても、傷一つ負わせる事は不可能だろう。

それほどまでに、現在《いま》のダグリュールは無敵なのだ。

故に――傲慢に告げる。

「少しは楽しませてくれよ、ヴェルドラ！」

これに、ヴェルドラは笑って答えた。

「クアハハハハ！　笑止！　勝ってから吠えるがいい」

ダグリュールを前にしても、ヴェルドラはいつも通りだ。

恐れも気負いもなく、自らの力を過信する事もなく。

ただ純粋に、戦いに備えていた。

それは、戦士の姿だった。


ヴェルドラも、理解しているのだ。

ここで自分が負けたら、ルミナスやシオン達も生き残れないだろう、と。

ヴェルドラはそれを許さない。

背負うものがある今、おちゃらけつつもヴェルドラは本気なのだった。


かくして始まった戦いは、怪獣大決戦の如き様相を呈していた。

ヴェルドラが口から怪光線――雷嵐咆哮《サンダーストーム》を放つ。

体内で圧縮した魔素の粒子を荷電させて、砲弾として撃ち出したのだ。それは亜光速まで加速されて、まるで荷電粒子砲のような超絶威力を秘めていた。

当然ながら回避など不可能で、通り過ぎた後に放電しつつダグリュールに直撃――するかと思われた瞬間、ダグリュールが突き出した腕の一本によって鷲掴みにされて、消失する。

「つまらぬな、ヴェルドラよ。この程度の小手先の技など、ワシには通じぬぞ」

ダグリュールの言葉は、煽っている訳ではなく本心であった。

ヴェルドラの超絶攻撃も、三位一体《アシュラ》となったダグリュールにとっては脅威ではないのだ。

しかし、ヴェルドラもさる者だ。

ダグリュールの言葉など意に介さず、予定通り次の手に移っていた。

つまり、雷嵐咆哮《サンダーストーム》を囮《おとり》にして、究極能力《アルティメットスキル》『混沌之王《ナイアルラトホテップ》』の権能である『並列存在』で生み出した自身の『別身体』を、ダグリュールの背後に回り込ませていたのである。

ヴェルドラの場合、姉であるヴェルグリンドが操っていたほど多くの『別身体』を同時展開は出来ないものの、出せる回数は多い。自身と同じ戦闘能力を秘めた『別身体』を捨て駒に出来るのだから、凶悪極まりないヤバさなのは間違いなかった。

そんなヴェルドラの『別身体』の竜爪が、ダグリュールに迫る。

「本命はこちらよ！　喰らうがいい、竜爪滅撃《ドラゴンクロー》！」

そのままの技名だが、威力は保証されていた。

超高速で放たれたヴェルドラの竜爪は、竜の巨体に似合わぬ小ささながら、この世のいかなる物質をも切り裂く『分断能力』を有しているのである。

ヴェルドラの左手六本指から生えた禍々しい爪が、妖しい紫色の輝きを放ちながらダグリュールを斬り裂いた。

ダグリュールの『硬化能力』と、ヴェルドラの『分断能力』が衝突し、世界が軋むような音を奏でる。

衝撃——そして、消失する腕と腕。

ヴェルドラの爪を防いだダグリュールの腕の一本が消失し、それを成し遂げたヴェルドラの左拳も消失してしまったのだ。

相打ち、である。

と言っても、ヴェルドラの場合は『別身体』の腕一本。大したダメージではない。

ところが、ダグリュールも負けてはいなかった。失った腕の一本など、一瞬にして再生してしまったのである。

「ちぃっ！　せっかく貴様の、理不尽なまでに頑丈な身体を傷付けたというのに、やはり再生してしまうか……」

「吐かせ。理不尽なのはお主の方よ、ヴェルドラ。今のワシに傷を負わせるとは、心底驚いたぞ……」

互いが互いの理不尽さに、文句をつけ合っている。

ヴェルドラは、必殺のつもりだった一撃が大した効果がなくて、腹立たしく思っている。

ダグリュールの方はと言うと、自慢だった無敵の肉体をアッサリと傷付けられて、忌々しい気持ちになっていた。

長年の好敵手《ライバル》らしく、こういうところも息ピッタリであった。

互いに小手調べ気分なのだ。

これからが本番だとばかりに、両者の攻撃は更に苛烈さを増していく。

＊

戦いを楽しんでいる場合ではない――と、ヴェルドラはようやく思った。

不発に終わった『別身体』は、素早く回収済みである。なので、大してエネルギーの消耗はなかった。

まだまだ元気。このペースで戦うならば、魔素の回復速度の方が上回るほどだ。

しかし、それはダグリュールだって同様だろう。

生半可な攻撃は、互いに意味がない。それは理解していたし、身をもって実感したのだが――かといって、大技をいきなり出せるものでもなかった。

相手の油断には期待出来ない以上、どうにかして隙を作る必要があるのだ。

柔道で言う〝崩し〟の如く、先ずは自身の優位性を確保する事が重要となるのである。

前哨戦から全力を出すなど、愚の骨頂なのであった。

互角の存在である〝暴風竜〟と〝破壊神〟――その超絶能力は凄まじく、焦った方が敗北を喫する事になるだろう。

だが、しかし――

ヴェルドラはそういったセオリーを一切無視して、一気呵成《いっきかせい》にダグリュールへの攻撃を開始した。

「クアハハハハ！　どんどん行くぞ、竜翼翔斬刃《ウイングブレード》！」

ヴェルドラは複数の『分身体』を生み出した。それは『別身体』とは違って、意識を同調させて自由行動出来る訳ではない。

ただ、威力だけは本物そっくりになるように、事前に行動を命じてあるのだ。

そうした複数の『分身体』が、超高速飛行によりダグリュールに群がっていく。

その翼は振動を発して、高周波ブレードと化していた。大小二対の翼の振動は、分子結合を切り裂く〝絶死の刃界〟を創り出すのだ。

だが、ダグリュールは慌てない。

「チッ、相変わらず読めんヤツだ」

そう言いつつ、この場で適切な対応を行った。

つまり、刃には剣を。

ダグリュールに代わって、側面にあったグラソードの顔が正面を向いた。そして、本体の両手で両手大剣《グレートソード》を構えて、気合一閃。

「むうん！」

ダグリュール《グラソード》はハエを追い払うように、ヴェルドラの『分身体』を打ち払っていった。複数の『分身体』による〝絶死の刃界〟の連続攻撃でさえも、ダグリュールにとってはうっとうしいだけの児戯《じぎ》だったのだ。

巨神が持つに相応しく、十メートルを超える長さとなった大剣の先端速度は、音速を軽く凌駕する。達人だったグラソードの技量《レベル》があれば、それはもう不可視の間合い〝絶対攻防剣域《ぜったいこうぼうけんいき》〟が形成されるのだ。

その〝絶対攻防剣域〟に侵入するなり、ヴェルドラの『分身体』が壊されていった。何の成果も見せる事なく、複数の〝絶死の刃界《ヴェルドラ》〟は全て迎撃されてしまったのである。

ダグリュールは攻撃の手を緩めない。

続けて、フェンの顔が正面を向いた。

「縛鎖封滅獄《ばくさふうめつごく》！」

フェンの手には、神すら束縛する聖魔封じの鎖《グレイプニール》があった。これでヴェルドラの捕縛を試みたのだった。

「ぎゃわ⁉」

フェンが放った鎖が、竜形態《ドラゴンモード》のヴェルドラを縛り上げていく。複数の『分身体』が消え去り、残ったのは縛り上げられたヴェルドラだけとなった。

「残念だったな、ヴェルドラ。ワシを惑わそうとしたのだろうが、無駄よ。ワシの『真なる眼』にかかれば、お主の本体を見抜くなど容易い事なのだ」

ダグリュールの『真なる眼』は、複数の『分身体』の中から最大のエネルギー量を誇る個体を、難なく発見していたのだ。ヴェルドラがどれだけ偽者《ダミー》を出そうとも、その『真なる眼』の前では意味がない——はずだった。

鎖で縛り上げられたヴェルドラが、黒い霧となって消えた。

その直後、戦場に似つかわしくない陽気な声が響く。

「残念！　それは我の偽者でしたー‼」

ヴェルドラがダグリュールを煽るべく、小馬鹿にしたように叫んだのだ。

ダグリュールはイラッとすると同時に、驚きを隠せなかった。

余りにもアッサリと『真なる眼』を誤魔化されたからである。

「ほう？　ワシの目を欺くとは、な……」

「凄いであろう？」

「どのような手品を使った？」

「ふっふっふ。ダグリュールよ、これこそが、我と貴様の〝格の差〟だとも‼」

ドドン——と、効果音が付きそうなほどのドヤ顔で、ヴェルドラが言い放った。

そこまで格の差などないのだが、ちょっと調子に乗り始めたヴェルドラであった。

「お前が真なる力を解放しようとも、我には勝てぬ。勝てぬ理由があるのだ！」

と、適当に謎めいた発言をぶちかますヴェルドラ。

その発言に確実な根拠などないのだが、ダグリュールは騙された。

ダグリュールは暴虐の化身などと怖がられてはいるが、根は素直なのだ。〝八星魔王《オクタグラム》〟の中ではぶっちぎりの人格者だった事からも、それは明らかであった。

「勝てぬ理由、だと？」

「その通りだとも。我だって成長しておるのだ、昔と同じと思われては困るのだよ！」

困るどころか、油断してくれているのなら感激すべきであろう。しかしそうしないのが、ヴェルドラがヴェルドラたる所以なのだった。

ヴェルドラは、ダグリュールの問いかけをはぐらかした。

しかしヴェルドラは本気でダグリュールに勝てると思っているのだ。

なぜならば、自分が成長して、新たな権能を得ているからである。それ以上は説明出来ない。ゆえに、確実ではないのだが、そうとは知らぬダグリュールからすれば、煙に巻かれたようなものである。

ちなみに、ヴェルドラが『真なる眼』を誤魔化した方法だが……。

本来であれば『真なる眼』を欺く事など出来ない。それを可能としたカラクリは、ヴェルドラの究極能力《アルティメットスキル》『混沌之王《ナイアルラトホテップ》』の権能――『確率操作』にあった。

ヴェルドラは自分の存在確率を変動させて、一瞬にして本体と『分身体』の入れ替えを行ったのだった。

一種の詐欺みたいなものだ。

しかし、『並列存在』と『確率操作』、それに『時空間操作』までも併用したならば、どんな権能による『解析鑑定』であろうと確実に騙せるのである。

あらゆる場面で重宝する、ヴェルドラの隠し玉の一つなのだった。

ヴェルドラは、自分自身で自慢しているように、昔とは違う強さを身に付けていた。魔素量《エネルギー》という目に見える物差しだけではなく、日々の努力だって欠かしていない。

常に遊んでいるようなイメージだが、ちゃんと訓練も行っているのである。

そんな訳で、自分の権能の細かい原理などを理解せずとも、本能的に使い方を把握済みなのだ。言葉では説明出来ないけれど、それで問題ないとヴェルドラは考えているのである。

なので、説明しようにも出来ないというのが実情だったのだ。

逆に理解していたならば、自慢気に説明してしまっていただろう。そうならなかったのは、ヴェルドラにとって幸運だった。

ダグリュールとしても、答えが返ってくるとは期待していなかった。

気にせずに言葉を続ける。

「何を寝言をと言いたいが、成長しておるのは事実のようだな。確かに、昔とは違うようだ」

昔のヴェルドラは、力任せに暴れるだけだった。

ところが今は、頭を使って戦っていた。権能を駆使して、ダグリュールとの戦いを有利に運んでいるのである。

これは認めるべきであると、ダグリュールは賞賛する。だがそれは、敗北を認めるという意味ではなかった。

会話しつつ、ダグリュールは自分に都合の良い状況を創り出していく。

それもまた、戦闘技術の一つである。

ダグリュールほどの強者であっても、小手先の技術を蔑ろにする事はなかった。むしろ、そういった小技で少しでも優位性を得る事こそ大事だと、そう考えている。

ダグリュールの狙いは、最初から一つ。ヴェルドラのように小さく積み上げるのではなく、大技で一気に勝負を決めようとしているのだ。

「お主の力は本物だ。ならばこそ、ワシの最強の技で終わらせてやろうぞ!!」

ダグリュールは静かに空間を把握して、干渉波の及ぶ範囲を拡大させていた。その空間内部を『真なる眼』で見極め、ヴェルドラの『分身体』が隠れ潜んでいないか確認した後、次元を切り取り、隔絶空間を形成していく——

隔離した空間内には、ヴェルドラとダグリュールのみが存在していた。

「むっ⁉」

ヴェルドラが異常に気付く。しかし、既に手遅れだ。

「捕捉《とらえ》したぞ、ヴェルドラよ。今こそ、因縁を断ち切る時！　滅べ、時空振滅激神覇《クエーサーブレイク》!!」

ダグリュールが放った奥義は、切り取られた空間内部を隙間なく満たした。

激震が走る。

ダグリュールを起点として、目視不可能の超時空振動波が発生していた。それが空間内部を満たした事で、不可逆的破壊干渉波が生じたのである。

膨張を封じ込められたせいで逆に圧縮された空間が、悲鳴を上げていた。

これぞ、ダグリュールが自身のエネルギーの六割を消耗して生み出した、破壊吸収光線であった。

その身を擬似的なブラックホールへと変換したダグリュールが、空間内部の全ての物質を意のままに破壊し、呑み込んでいく。

空間が軋み生じた摩擦によって、隔絶した次元を超えて眩い光が溢れ出した。

それは幻想的で、恐ろしい光景だ。

この圧倒的なまでの超高密度エネルギーの干渉を受けたならば、如何なる生命体であっても生命の存続は不可能であろう。ただ分解され、ダグリュールの糧となって消滅するのみである。

「ふはははは！　驕《おご》ったな、ヴェルドラよ！　本体を見抜けずとも、その複数の分身ごと全て、同時に消し去ってしまえばいいのだ！」

ダグリュールは嗤う。

攻防一体となったこの奥義は、使用と同時にエネルギーの回復も行える優れた技なのだ。ただし、吸収したエネルギーの大半は、この技で消耗した自分自身の存在維持に利用されている。そうしなければ、ダグリュール自身が吹き飛んでしまうからだ。

時空振滅激神覇《クエーサーブレイク》は、膨張と圧縮を繰り返す事で、想像を絶するほどの絶大なエネルギーを発生させる。その制御を誤れば、ダグリュールにとっても諸刃の剣になりかねない危険な技なのであった。

当たり前だが、連続して使用する事など出来ぬ一撃必殺の攻撃手段であり、これを用いた時点で勝利が約束されている。

ヴェルドラの策は見事だったが、絶対的な暴力の前には無力であろう。ダグリュールはヴェルドラを撃滅してのけたと確信して、結果を見届けようとした。

時空振滅激神覇《クエーサーブレイク》による被害は、隔絶しておいた次元空間を滅ぼした。ダグリュールがこれを吸収した事で、元の次元への帰還を果たす。

強大なエネルギー流の残滓だけで、空間が歪《ひず》んでいるのが見て取れた。

これは時間経過で調和され、周囲と同化し元に戻るのだが――超絶的な破壊の痕跡《こんせき》として、筆舌に尽くし難いものがあった。

如何に危険な技だったのか、これを見ただけでも理解が及ぶというものだ。

これほどの攻撃に耐え得る者など、この世に存在するハズもない。ヴェルドラも一緒に存在を崩壊させたはずで、次元の崩壊に巻き込まれて一緒に消滅したと思われた。

〝竜種〟ならばあるいは、いずれ復活を果たすかも知れない。しかし、あのヴェルドラが復活する未来は存在せず、この場の勝者はダグリュールである。

そのハズであったが――戦場に能天気な声が響く。

「ぐぬぬぬっ……い、今のは危なかったぞッ――!?」

ダグリュールは驚愕に目を見開いた。

幻聴に違いないと、自分の耳を疑ったほどである。

「ば、馬鹿なっ!! あれを喰らって、生きている――だと!?」

あまりの事態に、ダグリュールは思わず叫んでいた。

時空振滅激神覇《クエーサーブレイク》は、ヴェルダナーヴァ相手にも使っていない。以前は制御不能だった為に、成長した今だからこそ扱えるようになった切り札だ。

ヴェルドラを完全に消滅させるつもりで放った、最強の奥義だったのだ。ダグリュールが動揺するのも当然であった。

直撃すれば消滅間違いなし。限定された空間内であるから、逃げ場などない。それなのにヴェルドラが無事でいるなど、どう考えても有り得ない話だった。

だが、現にこうして、ヴェルドラは生き延びている。

「……一体、何をしたのだ？」

「……く、クア、クアハハハハ！　こ、この程度、我にとってはどうという事もないわ！」

やせ我慢もここに極まれり。

よく見ると、ヴェルドラは無事ではなかった。

大小二対の翼はボロボロになっているし、全身傷だらけで黒い霧が立ち上っている。存在維持に必要なエネルギーが足りていないから、魔素の流出が始まっているのだ。

悪魔族《デーモン》などがよく陥る、精神生命体にとって致命的な症状であった。

実際、ヴェルドラはあと一歩で死にかけていた。

究極能力《アルティメットスキル》『混沌之王《ナイアルラトホテップ》』の『確率操作』を駆使して、極限まで自身の存在確率を薄める事で、辛うじて破壊エネルギーの干渉波から逃れられた。自身の身体を通過させるようにして、滅びのエネルギー波を回避出来たのである。

だが、無傷とはいかなかった。『分身体』は全て消し飛んだし、本体も干渉波の影響を受けて損傷している。

〝竜種〟たるヴェルドラがここまで追い込まれるなど、時空振滅激神覇《クエーサーブレイク》がどれだけ恐ろしい技だったか……。

少なくとも以前のヴェルドラであれば、間違いなく滅ぼされていたであろう。

「ならばもう一発喰らってみるか？」

「ぎゃわ⁉」

それが脅しであるとわかっていても、ビクッとなるヴェルドラであった。

＊

かくして、ダグリュールは奥義を破られた。

ヴェルドラは満身創痍だ。

こうなると下手に動いた方が負けるので、互いに迂闊に動けない。

次なる手を考えて、両雄の睨み合いが始まった。

ヴェルドラは考える。

次はヤバイな、と。

今の攻撃を完全には回避出来なかったので、次は確実にやられるだろう。

だが、次はないな、とも思っていた。

ヴェルドラも満身創痍になったが、ダグリュールだってそれは同じだろう。表面的には無傷だが、エネルギーの消耗は大きいはずだった。

となると、どちらの損耗、消耗が激しいのか、それが問題だった。

果たして、実際の状態を比較すればどうなるのか？

ヴェルドラは、自分自身の現状確認を行う。

体表面から魔素が流出しているが、それはワザと放置している。ヴェルドラは迷宮での訓練を経て、意外と狡猾に立ち回れるようになっていたのだ。

時空振滅激神覇《クエーサーブレイク》のせいで想定以上のダメージを受けたが、それは致命的ではなかった。それをダグリュールに悟られぬように、被害甚大に見せかけているのである。

最初にシオンやルミナスからエネルギーを奪われたが、それも計算に入れて考えてみた。すると、現状での残存エネルギーは五割弱といった感じであった。

（えらく消耗したものよ。しかし、計算通り！）


ダグリュールとヴェルドラは、ほぼ互角だった。

推定存在値が一億一千万強のダグリュールに対して、ヴェルドラは九千万弱。これだけ見れば勝負にならないが、究極能力《アルティメットスキル》『混沌之王《ナイアルラトホテップ》』があるお陰で、ヴェルドラの方が押しているように見えるほどだ。

しかしそれでも、決定力に欠けていた。

どんな技を繰り出そうとも、ダグリュールの無敵の耐久力を貫くのは困難であった。

残存エネルギーを如何に消耗させて、自分の奥義を直撃させられるか。勝負の行方は、これにかかっていると言っても過言ではないだろう。

それでヴェルドラは、何を措いてもダグリュールを消耗させる必要がある、と考えたのである。

ここまではヴェルドラの計算通りだ。

セオリーを無視して攻撃を仕掛けたのも、ダグリュールの慢心を誘う為だった。

ヴェルドラの権能を警戒させて、ヴェルドラは頭脳を駆使した持久戦に持ち込みたがっていると錯覚させた。そうなれば必ず、ダグリュールはヴェルドラを突き放すような大技を繰り出してくると予想していたのである。

それは見事に的中した。

ダグリュールは大技を放ち、消耗したのである。

ヴェルドラの見立てでは、今の自分と同等以下にまでエネルギー量が減少している様子だった。

それは正解だ。

ダグリュールの消耗率は七割弱であり、エネルギー量は若干ながらヴェルドラを下回った。逆転であった。

ヴェルドラは賭けに勝った。

エネルギー量の不利は覆されて、ヴェルドラに有利な状況が整ったのだった。

(……しかし、賭けに成功したからいいようなものの、本当に危なかったな)

ヴェルドラは時空振滅激神覇《クエーサーブレイク》の脅威を思い出して、ブルブルと身震いした。

時空振滅激神覇《クエーサーブレイク》を受けて生き延びられる確率は、非常に小さなものだったのだ。

こんな危険な賭けは二度と御免だ――と、ヴェルドラは心に誓う。

――もっとも、その賭けに負けたとしても、リムルに再生してもらえばいい話。この次元から消えたようだが、リムルが滅んだ訳ではないとヴェルドラは知っていた。

何故ならば、もしも本当にリムルが滅んだならば、ヴェルドラだって無事では済まないはずだからである。

(どうせ再生してもらえるのだから、どんな危険な賭けであろうが恐れるに足らぬわ! クアーーーッハッハッハ!!)

ヴェルドラがダグリュールに告げた『ダグリュールではヴェルドラに勝てない理由』とは、まさしくこれだった。

勝ち確定なのだから、どんな危険な勝負も怖くない――という計算が働いていたからこそ、ヴェルドラは余裕綽々《よゆうしゃくしゃく》だったのである。

意外と腹黒いヴェルドラは、決して表に出せない本心で高笑いするのだった。

そうとは知らぬダグリュールは、ヴェルドラの行動が理解出来ず困惑の極みにあった。

ダグリュールの知るヴェルドラは、お茶目でいたずら好きで、それでいて飽きっぽい性格をしていたのだ。困難に立ち向かうような性格をしていなかったので、本気で脅せば直ぐに諦めて物事を投げ出すと考えていた。

何しろ、ヴェルドラはルミナス達に義理などない。ダグリュールと本気で事を構える理由などないはずなのである。

隔離空間に捕獲した時点で、ヴェルドラが負けを認めると思っていた。

いや、そこで逃げ出そうとしたなら、ダグリュールとしては追うつもりなどなかったのだ。

少なくとも、ダグリュールはヴェルドラに恨みなどない。昔、喧嘩はよくしていたが、それはじゃれ合っているようなものだったのだ。

本気でヴェルドラを殺すつもりなどなかったので、むしろ逃げ出してくれた方が嬉しいくらいだった。

それなのに、ヴェルドラは立ち向かった。

ならば滅ぼすまでと必殺の奥義を放ったというのに、何故かヴェルドラは平然と受けきって見せたのだ。

ダグリュールにとって理解不能の出来事だった。

だから、その疑問を口にする。

「……何故だ？　どうしてお主が、ここまでの危険を冒す必要があったのだ？」

「む？」

「ワシの時空振滅激神覇《クエーサーブレイク》に正面から立ち向かうなど、お主が消滅する危険もあったのだ。昔のお主であれば、迷わず逃亡を選択したであろうが！」

そう問われて、ヴェルドラは「ふむ」と頷いた。

そして先ず、否定を一つ。

「逃亡ではなく、転進だな。我の辞書に逃亡という文字は載っていないからな！」

塗り潰されているだけだが、ヴェルドラの大嘘に突っ込む者はいない。ここにヴェルグリンドあたりがいたら、とてもいい笑顔で三時間の説教コースが待ち受けていただろう。

それはともかく、ヴェルドラは理由を答えた。

「まあ、我としても自分の力を試したかった、というのが理由の一つだな」

「むう……」

確かに、ヴェルドラは強くなっている。

ダグリュールとしては、それは認めざるを得なかった。

「それに、我が逃げたらルミナスやシオン達が全滅するからな。それだけは断じて許されぬ」

「何故だ？　何故お主が、ルミナスや人間共の為に命を賭す必要があるというのだ⁉」

これは、ヴェルドラの覚悟を問う質問だった。

この答え次第では、ダグリュールも覚悟を決めねばならぬだろう。

それなのにヴェルドラは、ますますダグリュールを呆れさせるような答えを返したのだ。

「リムルが怒るからな。知っているか、ダグリュールよ。リムルは、怒るとマジで怖いのだ！」

そう言い放って、クアーーハッハッハと高笑いまでする始末。

これでダグリュールは理解した。

ヴェルドラに撤退はない、と。

「なるほどのう。つまりはお主も、責任を負うようになったという事なのだな」

ヴェルドラも成長していたのだ。

であれば、ダグリュールもそれを認めて、本気でヴェルドラを倒す決意をした。

「よかろう。お主を認めて、長期戦になろうが相手してやろうぞ！」

ヴェルドラが逃げない以上、倒すしかない。そうなると、相手にエネルギーを先に使い切らせた方が勝つのだ。

大技で一気に勝敗が決する場合もあるが、ダグリュールは最強奥義を破られたばかりであった。そうなると、慎重に相手の体力を削りきるのが正しい戦術となってくるのである。

ダグリュールは、闘気を高める。

それに合わせて、二十メートルを超えていた巨体が、みるみる小さくなっていった。

「む!?」

ダグリュールは普段通り、二・五メートル弱のサイズへと戻った。しかしその身体からは雷が閃光を発しており、超圧縮されたエネルギー密度を感じさせるものに変質していた。

「ほほう？　別物だな」

「ふははは、その通りだ。これは『巨人化』の更に上位変身でな、『超神化』という。この状態になると力を制御するのが困難だったのだが、貴様が教えてくれたのだ」

「えっと？」

何の話か思い出せず、キョトンとするヴェルドラ。

ダグリュールは隠す気はないのか、素直に答えた。

「妖気《オーラ》を抑える訓練方法をな。確か『怒りをコントロールすると、更なる力が手に入る』だったかな？」

そう言われて、ヴェルドラは思い出した。

確かに聖典《マンガ》を見せながら、その知識を色々と自慢したんだったな、と。


そのまま蘊蓄《ウンチク》をダグリュールにも語って聞かせたのだが、その中の会話にあったような気がする。

正確に思い出せないヴェルドラだが、しかしながら現実問題として、ダグリュールの力は安定していた。

たった世間話程度の情報から、見事に実戦レベルまで昇華してのけたダグリュール。それは、称賛するしかない戦闘センスであった。

元のサイズに戻ったと言っても、三位一体《アシュラ》なのはそのままだ。

全身から放電している様は、巨人だった時以上の脅威を感じさせるものだった。

ヴェルドラは、このまま戦いを終わらせるつもりだった。しかし、ダグリュールの決意を感じ取って、その誘いに乗る事にした。

「やれやれ、流石はダグリュールよ。我の助言でその力をコントロール出来るようになったと聞けば、相手してやらねばなるまいて」

そう言いながら、ヴェルドラもダグリュールに対抗するように、人の姿へと『変化』してエネルギーを圧縮させていく。ご丁寧に身長を合わせて、二・五メートルサイズで固定させていた。

大きさは力だが、精神生命体の常識は異なる。

エネルギー密度こそ力、なのだ。

限界まで圧縮した力を乗せた拳ならば、この世のあらゆる物質を粉々にする事が出来るのである。

たとえそれが、同じようにエネルギーを圧縮させた肉体であろうとも、だ。

そして、睨み合う両雄が動く。

超常的な格闘戦が始まったのだった。

＊

大怪獣の激突から、洗練された格闘戦に移行した。

そしていつしか、泥仕合の様相を呈してくる。

ダグリュールの拳が、ヴェルドラの腹部にめり込んだ。しかし同時に、ヴェルドラの肘がダグリュールの顔面を穿っていた。

やられたら、やり返す。

ルール無用の戦いなのに、プロレスの如き法則性が出来上がっていた。

闘いは苛烈さを増し、両者一歩も譲らない。

蹴りには蹴りで、拳には拳で。

相手への攻撃は、そのまま自身への攻撃となって跳ね返されるのだ。

大地を踏みしめて戦うのではなく、戦いの場は次々と移ろっていた。

高空から地上へ。

そして周囲を吹き飛ばしつつ、砂漠へと。

そしてまた、高空へ。

ある時は、大気圏の外にまで。

エネルギーの塊である両者にとって、戦場はどこであっても同じである。

力を反発させて増幅させる大地など必要とせず、自身の身体を砲弾と化して、超圧縮させたエネルギーを相手に叩き込むのみ。

そして、受けたエネルギーを上手く体外へと放出して、致命傷を防いでいた。

可能な限り自分のエネルギー損耗を抑え、相手を消耗させるのが重要なのだ。

上位魔人すら一撃で消滅させるほどの威力を秘めて、互いの拳が交差する。

周囲に多大なる被害を撒き散らしているが、互いにとっては既に眼中にない出来事だった。

その戦いを見守る者達も、迂闊に動けず『結界』内で固まったままだ。巨大サイズではなくなっているが、エネルギー余波だけで尋常ではない威力だからだ。

「凄まじいものよな……」

と、ルミナスが呟く。

ヴェルドラとダグリュールの戦いは、周囲に絶大なる破壊を巻き起こしていた。

それを苦々しく思いつつも、これはもう仕方ないなとルミナスは思っていた。

どうしようもないな、というのが本音なのだ。

狂王——破壊神ダグリュールを相手にしているのに、被害を出すなというのが無茶なのだから。

大地には、数多の稲妻の柱が乱立し、触れる物を炭化せしめている。

聖都を守護する何重もの『防御結界』など、既にその用を成していない。

永き年月に渡って聖都を守ってきた長壁も、最初にダグリュールとヴェルドラが衝突した際の干渉波を受けて消し飛んでいる。一瞬すらも耐える事が出来ずに吹き飛んだ様は、いっそ潔いほどであった。

長壁が破壊されたのだから、『対魔侵入防止障壁』も無事では済まない。当然のように効果を喪失していた。

一定レベル以下の魔物の侵入を防ぐ目的で設置された『結界』なのだから、超生命体とも呼べる〝竜種〟や〝巨神〟の攻撃に耐えられるはずがないのだ。

残っているのは、シオンを中核として全員の力を結集して発動させていた『防御結界』だけだった。

それこそ、全員が命を賭して、『結界』の維持に全力を尽くしている。

それでも自分達が無事なのが不思議なくらいで、このままでは『結界』崩壊と同時に自分達の命運も尽き、そのまま都心部にまで被害が及ぶのも時間の問題だと誰の目にも明らかだった。

まだそうなっていないのは、可能な限りヴェルドラが配慮しているからだろう。

それを認めつつ、ルミナスが言葉を重ねる。

「ヴェルドラめ、少しは成長しておるようじゃ。ヤツなりに、我等を守ってくれておるのじゃな」

これに頷くのはシオンだ。

「本当に。流石はヴェルドラ様ですね！」

素直に称賛して、目をキラキラと輝かせていた。

「凄いよね。こっちに直撃が来ないよう、ちゃんとダグリュールを誘導してくれてるし」

ウルティマの状況分析も正確だ。

これに、ガドラも無言で頷いている。

「まあ、そうじゃな」

認めたくはないが、ヴェルドラの凄さを否定は出来ないルミナスだった。この壮絶な戦いの中で、よくぞそんな余裕があるものよ、とまで思えるほどだ。

アダルマンやアルベルトも言葉がない様子で、ただ無心にヴェルドラの戦いに魅入っていた。


ルミナスもまた、上空で繰り広げられる戦闘に視線を戻す。

ルミナスの想像すらも上回る、超絶能力の応酬であった。

当然だが、たとえルミナスであっても、その戦闘に参加するのは自殺行為である。

文句を言いたくても、それを伝える手段などなかった。

運を天に委ねるように、ヴェルドラに命運を託すしかない。

もっとも、文句を言う筋合いではないし、そもそもの話、その戦いに魅了されているルミナスである。

泥臭い肉弾戦でありながら、美しかった。

力と技を競い合い、互いに高め合っているようにも見える。

この戦いが始まった直後よりも、今の方がヴェルドラの技が冴えているのがその証拠だった。

その戦闘は、更に激しさを増していった。

ルミナスの隣では、シオンも食い入るように戦いに魅入っている。

それも当然だとルミナスは思った。何しろ、このような神話級の戦いなど、千年に一度あるかないかという貴重なものであったから。

強者の戦いは、見るだけでも経験となる。

まして、この様な超越者同士の戦いなど、滅多に目撃出来るものではないのである。

いつの間にか一緒に観戦していたバサラが、ポツリと感想を洩らした。

「しかしよ、ヴェルドラはいつの間に、あんなに近接戦闘が巧みになったんだ？　アニキは三面六臂で、手数は上なんだぜ……」

それなのに、互角というのが不自然なのだ。

しかしそれは、ヴェルドラを知らぬ者の感想である。

封印から目覚めたばかりのバサラは知らなくて当然だが、ルミナスやシオンには理由がわかっていた。

「あの迷宮で、ヤツは修行と称して好き勝手に暴れておるからのう」

「違いますよ、ルミナス。ヴェルドラ様は、迷宮守護者達を統率する御方なのです。最後の関門としてその威を示すべく、日々精進しておられるのです！」

辛口なルミナスに対し、ふんすっ！　と意気込むように、シオンが熱弁した。

「迷宮？」

「ああ、貴様は知らぬのじゃな。ラミリスの迷宮内に、死んでも生き返れる訓練場があるのじゃよ」

律儀にもルミナスが説明すると、バサラが呆れたように呻く。

「はあ？　反則じゃねーか、そんなもん！」

その意見に反論は出ない。

皆が薄々、ズルいよな、と思っていたからだ。

その集大成とも呼べるのが、ヴェルドラだった。

地上で暴れ回っていたら被害甚大だが、迷宮内ならその心配はない。最近では階層へのダメージが出始めていたが、格闘訓練なら大丈夫だったので、ゼギオンを相手にした特訓をメインに行っていた。

だからこそヴェルドラは、超一流の格闘技術を身に付けていたのである。

元から強い上に技量《レベル》まで上がったのだから、その勢いは止《とど》まるところを知らない。三位一体《アシュラ》になっていなければ、間違いなくダグリュールの上をいっていた。ましてて、この戦いで更に経験を積んだ今、ヴェルドラは手数の多い相手との戦闘も学習してしまっている。手が付けられないとは、まさにこの事だった。

誰もが魅入られるのも納得だ。

壮絶なる戦いは、いつまでも続くかに思われた。

しかし――

決着の時が訪れる。

格闘戦が始まる前から、ヴェルドラの仕込みは始まっていた。故に、その勝利は約束されていたのだった。

ヴェルドラは機会を窺い続けていた。

ゼギオンやウルティマとの修行や、迷宮内の強者達の指導。

それに加え、ヴェルグリンドやリムルとの戦闘経験が、ヴェルドラを一段階強く成長させていた。

近接格闘戦闘は、ヴェルドラにとってもっとも得意な戦闘方法だったのだ。


狡猾極まりない悪巧みだって、リムルを手本にして覚えている。

勝敗は、戦う前に決まっている――とは、孫子《そんし》の兵法である。

リムルがよく口にするのだが、準備が大事だという話だった。

事前に準備を終わらせておけば、どんな事態になっても慌てる事はない。戦争になると終わらせ方が難しいのだから、それこそ万難を排せるように仕込んでおかねばならないのだ。

ヴェルドラは今回、突発的に参戦する形となった。だから準備万端とはいかなかったのだが、奥義の一つや二つは編み出してあったのである。

自分よりエネルギー量の多い相手には抵抗《レジスト》されてしまう可能性があったが、相手より自分の方が上回っていたならば、ほぼ確実に通用するだろう必殺奥義だった。

だから着実に、ダグリュールの体力を削った。

そして彼我の差を見極めて、時を待った。

いけると確信を得てからもダグリュールに付き合ったのは、古き友への礼儀だったのだ。

「極めたと思ったが、ワシもまだまだだな……」

ヴェルドラに圧勝する予定だったダグリュールは、心の底から驚いていた。

三位一体《アシュラ》になった上に奥義まで繰り出して、それでも勝てなかったのだ。こうなるともう、自分の方が上だなどという考えは捨てていた。それでも、格闘戦なら一日《いちじつ》の長《ちょう》があると考えていたのだ。

それもまた、慢心だった。

事ここにきて、それを認めるダグリュールであった。

「ダグリュールよ、ここらで手を引け。大人しく帰るのなら、我もこれ以上は何もせぬぞ」

「くどいぞ、ヴェルドラ。そういう訳にはいかんのだ。ワシは、ルミナスを倒さねばならぬ。それが、今は亡き友への手向けだからのう」

ふむ、とヴェルドラは頷く。

死者への礼儀が大事なのは、ヴェルドラだって理解していた。しかしそれでも、今生きている者の方が大事なのではないかと、そんな考えも脳裏を過るのだ。

リムルが言うには、ケースバイケースらしい。

どちらが正しいとかではなく、本人の心次第。第三者がとやかく言う話ではないらしいので、ヴェルドラとしては口ごもるしかない。

だが、しかし。だから全てを許容するのかというと、それは話が違ってくる。ダグリュールにも事情があるように、ヴェルドラにだって譲れない理由があるからだ。

所詮この世は弱肉強食。強い者がルールを定めるのだから、この場で勝利してダグリュールを止めればいいと覚悟を決めた。

だから、告げる。

「そうか——残念だよ、ダグリュール。我の最終奥義にて、終わりにしてやろうぞ！」

ヴェルドラの宣言を聞いて、ダグリュールに緊張が走った。

しかし、時すでに遅し。

ヴェルドラが奥義を解き放つ。

準備万端だった権能が荒れ狂い、その瞬間、虹色の闇が周囲を覆った。

神聖法皇国ルベリオスの国土と死せる砂漠をも覆うほどの、広大な範囲を飲み込んで——

『豊穣《ファータイル》なる神秘の波動《パラドックス》!!』

ヴェルドラが宣告した。

虹色の闇の中、残酷なる奇跡が発現したのだった。

＊

虹色の闇は全てを呑み込んでいく。

それは周囲を包み込むように凄まじい速度で拡散していく。

——

(なんじゃ!?)

ルミナスが危険を察知した時には、既に遅かったようだ。

何の抵抗も出来ずに、『結界』内部へと〝虹色の闇〟の侵入を許してしまったのである。

「……何じゃ、これは？」

誰もが驚愕する中、ルミナスがその疑問を口にした。

そして〝闇〟に触れ、理解する。

「——これは、神秘の力か!!」

それは、祈りに似た力。

人の回復や成長を促進させる効果を持つ、破壊とは正反対にある癒しの力だ。

故に、抵抗《レジスト》などする必要はなく——赦されない。

ルミナスもそれは同様で、気が付けば〝闇〟に呑まれていた。

(こんな、こんなものを——くそ！ あのトカゲ！ ほんとに、本当に、どうしてくれようか——)

そう悔しがりながら、ルミナスの意識も虹色の闇に呑み込まれていく……。

シオンも。

ウルティマも。

ガドラも。

アダルマンも。

アルベルトも。

ダグリュールの息子達も。

敵だったバサラまでも。

その他、名立たる者だろうが一兵卒だろうが、〝闇〟に触れた者は眠りへと誘われていった。

等しく、平等に。

そして――

生命が眠りに包まれる中、大地に緑が芽吹いた。


ヴェルドラは、虹色の闇の中心に佇んでいる。

目の前には、〝破壊神〟ダグリュール――の、成れの果て。

ヴェルドラの権能で三位一体《アシュラ》が解除されたので、グラソードとフェンもいる。

グラソードはやり切った感を出しているが、フェンは面白くないのか、ふてくされたようにそっぽを向いていた。

それに対し、ダグリュールは穏やかだ。

「――貴様、ワシ等を苗代《なえしろ》として、世界を改変したのか？」

「ふむん。改変というと大袈裟だが、少しばかり弄ったのは認めよう」

信じられないという表情で問いかけたダグリュールに、ヴェルドラが明るく答えた。

その態度にイラッとなるダグリュールだが、何かをしようにも既に身動きさえ出来ない状態だ。

自分達を苗代にしたという言葉の通り、ダグリュールの手足は大樹の幹に埋まっていた。

フェンやグラソードも同様である。

胴体部分、腰から上が樹から生えているように見えるが、実際には手足は大樹と同化している。とっくに自由意志で動けるような状態ではなく、これを解除するのは不可能だった。

「何をした？」

「元に戻した、というのが正解だな」

「何？」

「魔素で荒れた大地を、自然溢れる本来の姿に戻したのだ」

「まさか……魔素の状態変化か？」

魔素には状態がある。攻撃に利用する刺々しい状態と、安定して穏やかな丸まった状態。

死せる砂漠が常に荒れていたのは、攻撃的な魔素に晒されていたからだ。もしもこれを安定させる事が出来たならば、地表はジュラの大森林のように、緑溢れるようになるだろう。

しかし、そんな真似はダグリュールには不可能だったし、他の魔王達にだって出来なかった。もっとも神秘の力に長けたルミナスでさえ、ミリムの暴威を中和出来なかったのである。

それが出来ていれば、ダグリュールとルミナスの和解も成立していたかも知れない。つまり、魔素の状態変化を人為的に発生させるなど非現実的で、時間が解決してくれるのを待つしかない、というのが結論だったのだ。

それなのに、ヴェルドラは……。

「豊穣なる神秘の波動《ファータイルパラドックス》は、厳密に言えば攻撃ではないのだ。この地に、我の加護を与えたのだよ。乱れた魔素を調和し、自然を乱す者を糧として、生命《いのち》の成長を促すのだ。かつて魔法災害が生じたこの地も、正常に修復されて豊穣なる大地へと戻るであろうさ！」

「……むう」

ダグリュールは唸った。

ヴェルドラの言葉に嘘偽りないと感じて、茫然となる。

そんな真似が可能なのか？

いや、可能なのだろう。

それがヴェルドラなのだと、ダグリュールは空恐ろしくなった。

「ちなみに、貴様等の身体を核としてある。その無駄に豊潤なエネルギーを利用させてもらったから、これで貴様等は封印されたも同然！　我の権能は我以外には解除不可能であるからして、貴様等もこれ以上暴れられぬであろうよ」

豊穣なる神秘の波動《ファータイルパラドックス》からは逃れられないと、ヴェルドラが笑って告げた。

その自信は、強敵ダグリュールが相手であろうが揺らがない。

何しろ、この権能の原理は加護――自然治癒に由来するからだ。生命体を自然な姿に戻しただけで、何かを強制している訳ではない。故に、免疫機能も働かず、抵抗《レジスト》される事もないのである。

ダグリュール達は、悪神――暴れ狂う破壊神から、この星を守り支える自然神――この星の欠けたる一部へと戻されていた。こうなってはもう、自分の意思で脱出するのは不可能だった。

「気付いておるわ。忌々しい程に狡猾な事よ――」

「クアーーーッハッハッハ！　褒め言葉として受け取っておこう」

ダグリュールは決して褒めた訳ではないが、それを笑って流すヴェルドラである。ダグリュールとしては、苦笑するしかなかった。

「何、安心するがいい。この大戦が終われば解放してやるとも。その頃には、貴様の聖気も元通りになっているだろうし、この地も正常に戻っているはずだ。必然、ルミナスと争う理由もなくなっているであろう?」

遅くとも数十年も経てば、リムルを捜し出せるだろう。そうなればダグリュールも脅威ではなくなるので、解放してもいいとヴェルドラは考えていた。

ダグリュールはこれにも驚いた。

「お主、ワシを解放するだと?　いや、それよりも……ワシの国の現状に気付いておったのか?」

そこまで思慮深かったのか、という驚きであった。かつてのヴェルドラを知る者ならば、誰もが驚愕するはずだ。

この件にかんしてならば、ルミナスとだって夜通し語り明かせるとダグリュールは思っている。

「ふむ。失敬な気配を感じるが、まあいい。貴様の国の現状というのは、後数百年ほどで水が枯渇し、巨人の生命力を以ってしても生存不可能な土地になってしまう事であろう?」

的確過ぎる指摘であった。

ダグリュールは認めるしかなかった。今のヴェルドラは、昔と違って本当に思慮深くなったのだ、と。

「やはり、気付いていたのか。ワシが〝縛鎖巨神団《ばくさきょじんだん》〟

を動かしてまで、ルミナスの領土に侵攻した真の目的に――」

　フェンに敗北し、かつての大暴れしていた頃の自分を思い出したダグリュールだが、その本質は変わっていなかった。リムル達を裏切ったように見えたのも、大義名分を得て動き出しただけ。この動乱をどう乗り切ればいいのか、王として冷徹に判断を下した結果だったのだ。

　それをヴェルドラに見抜かれていたとなると、ダグリュールは気恥ずかしくなった。

　そんなダグリュールに、ヴェルドラが飄々《ひょうひょう》と答える。

「いや、そんな事情は知らぬ。我には関係ないしな。だから、貴様の部下に若年兵や女子供がおらず、死兵のみであった事も、我にはどうでもいい話なのだ」

「ふっ、ふはははははは！　とぼけるかよ。お主らしいな、ヴェルドラよ」

　そう笑うダグリュールは、間違いなくヴェルドラの友だった。


　かつてヴェルダナーヴァに敗北したダグリュールは、〝天星宮《てんせいきゅう》〟へと至る道――〝天通閣〟を守護する役目を与えられた。

　ダグリュールが率いる巨人族《ジャイアント》は、その命令を忠実に守ってきた。しかし、ミリムの暴走事件が起きる。

　あれは、ミリムに罪を問えない事件だった。

　ダグリュールは、誰を恨む事も出来ずに粛々と、天命に従い朽ち果てる選択を行ったのである。

　しかし、フェンに敗れて昔を思い出した。

　気概を取り戻し、最後に賭けてみる事にしたのだ。

　恨むべき相手として、ルミナスは丁度良かった。これに挑み、その領土を奪えたならば、巨人族《ジャイアント》にも生きる望みが見えてくる。

　もしも敗北したとしても、大戦で大きく数を減らしておけば、残った者達の時間を稼ぐ事が出来るはずだった。

　どちらに転んでも可能性があった。

　だからダグリュールは、裏切り者の汚名を着せられようとも、フェンの話に乗ったのである。

「滅ぶのがワシだけなら、それでもよかった。しかしな、まだ若い者達にも滅びの運命を押し付けるのは、王として忍びなかったのだ。ルミナスには悪いが、チャンスだと思ったよ――」

と、ダグリュールが懺悔《ざんげ》する。

これに応えて、ヴェルドラが肩を竦めた。

「ふむ。所詮この世は弱肉強食であるからして、誰も責めはしないだろうさ」

これもまた、真理だ。

文句を言う者はいるだろうが、聞く必要はない。それ以前に、そうした者達もこの大戦で、生き残れるとは思えなかった。

ヴェルドラの介入がなければ、ルミナス達の敗北は何をしても覆らなかっただろう。であれば、勝った者が正義となるのである。

今回、ダグリュール達は運がなかったのだ。

「――しかし、ヴェルドラよ。どうして、何故この地を蘇らせる？　ワシ等を助ける為、か？」

同情か？　と、ダグリュールが問う。


その指摘の通り、魔素で荒れ狂っていた砂漠は、緑豊かな大地へと変貌していた。その範囲はどんどん拡大中であり、ダグリュール達の領土にまで効果が及ぼうとしている。

ヴェルドラは笑った。

「クアハハハハ！　勘違いするな！　我は、我が貴様より強いと証明してみせたまで。ついでにルミナスの機嫌を直す為にも、我の恰好いいところを見せつけてやろうと思ったまでよ」

その為にこの地を豊かにしてやろうと思った――と、ヴェルドラは言う。

魔素が調和されれば、作物の育成も促進される。砂漠が緑化するほどなのだから、その効果は確かだろう。

しかし、それだけが理由であるはずがなかった。

「ふざけるな」

「ふざけてなどおらぬさ！　まさか、死せる砂漠までも効果範囲に入るなど――誤算であったわ！」

あくまでも手違いだと言い張るヴェルドラに、ダグリュールは愉快な気分になった。

「ふふっ、ふはははは！　あくまでも白を切るか。よかろう。恩になど感じぬぞ、ヴェルドラよ！」

「当然だとも。友との間柄に、貸し借りなど不要！　また、戦おうぞ。まあ、次も我が勝つがな！」

「吐かせ、小童《こわっぱ》に何度も負けるほど、ワシは甘くないわい！」

ヴェルドラとダグリュールは、顔を見合わせて大笑いする。

そこには一切のわだかまりはなく、お互いに清々しい表情であった。

＊

さて、こうしてダグリュールとのわだかまりが解けたのだが、ここに予想外の乱入者が現れた。

当たり前のように〝虹色の闇〟をものともせずに、この特殊空間に出現した。その正体は、ヴェルドラにとっては恐怖の象徴の一人にして、蒼色の髪のとてつもない美女——ヴェルグリンドだった。


「決着がついたようね。では、そろそろ次の難題について相談しましょうか」

「げ、げぇ、姉上⁉」

「いちいち驚かなくていいわ。それよりも、ミリムがね……〝天通閣〟を攻撃したわよ」

「は？」

「姉上、何ですと……？」

端的に説明されたそれは、ヴェルドラ達にとって衝撃の情報だった。

特にダグリュールの動揺は計り知れない。

〝天通閣〟の傍には、残してきた同族達が避難している地下都市があるのである。未来を託すべき女子供が大半で、〝天通閣〟が攻撃されるような最悪の事態に対応出来るとは思えなかった。

「嘘を吐くなよ、ヴェルグリンド‼」

一番驚いているのは、フェンだった。

フェルドウェイの作戦でも、そんな話は出ていなかったからである。

「事実よ」

ヴェルグリンドが面倒そうに吐き捨てた。

これにフェンが食って掛かる。

「なんでだ、あそこには手を出さねーって話になってたはずだ！　どうして――」

手を出さない、という話にはなっていなかった。

手を出す、とも告げられていなかっただけの事である。

わざわざ仲間の不審を買う必要などないと、フェルドウェイが黙っていただけだ。

「知らないわよ。フェルドウェイが何を考えているかなんて、ね」

「テメー!!」

「うるさいわね、お馬鹿さん。フェルドウェイが神樹を破壊しようとしていたのは、知っていたのでしょう？　だったら、〝天通閣〟が邪魔になるのも予想出来たのではなくて？」

そう指摘されると、ぐうの音も出ないフェンであった。

そこまで先を読めるのは一握りの者達だけなのだが、そんな事を言ってもダサいだけである。

現に、ヴェルグリンドは予想していた。

だからソウエイが〝聖虚《せいきょ》〟ダマルガニアの住民を避難させようとするのを手伝い、かつ、守護してあげたのである。

だから、今のところ全員無事であった。

「〝天通閣〟の外壁はミリムの竜星爆炎覇《ドラゴ・ノヴァ》に拮抗したから、私が『星護結界《スターバリア》』で補強する事で、何とか耐えたわ」

おお、と一安心するダグリュール達。

「なんと……助けてくれたのか？」

「まあね。リムルにはお世話になったから、大サービスよ」

それよりも――と、ヴェルグリンドは話題を戻す。

「恐らく〝門〟は壊されたわね。やって来るわよ、大災厄が――」

「むう……〝滅界竜《めっかいりゅう》〟イヴァラージェ、か」

「そうか、オレ達は本当に囮だった――って訳かい……」

〝天通閣〟を守護するダグリュール達がいなくなったから、事は簡単に運んだのだ。これはもう、フェルドウェイを友と思っていたフェンからしても、認めるしかない事実であった。

ヴェルグリンドから『馬鹿』呼ばわりされても仕方ねーなと思いつつ、フェンが問う。

「それで、どうしてそれを知らせに来たんだ？」

ヴェルグリンドは、質問したフェンを冷たく一瞥した。

「別に、アナタになんか用はないわね。私が難題を相談したいのは、ルミナスよ、ついでに、そこの愚弟もね」

わ、我ですか……と、ヴェルドラが挙動不審になったが、それは無視された。

ヴェルグリンドが問う。

「それで、この〝闇〟が晴れ次第、貴方は神樹に向かいなさいな」

「まさか!?」

「ええ、そうよ。フェルドウェイはミリムに、神樹を破壊させるつもりでしょうね」

一度は失敗したが、諦めた訳ではなかったのだ。再びミリムの制御に成功した今、フェルドウェイに止まる理由はなかった。

ヴェルグリンドが次の難題と最初に口にした通り、ミリム達は次の目的地に向かって動き出していたのである。

「ヤツめ、この星を本気で滅ぼす気なのだな」

「そうでしょうね。ま、阻止して見せるけど」

それが難しいと理解しつつ、ヴェルグリンドは不敵に笑う。

ここで弱気になって嘆いても、事態は好転したりしない。だったら、最後まで足掻くだけだった。

ヴェルグリンドはそれを、リムル達との戦闘から学んだのだ。

「それで、ルミナスには何を？」

と、ヴェルドラが問う。

「難民の受け入れよ。〝聖虚《せいきょ》〟ダマルガニアが最前線になるのだから、避難させておかなきゃ滅んでしまうもの」

実にもっともな意見だった。

誰もが納得し、ダグリュール達は心の底から感謝したのだった。


虹色の闇が晴れた。

荒野が広がり、それに連なる死せる砂漠だった場所。その地が今、緑が一面に広がる大地へと変貌していた。

凄まじい勢いで草木が生え、肥沃な土壌を生み出していく。

豊穣なる神秘の波動《ファータイルパラドックス》の効果が行き渡り、瞬く間にジュラの大森林にも劣らぬほどの、広大な森林地帯が形成されていた。

問題は、聖都だ。

魔素を利用したせいか、建物までも樹木に埋もれていたのである。石造りの基礎や木壁など、魔素が含まれた材料がふんだんに使われていた。ヴェルドラの権能に影響を受けないはずがなかったのだ。


「ちょ、ちょっと張り切りすぎちゃった、かな？」

そう思ったが、後の祭りである。

ヴェルドラが意図していた以上の、凄まじい変貌ぶりだった。

これはもう、ルミナスから怒られるのは避けられそうもない。

現に、目覚めたばかりのルミナスは、実にイイ笑顔だ。不安そうに目を泳がせるヴェルドラに、ズンズンと接近中であった。

「で、ヴェルドラよ。どういう事なのか、妾《わらわ》に説明してくれるのだろうな？」

美しい銀髪で隠れている額に、くっきりとした青筋を浮かべて、ルミナスがヴェルドラに問いかける。

笑顔なのに、その目は全く笑っていなかった。

ヴェルドラは一気に、自分が危険な状態に追い込まれたような錯覚に陥った。

（そ、そんな馬鹿な！　汚名を返上する完璧なまでの作戦が――っ!?）

ルミナスの危機を救い、その上、ルミナスとダグリユールの領土を豊饒《ほうじょう》な大地へと創り替えるという、実に完璧な作戦のハズだった。

それなのに、どうやら怪しげな流れになっているとしか思えない……。

それに、ヴェルドラの背後にはヴェルグリンドがいて、進退窮まるとはまさにこの事であった。

こうなるともう、ヴェルドラには開き直るしか手がなかった。

「ち、違うのだ、ルミナスよ。え、っとだな……こ、これには海よりも深い訳があるのだよ……。うーん、ジックリと説明してやりたいのだが、我も忙しい。よって、話はまた後でな!!」

では、サラバだ——と言い残し、ヴェルドラは空に舞い上がった。

そして、ダグリュールと戦っていた時を上回る速度で、この地を後にしたのだった。

＊

「くそ、また逃げおった!!」

そうぼやいたものの、ルミナスにはヴェルドラを追うつもりはない。目が覚めるなりヴェルグリンドがいた事で、何か重大な事が起きているのを察していた。

眠っていたのは十分にも満たない短い時間だが、その間に色々とあった様子。樹から身体が生えているように見えるダグリュール達三兄弟をチラッと観察してから、色々と事情を知っていそうなヴェルグリンドに向き直った。

「それで、どういう状況なのじゃ？」

「世界の危機ね」

「どうにかなりそうなのか？」

「するしかないわね」

ルミナスに問われて、ヴェルグリンドは肩を竦めた。

リムルが消し去られるのを阻止出来なかったのが悔やまれるが、下手な手出しは危険な状況だった。

もしあそこで手出ししても、ヴェルグリンドの『別身体』が消されていただけだ。あの場は隠れ潜み、ダグリュールの民を守るのが正解だったのである。

（それに、リムルならば〝時空跳激震覇《クロノサルテーション》〟すら――）

何とか出来るのでは、とヴェルグリンドは考えていたのだ。

自分でさえ帰って来られたのだから、リムルも帰還出来そうな気がした。

根拠はないが、それを信じているヴェルグリンドなのだった。

だからこそ、リムルの心配は後回しにして、今は可能な限りの最善手を打つ時だった。

ルミナスに事情を説明する。

聡明なルミナスは、直ぐに事情を理解した。

「なるほどのう。そういう事であれば、難民は受け入れよう」

「感謝する」

と、ダグリュールが安堵する。

動けなくなっているが、会話は可能なのだ。

これによって、ルミナスとダグリュールの和解は成立した。

もっとも――


この地の防衛には成功したが、都市外縁部は酷い有様だ。

都市内部も建物から樹木が生い茂り、街路が寸断されていたりして、出鱈目《でたらめ》な状態になっている。これを再生するのは至難だと思われたが、ダグリュール側から賠償金など取れるはずもない。

生き延びた事を喜ぶだけの勝利であった。

だが、それが大事なのだ。

生きてさえいれば、後は何とかなるものなのだから。

ルミナスも、被害状況について腹立たしく思ってはいるが、今は世界の危機の方が重要だった。

都市の再生などは、全ての難事を片付けた後で考えればいいと、速やかに気持ちを切り替えていた。

それに、どうせリムルが嬉々として協力してくれるだろう、という目算もあった。

ヴェルグリンドからリムルの消失について聞かされてはいるが、それほど心配していないルミナスである。

ずっと観察していたから、リムルという人物をよく理解していた。

あのスライムは、そんなに簡単に死ぬような玉《タマ》ではない、と。

だからルミナスは余計な心配などせず、これからについて考える事にした。

「さて、そうなるとどうやって避難民を誘導するか、じゃが――」

「それについては私に任せなさいな」

そういうなりヴェルグリンドは、彼方《かなた》と此方《こなた》を『時空連結』で結んでのける。そして、向こう側に待機させていた『別身体』の誘導によって、巨人族《ジャイアント》の民が続々と移動を開始したのだった。

「慌てなくていいわよ」

と、優しく微笑むヴェルグリンド。

その笑みは慈愛に満ちているが、それほど余裕がある訳ではない。

事実、〝天通閣〟からは禍々しい気配が漏れ出ていた。

時空が軋むのを感じ取り、ヴェルグリンドは顔を顰《しか》める。


（不味いわね。イヴァラージェの気配まであるわ。これは、本格的に防衛線を構築しておかないと、一瞬にして世界が崩壊しかねない……）

〝滅界竜《めっかいりゅう》〟イヴァラージェが出現するまでは、まだまだ時間的に余裕はありそうだ。しかし、先遣部隊として出現するであろう幻獣族《クリプテッド》共は、過去に時空の裂け目を通ってやって来たような小物ではない。ビシビシと感じ取れる破壊の気配から、個々が災禍級《ディザスター》以上の脅威度なのは間違いなさそうだった。

もはや、人の身で抗えるような段階ではない。

世界中の英雄達が力を結集しなければ、この危機を乗り越えるのは難しいだろうと思われた。

ヴェルグリンドはその事実を、難民達に告げる必要はないと判断しただけである。

難民の受け入れは、ルイが主導して行われた。法皇としての権威をフル活用して、人心の安寧を訴えたのである。

これによって、大きな混乱は避けられた。

聖都の民も、今は難民と大差ない状況だ。住める家を失った者も多いので、全員が大聖堂に避難する事になる。一ヶ所に受け入れられる人の数には限りがある為、地下の避難場所や、霊峰の各地に存在する聖堂や宿舎などに散って、どんどんと避難させていったのだった。

その間に、大樹となったダグリュール達も交える形で、作戦会議が行われていた。

集まった主要な面子だが、ヴェルグリンドを筆頭として、ルミナスとギュンター、ウルティマ、シオンとダグリュールの息子達。アダルマンとガドラにアルベルト、そして〝四腕《よつわん》〟のバサラもいた。

「幻獣族《クリプテッド》が各地に飛ぶ前に、食い止めるべきであろうな」

ダグリュールがそう言うと、皆が同意を示した。

「門番が頼りないせいで、苦労させられるわ！」

ここで嫌味をチクリと言うあたり、ルミナスはまだ御立腹なのだ。

「面目ない」

と、ダグリュールも頭を下げるしかなかった。

「そんなんだから、ボクにいいようにされてたんだよ」

とは、ウルティマの言である。

これにどう反応すればいいのか、ダグリュールも困惑したのだった。

ともかく、ダグリュールのせいで事態が混迷したのは間違いない。

第三者的に見たら、先程までの戦いが完全に無駄だからだ。その原因が騙されたダグリュールに帰結するのだから、文句を言われようとも甘受するしかなかった。

その点、〝竜種〟は大雑把だ。

「細かい事なんて忘れなさいな、ルミナス」

断じて細かくはないのだが、ヴェルグリンドの視点からすれば、都市が壊滅しようが大した問題ではないのである。

（ほんに、こういうところは似ておるのう。流石は姉弟じゃな）

などと考えるルミナスだったが、これを聞けば、ヴェルグリンドは激怒するだろう。ヴェルドラだって、嫌そうな顔をすると思われた。

それはともかく、方針を決めねばならなかった。

「わかっていると思うけど、イヴァラージェが出たら私達が相手をするしかないわ。それも、この星を守りながらとなると、全力を出すのも難しい状況となるでしょうね」

そんな、嬉しくない説明が、ヴェルグリンドの口から語られた。

〝滅界竜《めっかいりゅう》〟イヴァラージェの脅威を知らぬ者達は、それでもピンとこない様子である。

しかし、ルミナスは違う。

「それで、ヴェルドラが神樹に向かったのじゃな？」

フェルドウェイの目的だが、神樹の破壊だけで終わるはずがない。〝滅界竜《めっかいりゅう》〟イヴァラージェの召喚までも計画に含まれていたのだから、この星を破壊して全てを初期化するつもりなのだ。

「──って事は、最初っから、嘘だったんだな……」

〝門〟を壊した理由、神樹を破壊しようとしている理由、それらを総合すれば、フェルドウェイの目的はただ一つだった。

領土の分割などという甘言など、最初から守る気がなかったのだ。

いや、守る必要がなかったという方が正しい。

この星がなくなれば、領土問題もなくなるのだから。

それを再認識して、フェンは項垂《うなだ》れた。

「だから、そういう細かい事に話を戻すのは止めなさいな」

と、ここでもヴェルグリンドが突っ込んだ。

ビックリするくらい、フェン達の事情になど興味がないという態度であった。

それに苦笑しつつ、ルミナスが話をまとめる。

「イヴァラージェはともかくとして、幻獣族《クリプテッド》は妾《わらわ》達で何とかせねばなるまい。じゃが、軍勢を引き連れて行っても無駄死にさせるだけであろうな」

参加する気満々という表情で、バサラが頷く。

「同感だ。行くなら、将だけでいい」

この意見には、誰からも反論は出なかった。しかし、現実的に重大な問題がある。これを指摘したのがアダルマンだった。

「ですが、戦力が足りないのでは？」

今いる面子では、動ける者は十一名だけ。これにルイや名のある武将達を加えたとしても、バサラ以外の五大闘将が四名に、七大貴族が七名。ヴェルグリンドには役割があるから除外しなければならないし、そもそも、全戦力を投入出来る訳ではなかった。

誰が参戦するのか、それも問題となるのである。

朗報なのは、先の戦闘での疲労が回復している点だった。

ヴェルドラの豊穣《ファータイル》なる神秘《パラドックス》の波動の影響で、ルミナス達は完全回復していたのだ。

それ自体、有り得ないような奇跡なのだが、他の状況がぶっ飛び過ぎていて、皆が当たり前のような顔をして流していた。

突っ込んだら負けだ——という空気感になっていたのだった。

そんな訳で、ここにいる十一名は参戦する気だった。ここで逃げても待っているのが滅びなら、最後まで足掻いた方がいい。そんな覚悟を持って、全員が命を賭すつもりである。

これに、ヴェルグリンドが頷いた。

「イングラシアにいるマサユキにも事情を説明したら、坂口日向《ヒナタ・サカグチ》も参戦するそうよ」

マサユキまで参戦すると言い出したのを、ヴェルグリンドが『危ないから』と止めようとしていた。ヴェルグルドラを顕現させた状態ならともかく、素のままなら死にに行くようなものだ。そう考えて必死に説得していたのだが、どうやら止められそうもなかった。

マサユキは、そこにいるだけで仲間に幸運をもたらすのだ。本人に戦う力がなかったとしても、誰よりも役に立つのである。

ルベリオスが落ちたら、次はイングラシアだ。そして、西側諸国が滅びの火に焼き尽くされる事になる。

そうした未来が訪れるのを座して待つなど、お人好しのマサユキには耐えられそうもなかった。そんな訳で、〝勇者〟の参戦も決定したのである。

＊

中核となる面子が決定したが、まだ問題は解決していない。

というか、山積みだった。

面子が替わって、会議は続いていた。

新たに参加したのは、ヒナタとマサユキ。

抜けたのは、ダグリュール達とダグリュールの息子達だ。

場所も空いていた会議室に移って、議論が交わされている。

厳選された精鋭のみで防衛軍を再編しても、全然戦力が足らないだろうとの結論が下された。

ヴェルグリンドが予想した敵戦力から判断して、連れて行ける者が少ない為だ。

Aランク以上なのは当然として、機動力に特化した者でなければならない。その理由は単純で、自分で自分の身を守れるように、だった。


「幻獣族《クリプテッド》は自己再生能力が高くて、体力を削るのは大変だけど、攻撃力はそこまで大きくないわ。癖さえ見抜けば、対処は可能だと思うわよ」

というのが、ヴェルグリンドの意見だ。

しかし、これは超越者である彼女だからこその意見であり、実情は大きく異なっている。体力を削るのは至難で、攻撃が直撃すれば一撃死。かすっただけでも重傷を負うだろう。

たとえるなら、一匹一匹が暴風大妖渦《カリュブディス》に匹敵するほどの脅威なのだった。しかも、意外と狡猾で、状況によっては群れる事まであるらしい。

そんな化け物が、推定で千以上は蠢《うごめ》いているとの事。

どう軽く見積もっても、世界の危機だった。

ミリムの四天王となったオベーラ達がそうしていたように、罠を仕掛けて追い込んで包囲してから仕留めるという戦法が取れない以上、犠牲者が出ても救助している余裕などなさそうである。

そうした判断から、連れて行くのは強者のみに絞らざるを得なかったのだ。

「カリギュリオを呼んだわ。ミニッツも来るそうよ。帝国の『別身体』も戻したから守りが薄まるけど、世界が滅亡するよりマシでしょうし」

と、ヴェルグリンドが言う。

それに頷くのはマサユキだった。

ヒナタと一緒に、こちらの会議に合流したのである。

「頼もしいね。僕は守られるだけで心苦しいけど、僕の周りには攻撃が届かないと思うし、なんとかなると思う」

最近、マサユキは開き直っていた。

自分の権能であるはずの究極能力《アルティメットスキル》『英雄之王《シンナルエイユウ》』を使いこなすのを諦めて、運を天に任す事にしたのである。

かえってその方が上手くいくと、かなり前から気付いていた。これまでは『やってますよ感』を出すべく努力していたのだが、そんな無駄な事をしている場合ではないと悟ったのだった。

今回の参戦を決めた理由だって、英雄的な動機ではない。

(何もしなかったら、世界が滅んじゃうじゃん。僕だけ生き残っても仕方ないし、どうせなら皆が生き残れる可能性に賭けた方がいいよね……)

という、実に消極的な理由から、この場所にいるのだった。

だが、そのお陰で皆の気持ちにゆとりが生まれたのは事実。マサユキの動機はともかく、その行動の結果だけを見れば、紛れもなく〝勇者〟そのものなのだった。

そして、この場にはヒナタもいた。

この危機に直面して、西側諸国を放置して馳せ参じたのである。

ダグリュールの進撃の報告を聞いても我慢したが、今回は話が別だった。

何故なら、リムルがいないからだ。

(アイツが負けるなんて信じられないわ……)

リムルは、何があっても飄々としていた。

そこにいるだけで、安心感をもたらしてくれていたのである。

これからは、アイツなら何とかしてくれるでしょう

――という甘い考えが通用しない。だからヒナタは、自分自身で動くしかないのである。

「各国の防衛戦力を最低限残して、精鋭を連れて来たわよ。リムルに頼れないのなら、私達が頑張るしかないものね。アイツが帰って来る場所を守れなかったら、絶対に嫌味を言われるもの」

そう言うヒナタの表情は厳しい。

いつも以上に冷徹に、凍てつくような雰囲気だ。

リムルがいないだけで、ヒナタから余裕が失われていた。かつての冷酷なヒナタに戻ったように、昔を知る者達には感じられるほどに……。

（まあ、仕方あるまい）

ルミナスもそう思い、敢えて指摘はしなかった。

誰もがリムルに頼り過ぎていたのだと、いなくなってから何度も思い知らされるのだった。

しかし、嘆いてばかりもいられない。

議論の主題は、この危機的状況を全世界に告知するかどうか、に絞られた。

戦力が足りないとの予測があるのだから、全世界から主力となる戦士を召集すべきなのだ。

「自国防衛が大事なのは理解するが、世界が滅んでは意味があるまい」

と、ルミナスが主張する。

「――正直に言えば、妾《わらわ》は人間共がどうなろうが興味はないのだ。保護している者共だけは大事じゃが、妾《わらわ》を敬わぬ者共など、多少減ったとて問題はないというのが本音よのぅ。どうせ直ぐに増えるであろうし、な――」

そう、増えるのならば。

しかし、今回の危機は話が違った。

〝天通閣〟を通ってやって来るであろう災厄は、全ての生命体の天敵となるだろう。これを放置してしまえば、人が生き残れるという保証はないのである。

故にルミナスは、この地を守るべきだと主張する。

他の人類生存圏がどうなろうとも関係なく、元凶となるであろう最前線に集中して、全戦力を投入すべきだと考えるのである。

ただし、ここで言う戦力に弱者は含まれていない。

勝手に生き残れ――と考えているのだった。

　このように、ルミナスは決して人類の為ではなく、自分の都合によって物事を判断していた。

　だが、これに反論する者はいない。

　綺麗ごとだけでは、物事が上手く進むはずがないからだ。それを皆が理解しているので、損得勘定や利害関係を重視して、この危機に対処しようと考えているのであった。

「で、具体的にはどうするつもりなのかしら？」

　と、ヒナタが問う。

「ここは正直に、各国に告げようではないか」

　これから訪れようとしている未曽有《みぞう》の危機について、各国に伝えるべきだと、ルミナスがそう答えた。

「不安を煽るだけで、治安維持が保てなくなるのでは？」

　との意見も出たが、そんなのはルミナスの知った事ではないのだ。

「そんなのは、どうでもよい。妾《わらわ》達を信じられぬのならば、それこそ自分達で何とかせよという話じゃな」

　暴論だが、正しくもある。

　全員を守れない以上、騒いでも仕方ないのだから、大人しく待つくらいして欲しい。これが、守る側の立場なのだ。

　現実には、人心が恐怖や不安に負けて、暴徒が生まれるだろう。そんな事は百も承知だが、そんな愚か者の為に貴重な戦力を割く余裕などない、というのが本音であった。

「ま、一定以上の英雄にしか用はないのじゃから、残った者で民をまとめ上げれば済む話じゃな」

「それは難しいでしょうけど、やってもらうしかないわね」

　ヒナタが同意した事で、ルミナスの意見が採用される運びとなったのだ。

＊

　急遽全世界に向けて、ルミナスが演説を行う事になったのだが、今回は時間がない。

本来ならば各国に通達し、準備を整えて、厳かに行うべきなのが神託だ。

しかしながら今回は、悠長な事をせず予告もなく敢行すると決まった。

そんな訳で突如、各国の上空にルミナスの映像が浮かび上がる。

全世界同時配信であった。

上空を見上げて驚く人々。

そんなのは眼中にないとばかりに、ルミナスが口を開く。

『聞け、妾《わらわ》の名はルミナス・バレンタインという。神にして魔王、ルベリオスを統べる者じゃ』

これが挨拶の口上だが、これを聞いた人々の衝撃は、想像するに余りあるものだった。

初手から大暴露。

神を信じる者達に信仰心を疑わせてどうするつもりなのかと、ルミナスの配下達が頭を抱えたほどである。

『取り繕っておる場合ではないゆえ、端的に告げよう。世界は今、未曽有の危機に晒されておるのじゃ。妾《わらわ》は神の名の下、全力をもって民を守るつもりじゃ。それ以上に〝八星魔王《オクタグラム》〟の誇りにかけて、逃げずに戦うと誓ってやろう。他の魔王達もそうしているように、な』

少しばかりのオブラートに包みもせずに、次弾を投下するルミナス。ワザと暴動を起こさせようとしているのかと疑ってしまうほど、その言葉は暴力的であった。

だが逆に、混乱の極みに陥りそうになったせいで、人々はかえって冷静になった。

上空に浮かび上がった絶世の美少女が、嘘を吐いている気配などサラサラない。女神と呼ぶに相応しい美貌は、それだけで人々を魅了している。

そんなルミナスが語る言葉を疑う者など、誰一人としていなかったのである。

『まあ、逃げても無駄なのじゃがな。最終的にこの世界が滅ぼされようとしているのじゃから、戦うしかないのじゃ。妾《わらわ》は魔王としての誇りにかけて、敵に背を見せぬ。そして、それは妾《わらわ》だけではない――』

そう告げるルミナスの姿に代わって、映像が次々と切り替わる。

〝魔王〟ルミナスを筆頭にして――

〝原初〟ウルティマが。

〝聖人〟ヒナタが。

〝勇者〟マサユキが。

〝竜種〟ヴェルグリンドまで。

――流れるように今の姿が映し出されていった。

『彼《か》の者共もまた、此度《こたび》の危機に挑む仲間なのじゃ』

これを聞いて、民衆は思った。

そんなの〝勝ち確〟じゃん、と。

特にイングラシア王都の住民など、マサユキの勇姿を見たばかりである。その絶対的な恰好良さは鮮明で、逆に見学に行きたいと思う者までいる始末だった。

また、〝竜種〟のヤバさを知る者達からすれば、ヴェルグリンドの名は大きな意味を持つ。

あのヴェルドラでさえも逆らえない恐るべき女帝として、ヴェルグリンドは確固たる存在として君臨していたのだった。

そして、ウルティマだ。

その可愛さ、可憐さに、世界各地でファンが急増中だった。

見た目に騙される愚か者ばかりだが、可愛くポーズを取っているウルティマにも問題はあるはずだ。

これに加えてヒナタまでいる。

それに、ルミナス教の神まで参戦するとなれば、『それって、負ける要素ある？』となるのも自然な反応なのかも知れなかった。

そうとは知らず、ルミナスが続ける。

『それでも、まだ足りぬ。集え、勇士達！　逃げた先に未来などない！　また、数多の英雄の犠牲の上に生き延びたところで、この先、誇り高く生きる事など出来ぬようになるわ!!　であれば、ここは勇気を示す時であろう――』

ルミナスの演説は、思わぬ効果を発揮し始めていた。

ルミナスの妖艶さに痺れる者。

ウルティマを推そうと決める者。

ヒナタの美貌に骨抜きになる者。

マサユキのニヒルな笑みに歓声を上げる者。

そして、ヴェルグリンドの神秘さに崇敬の念を抱く者。

　映像まで映したのは、ある意味で大正解だった。民衆に絶望を与えるのではと思われたのだが、その映像の神々しさで、希望を与える事になったからだ。

　より正確に言えば、この終末的状況下に神話を再現するかの如く集ったという頂上の存在達の姿を目の当たりにして、興奮の坩堝《るつぼ》と化していたのである。

　これはまあ、実情を知る者達にとっては想定外の反応だった。しかし、脅威の本質を知らない民衆にとっては、とんでもない面子がそろったと興奮するしかない状況だったのである。

　演説は、佳境に入った。

『指導者達よ、聞くがよい！　貴様達が偉ぶれるのは、民あっての事ぞ。誇り高く生きるからこそ、貴族であり、王なのだ。逃げる事は許さぬ。この世界存亡の機に立ち向かえるように、民を正しく統べるのじゃ！

無知蒙昧《むちもうまい》に日々を生きる者共よ、汝らはそれでよい。ただ邪魔をせず、生きる為に足掻くがよい！　そして最後に――力ある者共よ、死に場所をくれてやる。妾《わらわ》達が勝利をつかみとれるように、その命を捧げるのじゃ!!』

　後世まで語り継がれ、記録される事になる、ルミナス一世一代の大演説であった。

　ルミナスが最後の言葉で締めくくる。

『我等に――この星に、勝利を!!』

　万難を排して、勝利を目指す。

　全てに優先させて、人類の知恵と力と勇気を結集させよと、これはそういう宣言だった。

　世界中の人々が、これに応える。

　ルミナスの――英雄達の決意を知り、誰もがアッサリと覚悟を決めたのである。

『『『うおぉおおおおお！　我等に勝利を!!　この星に勝利を――ッ!!』』』

　世界中の各地にて、怒号の如く大歓声が上がった。

　それは熱狂である。

ルミナスのカリスマは伊達ではなかった。

特に権能を駆使した訳ではないのに、人類は魅了されたかの如く、一瞬にして纏まりを見せたのだった。

これが、後の世に伝わるルミナスの『終末宣告』である。

その熱狂の冷めやらぬままに、各国で緊急会議が開かれ、時間のない中で議論がなされた。

そして、最低限度の戦力を保有した、可能な限りの最大戦力が、援軍として派遣される事になったのだ。

＊

ルミナスが演説し、着々と戦力が集められていく中、ダグリュールも生き残った〝縛鎖巨神団〟を集めて演説を行っていた。

ダグリュールの息子達もこちらに呼び出されて、三人並んで最前列に立たされている。

「聞けい！　ワシが動けぬ今、代理として指揮権をダグラに譲る。リューラ、デブラよ！　ダグラを助け、巨人族《ジャイアント》の繁栄の為に力を尽くすのだ！」

「おう！」

「承知でやんす!!」

うむ、と頷き、ダグリュールが続ける。

「巨人族《ジャイアント》の戦士達よ！　不甲斐ないワシを許せ。これからはダグラをワシだと思って、その命に従うのだ!!」

これにも、「「「応ッ!!」」」という怒号に見まがうほどの大合唱で、全員から賛同が得られた。

ダグリュールが動けるようになるまでの代理ではあるが、正統なる息子であるダグラにも人望はあったのだ。

「心配すんなよ、アニキ。俺もついてる。何があろうが、ダグラ達を守ってやるさ」

そう言って、〝四腕《よつわん》〟のバサラがダグラの背を叩いた。叔父として、ダグラの後見になると宣言したのだった。

これに安心するダグリュール。

ここでようやく笑みを見せた。

「ワシとルミナスの因縁が消えた訳ではないが、此度《こたび》の件で返せぬほどの恩を受けた。過去の遺恨はワシの胸の内に仕舞って、これからの未来を見据える事としようぞ」

ヴェルドラのお陰で、これからは大地も蘇る。

領土的野心など必要としない時代が来るのだ。

であれば、ルミナスと敵対する理由も失われるのである。

幸いにも、今回の戦で戦死した者は少なかった。両陣営に一定数いた瀕死だった者達も、豊穣なる神秘の波動《ファータイルパラドックス》によって癒され、無事に復活していたのだ。

この大いなる奇跡のお陰で、わだかまりは少なく済んだのだった。

だからこそ、これからは未来を見据えるべきなのだ。

ダグリュールは、その想いを息子達へと伝える。

「ダグラよ、貴様もいずれは王となる身なのだ。ワシの意見に従うだけではなく、これより先は自身の判断にて、何が正しいのか見極めよ。貴様の判断に、巨人族《ジャイアント》の命運が握られているのだ。それを心せよ。お主達もだ」

逃げる事は許さんぞ――と、ダグリュールはダグラを、リューラとデブラまでも同時に威圧した。

これにビビる三兄弟。

「は、はいぃ!! 父上、当然であります！ 身命を賭して、王の代理たる責務を果たします!!」

「お、俺も兄上を助け、父上の期待に応えると約束いたします！」

「当然でやんす！」

ここで尻込《しりご》むなど許さないという空気感を出しているダグリュールを前に、臆する勇気などあるはずがなかった。三人は気圧されるままに、誓いの言葉を陳《の》べたのだ。

そして――

『我等一同、ダグリュール様の帰還を祈願するとともに、ダグラ様の命に従い国の為に尽くします!!』

ダグリュールの敗北と、ヴェルドラの救済、ルミナスの温情を理解する〝縛鎖巨神団〟の精鋭達は、ダグリュールの決定に異を唱える事なく従ったのだった。

それを見届け、満足そうに頷くダグリュール。

「この大戦を見届ける事が出来ぬのは残念だが、もう時間がないようだ。未来があると信じて……ワシ等は眠りに就く。後は任せたぞ、ダグラよ。では、さらばだ——」

その言葉を最後に、ダグリュール達は大樹に吸い込まれて消えた。

この地と、自身の肉体の再生を行う為に、長き眠りにつく為に。

こうして、ダグリュール軍の乱は平定された。

同時に、〝縛鎖巨神団〟も最終決戦に参戦する事となったのだった。

＊

こうして、各地から大戦力が集った。

防衛戦に間に合わない者は、最初から戦力としてカウントされていない。

今この場にいるという事実が、全員が一騎当千の強者ばかりであると証明していた。

目を引くのは、英雄ガゼル・ドワルゴが自ら率いて来た天翔騎士団《ペガサスナイツ》が五百騎である。

「あのように言われてしまえば、自国の事だけに拘っていられぬわ」

と、苦々しく告げるガゼル。

その言葉とは裏腹に、その瞳にはやる気が漲っていた。

弟弟子リムルの不在を守るのは自分であると、事情を知って奮起しているのだった。

ヒナタが率いるのは、三百名の聖騎士団《クルセイダーズ》だ。

「死ぬ気で防衛に当たりなさい。どうせ死んでも、ルミナスが生き返らせてくれるから」

その無茶を通り越して不可能とも思える命令に、嬉々として頷く団員達。誰もがAランクオーバーである聖騎士《ホーリーナイト》であるだけに、死すら恐れぬその姿は、異様でもあり頼もしくもあった。

法皇ルイは、四百名弱の血紅騎士団《ブラッディーナイツ》を率いる。神聖な法衣姿が目に付くので、神輿としての役割も担っていた。

カリギュリオを筆頭にミニッツを副官として、新生帝国皇帝近衛騎士団《インペリアルガーディアン》百名もいる。マサユキの守護者として、鉄壁の布陣で守り通す構えだった。

主力となるのは、〝縛鎖巨神団〟から選出された千名を超えるエリート戦士達だ。代理の王となったダグラが総指揮者となるが、バサラが補佐を務めるので問題なさそうだった。

これに加えて、各国から集った英雄達が、およそ五百名。英雄ヨウムに、王妃ミュウことミュウラン。グルーシスやラーゼンの姿もあった。

元〝三武仙〟のサーレとグレゴリーも一時復帰して、法皇直属近衛師団《ルークジーニアス》三十名とともに戦う事になる。サーレなどヒナタと目が合ってビビッていたが、逃げ出さなかったあたり多少は気合が入った様子だった。

英雄達はまとまりに欠けるので、仲が良い、あるいは顔見知りであるなどの、繋がりを持つ者同士が組んでの遊撃部隊となる。こちらも知名度による力関係などで、直ぐに上下関係が構築された様子だった。

こうして、急ごしらえではあったが、精鋭中の精鋭達による防衛軍が編制されていったのだった。


総数、三千名弱。

誰もがAランク上位クラスの実力者という、考え得る限り最高の戦力が集っていた。

ルミナスは、〝天通閣〟を囲むように展開する軍勢を見渡し、感慨深げに呟く。

「壮観じゃが、何名が生き残るのであろうな」

英雄が死のうと、ルミナスには関係ない。

それでも気になったのは、彼等が本物の〝魂〟の輝きを、各々の胸に秘めていたからだ。

そんなルミナスの隣に立つのは、完全復活を遂げたシオンである。

元気いっぱいという様子であった。

ヴェルドラの豊穣なる神秘の波動《ファータイルパラドックス》から目覚めた時、シオンは不完全な状態だった。あの出鱈目な権能でも回復出来ないくらい、シオンの魔素量《エネルギー》が増大したという証拠であった。

「問題ありません！　死なせなければいいのです」

どんな根拠があればそんな発言が出来るのか、ルミナスは疑問に思った。

いや、シオンには根拠などなく、それが希望であるとさえ思っていないのだろう。

そうすべき、そうなるべきだから、そうならねばならない。という、理不尽なまでの思考の暴力で、自分の気持ちを表現しているだけなのだ。

そんなシオンを、ルミナスは好ましいと思った。

悲観しても仕方ないのだ。

絶望して死ぬよりも、未来に希望を抱いて散る方がいい――と、ルミナス自身も考えているからだ。

それはともかくとして、気になるのがシオンとアダルマンの会話だった。

「そうだ、不死者の軍団《イモータルレギオン》を囮にして――」

「あっ、それは無理です」

「何故です？」

「実は私、受肉しちゃったみたいでして――」

そこまで聞いて、ルミナスはアダルマンをマジマジと観察してみた。

確かに、受肉していた。

フェンとの戦闘中にウェンティと合体したのは知っているが、そのままなのだとばかり思っていた。しかし、違ったらしい。

アダルマンの肩に乗っているミニ竜が、ウェンティの変化状態だった。つまりアダルマンは、素の状態で骸骨を卒業していたのである。

そしてそれはアダルマンだけではなく、不死者の軍団《イモータルレギオン》全員に適用されていたらしい。

ヴェルドラの豊穣なる神秘の波動《ファータイルパラドックス》の影響だった。不死状態《アンデッド》も状態異常だと判定して、元に戻されたらしいのだ。

「そんなコトある？」

と、興味なさそうだったウルティマまで突っ込む始末。

〝原初の悪魔〟でさえ驚くのだから、それは間違いなく異常なのだと言えそうだ。

ともかく、不死でなくなったのは喜ばしい……のかどうかは意見の分かれるところだが、そうなるとAランクに満たない者達では戦力にはならない。聖都の民や巨人達を避難誘導させたり、食事の配給を行ったりと、裏方で働いてもらう事になったのだった。

戦端が開かれるまで、あと僅か。

こうして準備は、着々と整えられていく――

幕間　蟲の王

ゼラヌスは傷を癒していた。

ミリムとの戦いで負った傷ではない。

ゼラヌスが強制的に生命再構築《リストライフ》された、その影響である。

ピリオドの死は想定外で、多少は計画に狂いがあったが、問題とはならなかった。

何故ならば、それすらもゼラヌスにとっては予定調和だったからだ。

全ての蟲魔族《インセクター》は、ゼラヌスに帰属するように設計されていた。

ピリオドが〝そうあれ〟と産み出したのだ。

故に、死んでもその力は還ってくるのである。

本来であればピリオドに還り、彼女が超強化された存在となるはずだった。その手順を踏まずに、彼女自身の力ごと直接ゼラヌスに戻った訳だ。


その結果が、ゼラヌスの生命再構築《リストライフ》だった。

しかしそれも、〝暗黒増殖喰《デヴァステイターウイルス》〟で我が身すらも喰らうゼラヌスには、どうという事のない変化なのだ。

自分で産み出した眷属の力を育て、それを糧とする。

眷属が育てば育つほど、その力が増していく。

知恵が、力が、経験が、全てがゼラヌスのものになる。

それこそが、ゼラヌスの権能——究極能力《アルティメットスキル》『生命之王《セフィロト》』の真骨頂であった。

ゼスに親越えを期待していたのは本当だが、それは不可能だろうと確信していたゼラヌスである。もしも達成出来たなら『生命之王《セフィロト》』を譲るつもりであったが、それは果たされなかった。

結局はゼスも死んでゼラヌスの糧になって消えたのだ。

(まだその時期ではなかったが、十分に熟していたようだ)
ゼラヌスはそう思い、満足した。
力が漲る。
ゼラヌスは久方ぶりに、全ての権能を取り戻したような壮快な気分になった。
生まれ落ちた時と比べれば、数十倍以上に強化されている。
ミリムと戦った時よりも、今のゼラヌスの方が圧倒的に強かった。
ゼラヌスの存在値は億を超え、〝竜種〟すらも超えた超越者に至っていたのだ。
だが、まだ足りない。
まだゼラヌスから分かたれた眷属が、その生を謳歌していた。
その力をも呑み込み、更なる上を目指すべきだった。
ゼラヌスは立ち上がる。
「往くか」
と、誰もいない虚空に向かって呟き、ゼラヌスは歩き出したのだった。

第二章

迷宮侵蝕

Regarding Reincarnated to Slime

ディーノは憂鬱だった。

今はフェルドウェイの命令で、ラミリスの迷宮を攻略中なのだ。

始まったばかりなのに、もう嫌気が差しているディーノである。ピコとガラシャを連れて、逃げ出したいと思っていた。

しかし、それは許されない。

フェルドウェイの支配は絶対で、ある程度の自由意志しか認められていない為だ。

あのクソ野郎、マジでうっとうしいな——と思うものの、力が足りない自分を恨むしかなかった。

そんなディーノを悩ませる人物がもう一人いた。

意気揚々と先頭を歩く、ヴェガである。

「おい!? だからあれほど、罠に気を付けろって言っただろうが!」

今もまた、ヴェガが踏み抜いたスイッチのせいで、大岩が転がってきた。

道に勾配《こうばい》が付いていた時点で、想定される罠であった。

それなのに馬鹿みたいに引っかかるヴェガに、ディーノのイラつきも最高潮に達しそうになっている。

どうしてこうなったのか、ディーノは思い出していた。


………

……

…


マイの権能で、一瞬で魔物の国《テンペスト》まで辿り着いた。

迷宮を前にして、ヴェガ、マイ、ディーノ、ピコ、ガラシャの五名が顔を見合わせる。

最後の打ち合わせを行う為であった。

「いいか、こっから先は俺の命令に従えよ」

と、ヴェガが偉そうに言った。

反感を覚えたディーノだが、拒否権はなかった。

ヴェガとディーノ達は同格なのだが、今作戦を任されたのがヴェガだったからだ。

面倒な事になったとは思ったものの、ディーノには従うしか選択肢がなかったのだった。

「で、どういう作戦でいくつもりだ？」

と、ディーノが問うと、ヴェガは自信満々に答えた。

「簡単さ。正面から乗り込んで、全員をぶっ倒していく。そうすりゃあ、お前達だって経験を手に入れられるし、強いヤツを喰ったら俺の力も増すってもんさ」

バッカじゃねーの、コイツ——と、心底嫌になるディーノである。

つまり、露払いをディーノ達にさせて、ヴェガ自身は楽して強くなろうとしているのだ。

とんでもない作戦であった。

だからディーノは言ってやったのだ。

「おいおい、無茶言うなよ！　あの迷宮は難攻不落なんだぞ。俺達が攻略に失敗したから言い訳してるように聞こえるだろうが、マジであの中はヤバイんだって！」

ここぞとばかりに、本音をぶちまける。

「しかも、だ！　迷宮内で死んでも、ラミリスがいる限り復活出来ちゃうんだよ！　つまり、何度倒してもキリがないから、絶対に攻略なんて不可能なのさ」

他人事のように、『有り得ないよな』と思うディーノである。

味方だった時もヤバイと思っていたが、敵対した今は、この迷宮の恐ろしさがよく理解出来た。

だからディーノとしては、適当にやってる感だけ出して、さっさと切り上げたいと思っているのだった。

これに、ピコとガラシャが追随する。

「私と互角に戦えるような相手だっているんだよ？しかも、そいつは死なないから、どんな犠牲も気にせずに全力投球してくる感じ。ぶっちゃけさ、勝てる勝てないの話じゃないと思わない？」

と、ピコが。

「その通りさ。アタイと戦ったヤツだって、冗談みたいに硬くて、しぶとくて、不屈の闘志を持ったヤツだった。そんな猛者が死を恐れずに向かって来るってだけでも、こっちからすれば願い下げだね」

ガラシャも本気で嫌がっているのか、かなり辛辣に本音を語っていた。

ピコやガラシャも、本気を出していた訳ではない。だから、もしも全力解放して戦ってみたら、もっと簡単に勝てる可能性はある。しかし、それでも相手は復活してくるのだから、いずれ力尽きるのはピコ達の方になるだろう。

そうとわかっているのに、無理をしたくないというのが本音なのだ。

「だからな、無駄だから止めておこうぜ」

ディーノ達からすれば、これは本心からの忠告であった。

もう二度と迷宮を攻めたくないというのが本音だったりもするのだが、それは言わぬが花であろう。

だが、ヴェガはディーノが思っていた以上に馬鹿だったらしい。

「問題ねーさ。復活するっつってもよ、そりゃ単に倒しただけだからさ」

「は？」

「喰っちまえばいいのさ。肉体を失えば、復活なんて無理ってもんだ」

そうだろうか？　と、ディーノは疑問に思った。

いや、ラミリスの権能は〝魂〟を管理していると思われた。であれば保護してある〝魂〟の情報から、肉体すらも再現されるはずなのだ。

「いや、それでもラミリスの権能なら――」

復活可能だ――と言いかけたディーノを、ヴェガが笑いながら止めた。

「関係ねーさ。それならそれでもな。俺なら喰った相手の力を奪えるんだし、ソイツが復活しようが、次は簡単に勝てるってもんだろ？」

簡単に語るヴェガに、ディーノの苛立ちが募った。

「だから、迷宮守護者達の実力は本物だから、そんな簡単に倒せないんだって！」

勝てる前提で話すなと、ディーノは内心で憤った。

（これだから、無知な野郎は困るんだよな……）

「問題ねーって。お前達だけで不安なら、俺様が『邪龍獣生産』で手下を生み出してやんよ。素材になる餌さえありゃあ、四体同時に生み出せるぜ」

と、ヴェガは自信をのぞかせた。

これを聞いて、地団太を踏みたくなるディーノ。

（な、何でコイツ、人の話を聞かないんだ……）

叫び出したい心境になるディーノだったが、残念な事に権限はヴェガが上である。

それもこれも、フェルドウェイの支配下にあるのが悪い。自分の不遇を恨みつつ、ディーノ達は仕方なく従うしかなかった。

「……俺は忠告したからな？」

「ヘッ、心配性な野郎だぜ。わかったわかった。それならよ、俺様が究極能力《アルティメットスキル》『邪龍之王《アジ・ダハーカ》』で、迷宮そのものを喰らってやらあ！」

「無茶言うな」

「馬鹿なの？」

「寝言は寝て言え」

「……本気？」

ディーノ、ピコ、ガラシャ、そしてマイからの同時突っ込みであった。

無言で成り行きを見守っていたマイまでも参加するほど、今のヴェガの発言はバカげたものだったのだ。

「舐めんな。今の俺様なら、こんな迷宮くらい、どうってことねーぜ！」

皆の反応を嘲笑《あざわら》うように、ヴェガは余計にやる気になった。

そして、それ以上の議論は不要だとばかりに、迷宮の扉を開けたのである。

ディーノは、言い返しても無駄だと諦めた。

「わかったよ、従えばいいんだろうが……」

「そうこなくっちゃな！」

どれだけ無謀な決断であろうとも、それは既に決定事項であった。

ヴェガがそう決めた以上、ディーノ達には逆らえないのである。

「……最悪でも、私の『地形之王《ワールドマップ》』で脱出出来たらいいんだけど」

「それは多分、大丈夫だと思うよ」

覚悟を決めた様子のマイに、ディーノが気楽に答えた。

ラミリスの迷宮は、出入りは意外とルーズなのだ。来る者拒まずで、去る者はあまり追わない。というか、隔離とか便利な機能があるのは聞いているし、階層を増やせば増やすだけ防御面が強化されるが、出ていく者を留めるような話はあまり聞かなかった。

だからディーノは、脱出については心配していなかったりする。

「それなら安心だな。お前等は雑魚だから、せいぜい俺様の足を引っ張らないようにな！」

そう言い捨てて、ヴェガが迷宮に入った。

「──わかったよ」

ディーノもそう応じて、後に続く。

ピコとガラシャも覚悟を決めて、面倒そうに従った。

マイも無言で迷宮に入る。

──こうして、ディーノが心配していた最悪の方向へと話は進み、たった五名だけで迷宮に挑む事になったのだった。

………

……

…

そして、現在。

ヴェガの無謀な進撃が続いていた。

「オイオイ、手下を出すんじゃなかったのか？」

楽をしたいディーノが、早く『邪龍獣』とやらを出せと催促した。

これに答えて、ヴェガが怒鳴る。

「うるせーな！　餌がいねーんだから、もう少し待てや!!」

迷宮内部を徘徊しているはずの魔物達は、今日に限って姿を見せなかった。いるにはいるが、いつも以上に数が少ない。知性のない雑魚ばかりで、その代わりとばかりに、いつも以上に罠が張り巡らされていた。

（これはもう、こっちの作戦は見抜かれてるんだろう

な）

　と、ディーノは確信している。

　というか、敢えて聞こえるように作戦会議を行ったようなもので、この状況にかえって安心しているディーノであった。

　ただ、アホほど罠にかかるのは面白くない。

　もっと楽をさせろと、ディーノは不満に思うのだ。

「この迷宮は何でもアリなんだから、油断するなよ」

「わかってんよ。俺様が迷宮を侵蝕してやるって言ったろ？　時間稼ぎは任せたぜ」

　五人が迷宮に入るなり、ヴェガによる迷宮侵蝕は開始されていた。

　しかし、その成果は直ぐに出るものではない。

　当たり前だ。

　ラミリスの迷宮は有機物ではないので、究極能力《アルティメットスキル》『邪龍之王《アジ・ダハーカ》』の『有機支配』では侵蝕出来ないからだ。

　それなのにヴェガは諦めない。

　自分の権能を深く理解していないというのもあるが、何となく手応えを感じていたからだ。

　本来なら意味がないのに、極小の魔性細菌《バクテリア》を迷宮壁にそって張り巡らせていった。それにエネルギーを消耗していた為に、『邪龍獣』を出す余裕がなかったのだった。

　そんな状況なのに、ヴェガは突出して罠にかかりまくっていた。

　これには、ガラシャもご立腹だ。

「だったら前に出るな」

「そうそう。勝手に罠に嵌るのも止めてよね」

　ピコまで、ここぞとばかりに言いたい放題であった。

　そんな感じで、ヴェガが率いる攻略組は深層目指して進んでいく――

●

　迷宮攻略組を監視する者達がいた。

　リムルの帰還を信じて、その帰る場所を守ろうと決意したベニマル達である。

　迷宮最下層に位置する〝管制室〟には、中央正面の壁に巨大なモニターが設置されている。これにヴェガ達の様子が映し出されており、何をしているのか筒抜けであった。

ベニマルは、普段はヴェルドラが使用している指揮官専用の椅子に座っていた。そして、食い入るように画面を睨んでいる。

その横には、ご丁寧にも空中に固定されたラミリス専用の椅子があった。ミニサイズだが豪華な作りで、机までセットになっていた。

それに合わせる形で、〝管制室〟は模様替えされている。

意味のない飾りつけにより、明滅を繰り返すだけの装置等も置かれていたりするが、大半の装置は本物だった。迷宮内で起きた全ての出来事を管理出来るように、各種計器類が用意されているのだ。

それを見守るのは、トレイニーの姉妹達だった。

「会話、流します！」

「そちらは切り替えて。次の罠を起動！」

「データ採取、順調です！　敵の存在値の計測も完了しました」

等々、各々が任された役割を適切にこなしていた。

ヴェガ達が次々に罠をクリアしていく。

それは一見すると無意味に思えるが、実は重要な意味があった。

ヴェガ達の会話を聞いたベニマルが、ヴェガに獲物を与えないようにしようと決定していたのだ。その為、なるべく魔物に遭遇させないように、罠で誘導していたのだった。

そして遂に、ヴェガ達は五十階層を突破する。

ちなみに、五十階層のボスだったメズールとゴズールは、念の為に避難済みだ。

ヴェガに喰われても復活可能かどうかは確証がなく、危険過ぎる賭けになるからだ。

ディーノの見立て通り、〝魂〟さえあれば完全復活は可能である。だがしかし、生きたまま喰われてしまった場合など、どんな不測の事態が起きるかわかったものではなかった。

迷宮の安全神話が再び崩壊しかねないので、安全策を取ったのだった。

それにしても、思わぬ迷宮攻略法があったものである。

事前にヴェガの企みを暴いたディーノは、実に良い働きをしたと言えるだろう。

こうして、ボス部屋は何事もなく突破され——

その先に待つのは、準備万端に待ち受ける最新鋭の科学兵器群だった。

階層守護者《ガーディアン》が不在の階も多いので、急遽、ラミリスが迷宮構造の模様替えを行っていた。数多《あまた》の罠には、時間稼ぎの意味もあったのだった。

そんな訳で、これからが本番だった。

「始まったな」

「ええ。全ては予定通りよ——」

ベニマルの呟きに、ラミリスが頷く。

机の上で意味深に両手を組んで、顎を乗せたポーズを取るラミリス。ベニマルの言葉に頷き、重要なのは雰囲気であると言わんばかりに、意味深に笑って見せたのだが……。


「遊んでないで、仕事しなさい！」

手に持つ扇子を畳んで、シュナがスパンとベニマルの頭を叩いたのだ。

「痛ッ！　お前なあ、畳んだら痛いだろうが！　愛する兄上に対する優しさはないのか⁉」

遊び心をわからぬヤツだと、ベニマルが嘆く。

しかし、シュナは意に介さない。

「ありません。リムル様の不在で不安を紛らわそうとしているのは理解しますが、そういう遊びは止めて真面目になさって下さい！」

と、一刀両断に切り捨てた。

そんなシュナを擁護するように、言葉を被せる者がいる。

ベレッタだ。

「何を遊んでいるんですか、ラミリス様。シュナ様の言う通り、今は非常時なのですよ？　いい加減にしないと、リムル様が帰って来られた際に報告しますからね」

ベレッタから鋭く突っ込まれて、ラミリスは慌てた。

「ちょ！　ちょっとアンタ、何言ってるのさ！　アタシは真面目ですぅ――っ!!」

思わせぶりな仕草など一瞬で吹き飛んで、大慌てで言い訳を始めている。

「ベニマル、お前もだぞ。今は遊んでいる場合ではなく、負けられぬ戦いなのだと自覚しろ」

ソウエイにそう諭され、ベニマルも神妙に頷いた。

「わかっているさ。ただ、指揮官には余裕が必要だからな」

「そ、その通りなのよさ！　アタシ達は皆に安心してもらいたくて、余裕ある姿を見せつけていたってワケ」

ベニマルの言い訳に、ラミリスも乗っかった。

リムルの真似は難しい、とベニマルは思う。

リムルならば、どんな危機が迫っていようとも、飄々《ひょうひょう》とした態度で皆を安心させていた。

同じ事をベニマルがしようとしても、今のように結果は散々だ。

ラミリスに付き合って、余裕ある雰囲気を演じて見せたのだが……真面目な者達を怒らせただけだった。

ちょっと遊んでみたくらいで、リムルは怒ったりしないのに――などと、ラミリスが不貞腐《ふてくさ》れているが、そろそろ潮時だろう。

リムルとは器が違うのだから、真似しようとしたのが無謀だった。

だったら、ベニマルはベニマルなりのやり方で、皆を安心させればいいだけの話なのだ。

視線を交差させ、内心の思いを伝え合うベニマルとラミリス。

気持ちを切り替えて、ヴェガ達への対処を命じていく。

事実として、状況は想定通りに進んでいた。

ベニマルが問う。

「それで、敵の存在値はどのくらいだ？」

これに、オペレーターの一人が答えた。

「こちらの黒髪の少女ですが、存在値は１６６万です。背負っている弓が神話級《ゴッズ》相当で１００万ありますので、合計して２６６万となります」

二十四名いる霊樹人形妖精《ドリュアス・ドール・ドライアド》だが、今ではベレッタの指示を待たずとも自分の役割を務めている。速やかに己の卓上パネルを操作して、画面表示を切り替えた。

モニターに映し出されたのは、黒髪をポニーテールに纏めた少女だ。キリッとした切れ長の眼差しと、引き結ばれた桜色の唇。真面目そうなその美少女の名は、古城舞衣《マイ・フルキ》と言った。

マイの武器は、オルリアが創造した弓張月《クレセントボウ》である。オルリアの死亡で一度消失したのだが、ヴェガが『武創之王《マルチブルウェポン》』を継承した時点で再現されていた。それをそのまま貸し出されていたのだ。

「この女は、転移系の能力者だったな。セオリーとしては、真っ先に潰したいが……」

「多分、無理だと思う。アタシの迷宮からも逃げ出せると思うよ」

隔離しちゃっても意味がない、とラミリスが言った。

これもディーノ達の見立て通りだった。

ディーノは不真面目なだけで、意外と頭はいいのだ。

「脅威だが、殺すのは最後の手段だ」

「どうしてさ？」

「リムル様が嫌がるだろうからな」

不思議そうなラミリスに、ベニマルが答えた。

これに皆が納得する。

マイはどう見てもリムルと同郷であり、しかもまだ子供だった。

自分の意思で動いているのならともかく、フェルドウェイの支配下にあるのは疑いようもない。

そんな彼女を殺すのは、そうするしか他に手立てがなくなった時であろう。

ラミリス自身、殺すのは嫌だった。なので、ベニマルの決定には大賛成である。

ただし、それを素直に認めるのは癪《しゃく》なので、無理して厳めしい顔つきになって突っ込んだ。

「意外と余裕あるよね」

そんなラミリスの考えなど、ベニマル達にはお見通しだ。

苦笑しつつ、答える。

「当たり前ですよ。指揮官から余裕が失われた時点で、それは負け戦ですから」

シレッとベニマルが答えたお陰で、皆にも余裕が生まれた。結果、〝管制室〟の空気は穏やかなものになったのだった。

続いて、モニターにピコが映し出される。

「こちらの少女ですが――」

年齢的には少女ではないが、外見だけで話が進められる。

「わっちと戦った者でありんすね。確か、ピコと名乗っておったような」

下座に待機していたクマラが、そう声を上げた。再戦への意欲があるのか、その目がぎらついている。

「会話が記録されていました。個体名は、ピコで間違いありません」

オペレーターが淡々と答えた。

そのまま続けて、ピコの情報を開示していく。

存在値は189万で、神話級《ゴッズ》の槍――三叉槍《トライデント》を所持していた。

合計すると、存在値：289万となる。

「コイツも強敵だな」

「ベニマル様、この者の相手は、是非ともわっちに任せて欲しいでありんすえ」

「わかった。考えておく」

決断はまだ早いと、ベニマルは焦る事なくクマラの提案を保留にしたのだった。

次に映し出されたのは、ガラシャだ。

「オレが相手をした女だな。全然本気を出していなかったが、かなりの武者だった」

と、ゲルドが言う。

こちらも再戦希望という様子だが、先ずは自分の身体の回復を優先させて欲しい、とベニマルは思った。

傷そのものは治癒されているのだが、ゲルドの疲労はそんなに簡単に癒えるような状態ではなかった。その権能で負ったダメージを仲間へと分配していたようだが、戦闘終了時にそれらを戻してしまったようなのだ。

ゲルドの負担はかなりのものだった。その状況で戦場に出るなど、自殺行為そのものだ。

とはいえ、ゲルドの気持ちもよくわかるベニマルである。

ベニマル自身も先の戦闘による消耗を回復しきっていないのに、先陣きって戦いたくて仕方ないからだ。リムルがいない不安を、戦う事で解消したいのだ。

しかし今は、一つ一つの行動を大事に行うべき時であった。

ゲルドを戦場に出すのはまだ早いと、ベニマルはそう判断したのである。

ともかく、ガラシャの数値へと目を向ける。

「個体名はガラシャ。存在値は２４４万で、神話級《ゴッズ》の片手剣《ロングソード》と円形盾《サークルシールド》を所持しています」

合計すると、ガラシャの存在値は４４４万となった。

この数値から見てもわかる通り、存在値はただ大きければいい、というものではないのだ。数字だけを増やそうとするならば、武器を多く所持すればいいという話になる。しかしそんな真似をしても、強さに直結しないのだった。

そもそも、神話級《ゴッズ》の数は少ないし、使いこなせなければ意味がない。ガラシャの場合は性能上限まで引き出せているのだろうから、強敵なのは間違いないのだが……。

「さて、どうしたものかな――」

そう思案しながら、ベニマルは次の情報へと目を向ける。

画面には、ディーノが映っていた。

どこか気の抜けた、やる気のない様子だ。

そんないつもと変わらぬディーノの姿に、ラミリスが闘志を燃やしていた。

「この前の仕返しをキッチリしてやるんだから！　覚悟しておくのね、ディーノちゃん!!」

ここで宣言しても相手には聞こえないのだが、そんなのはラミリスの知った事ではないのだろう。

それで、ディーノの情報はというと。

「個体名はディーノ。〝眠る支配者《スリーピング・ルーラー》〟の二つ名で知られる〝八星魔王《オクタグラム》〟の一柱《ヒトリ》です」

誰でも知っている事を、淡々と説明するオペレーター。

そしてそのまま、ディーノの存在値が詳《つまび》らかにされていく。

存在値は226万で、背負っている神話級《ゴッズ》の大剣が220万となかなかに凄い。

合計値は446万となるのだが——

「アイツ、完全にやる気ないわね」

と、ラミリスが見切ったとばかりに言った。

「その根拠は何です？」

まあ正しいのだろうと思いつつも、一応聞いてみるベニマルである。

「勘、よ。女のね」

はいはい、と皆が流して、その場に白けた空気が漂ったのだった。

最後に確認するのは、一番の脅威だとみなされているヴェガであった。

全員が、モニターに映し出された数字に視線を集中させる。

「存在値：1737万か、化け物だな」

と、ベニマルが皆を代表するように呟いた。

この場にいる面子で笑みをたたえたままなのは、ディアブロただ一人である。

「何なら、私が出向いて始末してきましょうか？」

笑みを深めながらそう問うディアブロ。

ベニマルは一瞬だけ返事を迷い——

「いや、それは駄目だ」

と答えた。

そして、聞かれる前にその理由を説明する。

「ヤツの権能だが、まだ未知数の部分が多い。テスタロッサも一度逃げられたらしいし、慎重を期す必要がある」

今回で仕留めるという確固たる思いを込めて、ベニマルは時機を待てと説いた。

少なくともマイと切り離しておかなければ、簡単に逃げられてしまうだろう。そうならないように、ヴェガ相手には策を弄する必要があるのだ、と。

ディアブロはこれに納得し、大人しく従ったのだった。

皆が納得したところで、ラミリスが口を開く。

「それにね、あのヴェガってヤツは何やらやらかしてるっぽい」

「ディーノとの会話にあった、迷宮を喰うという話だな」

ベニマルが頷くと、横で話を聞いていたトレイニーが口を挟んだ。

「――可能なのですか？」

「え？　無理に決まってんじゃん」

あっけらかんと答えるラミリス。

それもそうだよな、と全員が思った。

――のだが、ラミリスの説明はそこで終わらなかった。

「だけど、油断は出来ないっぽい」

と続いたのである。

「なんかゾワゾワするから気になって調べてみたんだけど、アイツ、本気で迷宮に喰いついてたのよさ」

ラミリスが言うには、ヴェガの魔性細菌《バクテリア》が、迷宮壁を覆い尽くそうとしていたそうだ。

迷宮自体は想像物質であり、有機物でも無機物でもない。対『有機物』にしか影響のない魔性細菌《バクテリア》では迷宮を害する事など不可能なのだが、ヴェガは諦めずにチャレンジを続けているのだという。

「一応さ、階層が変わったら支配力を失うみたいでね、アイツもそれは理解したみたいなんだけどさ――」

連続した空間にいないと、ヴェガは魔性細菌《バクテリア》への支配権を失うのだと。それなのに、階層を移るごとに挑戦を繰り返しているのだそうだ。

意味がないのかと言えば、そうではなかった。

「実際さ、その階層にいる弱い魔物なんかは喰われちゃうし、それで少しずつ力を蓄えてるみたいでね、なんか気持ち悪いんだよね……」

「それはまた……」

面倒な相手だ、とベニマルも唸った。

これは、ゴズールやメズールを避難させておいて正解だった。

本人達もそう思ったのか、下座に避難していた二人は、顔を見合わせて安堵の溜息を吐いていた。

「それで、その分離した細菌とやらの、サンプルの採取は終わっているのですか？」

ディアブロが問うと、ラミリスが頷いた。

「勿論なのよさ」

自慢気に胸を張って、ベレッタにビーカーのような容器を運んで来させたのである。

「そこまでしぶとくはありませんね」

ディアブロが一部を取り分けて、試しに滅していた。

それを真似してベニマルも、自分の火で焼き尽くしてみる。ディアブロの言うように、思ったよりも簡単に殺せるようで、一安心であった。

「支配から外れたら、そこまで生命力は高くないようだな」

「ええ。ですが念の為、全て滅殺処分しておく方がよさそうですね」

ヴェガの成長速度は驚異的だ。何がどう影響して突然変異するかもわからない為、安全策を取るに越したことはないのだった。

事実、ヴェガだけは微小ながらも存在値が変動していた。ここで確実に仕留めなければ、将来的には本格的な脅威になりかねないのだ。

このような結果を共有した事で、方針も自ずと定まった。

マイとヴェガを隔離し次第、後顧の憂いを断つべくヴェガを抹殺する事になったのだった。

●

六十階層の守護者だが、ガドラ不在の為に魔王の守護巨像《デモンコロッサス》だ。

侵入者を排除せよという命令を受けて、圧倒的な破壊の力を撒き散らす『暴力装置』である。

ガドラ老師が手を加えたせいで、様々な兵器《ウェポン》が搭載されていた。その凶悪さは以前の比ではなく、普通の冒険者の手に負える存在ではなくなっていた。

だがしかし、ディーノ達を前にしては、その力は足止め程度にしか役立たなかったのだが……。

「たくよ、てこずらせやがって。アホほど頑丈だったな、これ……」

「というか、何で光の粒子になって消えていくわけ？」

「まさかとは思うけど……このゴーレムも復活したりするんじゃないだろうね……？」

ディーノが愚痴り、ピコとガラシャが追随する。

それはもう、見慣れた光景になっていた。

ガラシャの言葉を否定するのは、真面目を絵に描いたようなマイである。

「そんな訳ないでしょう。これ、ゴーレムですよ？」

そうだよな、と思う一同。

しかし、安心出来ないのがこの迷宮であり、それを一番理解しているのがディーノなのだ。

だから自慢気に、それを指摘する。

「甘い、な。この迷宮は何でもアリ、なんだぜ？」

そんなふうにドヤ顔で言ったのだが、マイから冷めた目で見られただけだった。

「ま、仮にコイツが復活したとしても、そこまで脅威じゃないさ」

そんなふうにガラシャがとりなしたので、マイも「面倒だという意見にならば、同意しますけど」と矛を収めたのだ。

ディーノだって、自分の発言がオカシイのは重々理解している。

だがしかし、本当にオカシイのはこの迷宮の方なのだと、声を大にして言いたいのだ。

流石に、人工物であるゴーレムが再生してくるのは理不尽だと思うディーノではあった。が、しかし。ラミリスの邪悪な笑みを思い出すと、それを否定しきれぬ怖さがあったのだ。

（あいつなら、有り得るかも知れん……）

してたよな、そんな研究を——と、ディーノは思い出していた。

成功したという話は聞かないが、魔の巣窟のようになっている研究施設の面子を思い出すと、不安が拭えないディーノである。

一番ヤバイあのスライムを筆頭に、ガドラや吸血鬼、カイジンや親愛なる上司ベスター等々、頭のネジが何本も外れたようなヤツ等が集まっているのだから、日進月歩で研究は進められている。とっくに実用化されていても不思議ではないのだ。

ラミリスだって、ヤバイヤツの一角に名を連ねている。本人には脅威となるような力はないが、その頭脳は明確にヤバかった。

みんな見た目と言動に騙されているが、ラミリスはかなり知能が高いのである。

だからこそ、この迷宮が短期間で難攻不落の要塞に生まれ変わった訳で――

「マジでさ、もう帰らない?」

と、ディーノが泣き言を言いたくなるのも、無理のない話なのだった。

そして、ディーノの不安は的中する。

『さあ始まりました!　本日はゴーレムのフルコースでお出迎えですぅ!　ぜひ楽しんでネ!!』

とんでもなく陽気なラミリスの声で、そんなアナウンスが流れたのだ。

それからは悪夢だった。

飛び交うレーザービームに、灼熱の溶鉱炉をひっくり返したような溶岩流、ずっと追跡してくるミサイル群に、怪音波による干渉破壊。果ては、消えない炎――テルミットプラズマの雨あられだった……。

(ラミリスの野郎、楽しんでやがる!!)

と、ディーノは憤った。血の涙を流した。

もう止めてくれと言いたくなるほど、新兵器の実験台にされてしまったのだから、そんな感想を抱くのも当然だった。

直撃を喰らっても死にはしないし、消耗が激しい訳でもない。それでも気持ち的に痛いものは痛い訳で、コツコツと続けられれば、それなりに疲弊するものなのだ。

あらゆる効果に対応する『結界』などという便利なものはないし、それを熟知しているリムルが仕掛けた罠なのだから、効果がないハズがないのだった。

それに加えて、リムルの発想を実現可能にするのが、ラミリスの権能だ。

どうして、迷宮内部に溶鉱炉が設置されているのか？

普通ならば有り得ない光景も、ラミリスが介入する事でお手軽に実現していた。

それは、今も目の前で――

「やっぱり復活しやがった!!」

「うっざ！　マジで何なの!?」

どこかしら不安に思っていたのか、ピコとガラシャが同時に叫んだ。

「――ってかさ、人造物まで復活させるとかさ、ラミリスもいい加減にしとけって話じゃん」

一拍遅れて、ディーノも愚痴る。

「――ゴメン。まさか、こうなるなんて……」

真面目なマイが、自分の発言を撤回して謝罪した。

ゴーレムによるお出迎えと聞いて嫌な予感はしていたが、やはり的中である。

やっぱそうなったか、とディーノは思った。

粒子化して消えたゴーレムが、新品同様になって復活したのだ。

それだけでなく、数も増えていた。

ラミリスが新型や試作機を、惜しげもなく投入してきたのだ。

「嫌がらせかよ、ラミリスぅ――っ!!」

そう絶叫して、ディーノ達は迎撃に全力を注いだ。

ラミリスの支配領域の中では、配下に不死性が付与される。それが無機物のゴーレムにまで適用されるとなると、その脅威度は想像を絶するものであった。

敵対してから初めて実感したのだが、ラミリスの固有能力である『迷宮創造《チイサナセカイ》』とは、理不尽の権化のような権能なのだ。そんな権能を有するラミリスが長き間軽んじられていたのが、ディーノとしては信じられない気分になったのだった。

＊

「よ、ようやく落ち着いたな……」

「ああ。流石によ、物資が枯渇すりゃあ、攻撃も止まるわな」

ディーノが安堵の溜息を吐き、ガラシャも大きく頷いた。

三時間ほどぶっ続けで戦わされたが、ゴーレムが復活してくる気配はなかった。

ミサイルや銃弾などは、流石にラミリスの権能でも再生は不可能だったようだ。それが可能なら無限機関も簡単に作れるだろうし、当然の結果ではある。

そして、それに目をつけたディーノが考案した作戦が、見事に的中したのである。

「マジで疲れた。っていうかさ、マイが動力部分だけ外に跳ばしてくれなかったら、延々戦わされてたかもね」

「ディーノさんが的確に指示してくれたお陰よ」

ディーノの指摘とはまさに、ゴーレムの動力部だけを分離して迷宮外まで転送させるというものだった。

ゴーレムの動力炉である〝精霊魔導核《せいれいまどうかく》〟は、魔素さえあれば無尽蔵にエネルギーを生み出せてしまう。このままだったらピコの言うように、延々と戦い続ける羽目になっていた。

マイという強力な『空間支配』能力者がいたからこそ、攻略が上手く成功したのだ。

この濃密な共闘があったお陰で、マイとディーノ達も打ち解ける事に成功している。疲れるばかりの攻略ではあったが、良い点もあったのだった。

それにしても——と、ディーノはジト目で、座禅を組んでいるヴェガを見据えた。

ディーノ達が逃げずにこの場を死守していたのは、ヴェガに命令されたからだった。

ヴェガは言ったのだ。

「聞けや、お前ら。俺様はここで、この迷宮の権能を奪う事にする。どうも階層を移動すると権能の繋がりが失われるみてーだからよ、お前らがボスを倒す間に仕掛けてみるぜ」

とても成功するとは思えないような発案だったが、試す前から否定してもヴェガは聞かないだろう。そう思って、皆が消極的ながらも賛同した——というか、させられたのだった。

今回の苦労は、主にヴェガのせいだと言える。

だからディーノは不機嫌さを隠そうともせず、ヴェガに向かって話しかけた。

「おい、順調なのか？」

「ん？　ああ……」

ヴェガが薄っすらと目を開ける。

「まあまあだな」

そう言って、大きく伸びをするようにヴェガが立ち上がった。

「一つわかったぜ。俺の権能は、やはり『無機物』には通用しねーってな」

ぬけぬけとそんな事を口にするヴェガに、ディーノの怒りは増加中だ。

「ああん？　それってつまり、俺達の努力は無駄だったって事かよ？」

努力はしていないが、三時間も働かされたのは事実だった。それはディーノにとっては重労働であり、文句を言う権利くらいはあってもいいと思っている。

そんなふうにイラつくディーノを気にかけもせず、ヴェガは説明を続けた。

「階層が違うと魔性細菌《バクテリア》への支配権がなくなるんだが、それはつまり、迷宮とは『階層ごとに独立した次元にある』って事だ。だったらよ、その階層に侵入した時点で俺の権能で覆っちまえば、その中にいるヤツは全て、俺様のエサになるって寸法よ。どうだ、いい考えだろ？」

人の話を聞かず、自分の都合だけで物事を考えるヴェガ。前向きなのはいいが、仲間であるディーノ達への配慮は皆無だった。

そんなヴェガに腹が立ったが、ディーノは我慢した。ヴェガの意見にも聞くべき点があったからだ。

「なるほどな。一つ確認したいんだが、お前の細菌とやらで覆い尽くした場合、その内部への直接『転移』は可能か？」

「ああん？　そんなの、無理に決まってんだろ」

ディーノの質問に、ヴェガが自信を持って答える。

そして、これにお墨付きを与えたのがマイだった。

「ヴェガの言うように、難しいと思うわ。だって、生物の体内って、それだけで座標が読み難いもの」

常に変動している空間内部は、座標計算が難しい。内部から外部への跳躍ならともかく、その逆は困難だろうとマイが説明した。

これを聞いて、ディーノがニヤリと笑う。

「俺達が倒した魔物がお前のエサになるってのはともかく、邪魔者から不意打ちされずに済むってのは大きいな。敵の逃亡も阻害出来るかもだし、他にも利点がありそうだぜ」

何度も言うが、ディーノは馬鹿ではないのだ。

自分が楽をする為ならば、かなりの確度で正解を見抜くのである。

ここでエサを増やしてやれば、エネルギーに余裕が生まれるのでヴェガが『邪龍獣』とやらを作り出してくれる。そうなれば、ディーノ達だって楽が出来るという寸法だった。

ラミリスの迷宮内部では、リムルの仲間達なら簡単に『転移』が可能だ。それを防止するという意味でも、ヴェガの案は有用かも知れない。


そういう意味で言えば、このゴーレム階層では意味がなかっただろうし、ヴェガの案を実行するのは次の階層からが本番だろう。

そんなふうに考えをまとめるディーノ。

それを聞いて喜んだのは、発案者であるヴェガ本人だった。

「おお、いいねいいね！　ディーノよ、お前、わかってんじゃねーか！　そうとも。この俺様がいれば、この先の攻略も楽勝ってもんだぜ！」

と、とことんまで調子に乗った発言をするほどだ。

「わかったから、肩を叩くなっての。それよりお前は、さっさと『邪龍獣』とやらを出してくれよ？」

「おう、任せな。俺様は次の階層でも迷宮掌握に集中するからよ、後の事は任せるぜ？」

これに頷くディーノ。ともかく楽をしたい一心で、ヴェガの提案を受け入れたのだった。

ピコとガラシャも、ディーノが承諾したのなら文句はなかった。

マイはただ従うのみ。

こうして、フワッとしていた迷宮内での攻略方針が、明確に決定されたのである。

＊

六十一階層まで降り立ったディーノ達は、拍子抜けする事になった。

「いきなり敵がいなくなったね。さっきまでの猛攻は何だったのかな？」

「六十一階層からは、死霊系がウジャウジャと出て来るはずだろ？」

ピコとガラシャがディーノに聞く。

「本当ね。下級の魔物すらいないみたい」

これなら上の階層の方が面倒だったわ——と、マイまでも意外そうな表情だ。

「チッ、俺に恐れをなしたか？　これじゃあ、階層を支配しても意味ねーな」

ディーノがこれに答え、正解を口にする。

「まあ、あれだな。多分、ダグリュールの迎撃にでも出向いたんだろ」

これに驚いたのがマイだった。

「嘘でしょ？　何体の魔物を連れて行ったというのよ？」

自分が『空間転移』を得意としているだけに、どんな出鱈目《でたらめ》な真似をしているのか気になったのだ。

「さあ、万は下らないんじゃないか？」

とディーノが答えると、マイが絶句した。

「可能なの、そんなこと？」

「アダルマンなら出来るんじゃないかな。死霊召喚の応用とかで」

と、それがどれだけ大変なのか気にもしていないので、顔を青褪めさせたマイにディーノは実に気軽に応じていた。

「というかさ……迷宮内に野放しにしてる魔物まで軍団として利用するなんて……正直、反則だよね？」

「ズルって言葉じゃ物足りねーよな。アタイには思いつかねー発想だね」

と、ピコとガラシャも他人事のように論じている。

「知らねーよ、俺に文句言うなよ。そういう事は、リムルに言ってくれ！」

俺だって文句言いたいわ——と、ディーノもウンザリなのだ。

敵が出てこないので暇になったディーノ達は、ひとしきり軽口を叩き合ったのだった。

そうして一行は、魔物が出没する階層まで歩を進めた。

辿り着いたのは、七十一階層だ。

「ああ、やっぱゼギオンはいるよな……」

ディーノが嫌そうに呟いた。

蠢《うごめ》く蟲共がいるのだから、その王たるゼギオンが不在であるはずがない。これで負け確定だと、内心は涙目になるディーノであった。

「それじゃあ作戦通り、頼んだぜ」

「ああ、適度に頑張るさ」

お気楽なヴェガに声をかけられ、投げやりに応じるディーノ。どうせ勝てないのなら、ヴェガの好きなようにさせようと考えている。

ヴェガは予定通り、迷宮への侵蝕を開始した。

自分の細胞を細分化させて、魔性細菌《バクテリア》を生成していく。そして、階層内壁を覆い尽くすように、薄く張り巡らせていく。

ディーノからすれば『邪龍獣』を先に出せと言いたいところだが、同時には権能を扱えないらしい。というか、ヴェガも万能ではないので、『邪龍獣』を出してしまうとエネルギーが足りなくなってしまうのだ。

「ま、しゃーねーな。さっさと蟲共を狩って、ヴェガに喰わせてやるか」

「そだね」

「異議なし」

「……」

その場を仮の拠点と定めてヴェガを守りつつ、ディーノ達は蟲狩りを始めたのだ。

そして、その場に残ったヴェガはというと——

ヴェガすら自覚していなかった究極能力《アルティメットスキル》『邪龍之王《アジ・ダハーカ》』の権能が、とんでもない方向に進化しようとしていた。

………

……

…

七十一階層にあった小部屋にて、ヴェガは座禅を組んでいた。

他の階層でも何度も行ったので、もう慣れたものである。

そして今回は、さっきまでと違って明確な目的も持っていた。

ヴェガは意気揚々と、己の権能を解き放っていく。

毎度のように迷宮を侵蝕しようとするが、反応は鈍い。当然だ。ヴェガの究極能力《アルティメットスキル》『邪龍之王《アジ・ダハーカ》』は『有機物』を操る権能で、ラミリスの迷宮のような想像物質には歯が立たないからだ。

迷宮を乗っ取ろうとしても、通用するはずがないのである。

だが、しかし。

ここでヴェガは、大いなる勘違いをしていた。

というか、己の権能なのに『邪龍之王《アジ・ダハーカ》』をまるっきり理解していなかった。

ヴェガの権能は、まだまだ発展途上だったのだ。

そして、ヴェガは『有機物』しか支配出来ないと考えていたから、エネルギーを奪うという方面ではなく喰らうという目的で『邪龍之王《アジ・ダハーカ》』を使っていた。有機物はヴェガの肉体に取り込みやすかったし、『邪龍獣』の元になったからだ。

しかし、『邪龍之王《アジ・ダハーカ》』という権能の真骨頂は、喰らった対象の力を吸収する事にあるのである。それが不可能な相手であれば、『能力吸収』という手段によってエネルギーを奪う事が可能だったのだ。

故に、迷宮を相手にするなら『有機支配』ではなく、『能力吸収』を使用するのが正解だったのである。

ヴェガはそれに気付かなかったのだが、しかしその時は調子に乗って、面倒な手順をすっ飛ばして権能を全解放させていた。

力の消耗が激しいから普段は権能を制御していたのだが、ここでディーノ達にいいところを見せようと張り切ったのだ。

自分が舐められているのを察していた、というのも理由である。

そんな訳で、ヴェガは本能の赴くままに、迷宮へと喰らいついていったのだが……。

(あれ？　今までと反応が違いやがるぜ……？)

と、疑問が生じた。

今までのように無機質な反応ではなく、何となくだが手応えを感じたのだ。

(オイオイオイ、こいつはいけるんじゃねーか？　いけちまうんじゃねーか!!)

と、ヴェガは有頂天になった。

究極能力《アルティメットスキル》『邪龍之王《アジ・ダハーカ》』は、大地に根を張れば『有機物』を取り込み、無限に分身を作製する能力を持つ。

この権能が迷宮に向けられたらどうなるのか？

その結果は驚くべきものだった。

想像物質を取り込むのには失敗したものの、迷宮そのものからエネルギーを吸収し始めたのだ。

周囲の自然環境に同化して、自身を自然の一部として無限再生を可能とする。それが究極能力《アルティメットスキル》『邪龍之王《アジ・ダハーカ》』の本質であり、正しい使用方法だったのだ。ヴェガは無意識の内に、それを我が物としていたのだった。

ちなみに、エネルギーを吸い尽くされた環境は破壊され、滅びる事になる。

そんな事実はヴェガの知るところではないし、知ったとしても気にしないだろう。

問題なのは、この先に待ち受ける結末だ。

万が一の話ではあるが、ヴェガがラミリスの迷宮と同化する事に成功した場合、迷宮の権能はヴェガに奪い取られるだろう。そうなればラミリスの『迷宮創造《チイサナセカイ》』もヴェガのものになるのだが、それは人の手に余る神の権能だった。身を滅ぼすだけでは済まない、恐るべき事態を引き起こすだろう。

そうとは知らぬヴェガは、恐れる事なく突き進む。

(最高の気分だぜ！　この迷宮から直接エネルギーを吸えたんかよ！　支配すんのは無理でも、これなら最悪でも、俺様の負けはねーな)

エネルギーが無尽蔵に供給されるのだから、ヴェガは無敵になったようなものだ。

迷宮の権能を奪えたら最高だが、それが無理でもエネルギーを吸い尽くして破壊してしまえばいい。

そうすれば、敵側の不死性とやらも失われる。

慌てて逃げ出すだろうが、地上に安全な逃げ場などないのだ。後の事はヴェガが心配するまでもなく、フェルドウェイに任せておけばよかった。

（もっとも、俺様がこの迷宮を支配しちまえば、敵の逃亡などは許さねーがな！）

ヴェガはこの時点で、勝利を確信した。

この迷宮は本当に難攻不落で、最大の脅威だったのだ。

それが思わぬところから、攻略の糸口が見えたのである。

しかも、その最大功労者はヴェガ自身だった。

敵の不死性をそっくりそのまま奪ったようなもので、これでヴェガに調子に乗るなという方が難しかった。

ディーノ達は迷宮を異常に警戒していたが、それを滑稽だとは思わない。それを上回った自分を想像したら、より勝利の瞬間が待ち遠しく思えたからだ。

迷宮が危険であればあるほどに、その力を上回った時の見返りは大きい。皆が恐れる迷宮をヴェガの力で攻略するのだから、これが嬉しくないはずがないのだった。

（やってやるぜ。この俺様の力を見せつけて、圧倒的な勝利でこの迷宮攻略を飾ってやらあ!!）

ヴェガが迷宮の能力を封じられたなら、後はこちらが蹂躙する番である。それが叶わなかったとしても、ヴェガ自身が不死身になったのなら負けはなかった。

ヴェガは勝利する瞬間を夢見ながら、迷宮への侵蝕を加速し始める。


………

……

…


ディーノ達四人は、ヴェガを起点にして迷宮を攻略していた。

ぶっちゃけ、ヴェガの作戦が成功するとは思っていない。それどころか、さっさと逃げ出したいという本音は相変わらずなのだ。

（バーカ！　最初からテメーの事なんざ、当てにしてねーんだよ。でもまあ、俺が働かなくてもいいようにしてくれるんなら、もう少し頼ってやってもいいんだがな……）

　ずっとディーノが頼んでいるのに、ヴェガは『邪龍獣』とやらを出してくれない。その理由は納得いくが、だから許せるという話ではないのだ。

　そもそも、ゼギオンとか戦いたくない相手がいる訳だし、迷宮攻略など乗り気ではないディーノなのである。フェルドウェイに支配されているせいで逃げられないだけで、やる気など起きようはずもないのだ。

　それに、リムルとの約束もあって、迂闊な真似も出来ない。

　なるべく会話を試みて、こちらの作戦などが筒抜けになるように仕向けている。それで許してもらえたらいいのだが、それはリムルの気分次第であろう。

（あーーー、クソッ、面倒臭せーーーなっ!!）

　と、ディーノは今の状況を嘆いていた。


　ともかく、ヴェガが迷宮を攻略出来ようが出来まいが、ディーノとしてはどちらに転ぼうとも構わない。

　それは、ピコやガラシャも同様である。

　マイだけはその思惑がわからないけど、フェルドウェイに忠誠を誓っている訳ではなさそうだ。単なるディーノの直感だが、こういうのは意外と外さないのだった。

　どちらにせよ、既に逃亡は不可能なのだ。

　愚痴るくらいは許して欲しいと思いつつ、諦めてヴェガに従うしかないのである。

「て言うか～、アイツ、超ウザイんですけど！　何様なワケ？」

「そうだな。偉そうに命令するし、正直、好かんな。どうして言いなりになるんだ、ディーノ？」

「仕方ねーだろ。フェルドウェイの野郎に支配されてんだから」

「それってさ、解除出来ないわけ？」

「出来たらとっくにやってると思わねーか？」

「だよね……」

「そういう意味で言やあ、アタイ達だって支配されてんだもんな。ヴェガもウゼーが、やっぱよ、フェルドウェイは許せねーよな」

ピコやガラシャも天使系の究極能力《アルティメットスキル》を有している以上、絶対支配からは逃れられない。これを何とか出来れば話は別だが、今のところ対策しようがないのが現実なのだ。

そういう意味で言えば——

「マイっつったよな。アンタの権能は天使系じゃないんだし、別にフェルドウェイの言いなりになる必要はねーんじゃないか？」

そう、マイの権能は天使系とは違ったのだ。

「え？」

いきなり指摘されて驚いたのか、マイが目を丸くする。

そして、普段の冷静さからかけ離れて慌てた様子で、そんなハズはないと口にする。

「私だって、ミカエル様から『代行権利《オルタナティブ》』を与えられていたから……」

「そんなの、気合で逆らえるだろ」

「でも、命令を与えられると、従わないと、って気分になるし——」

「気のせいだって！」

ディーノは自分が頑張るのは苦手だが、人に何かをさせるのは得意だった。

誰かがやる気になってくれれば、その分だけ自分が楽を出来るから。

今回は、そのターゲットにマイが選ばれたのである。

「そうだよ、マイ！　アンタなら、私達を救ってくれる！」

「そうだぜ！　クソ野郎共から命令されないように、どこか遠くまで逃げちまおうぜ‼」

何なら、違う次元にでも——と、ガラシャまで適当な事を言い出した。

矢面に立たされるのに慣れていないマイは、三人から煽《おだ》てられて戸惑った。

自分の権能にそこまでの自信はない。

それどころか、期待外れだと思っていた。

愛する弟に会いたいのに、次元の壁を超えるなど不可能だったのだから。

逃げるなんて無理よ――と、マイは戦う前から諦めていたのだ。

「お前さあ、もっと自信持ったら？　言っちゃあ何だけど、その『瞬間移動』は常識外れなほど凄い力なんだぜ。下手すると、俺だってお前には勝てないだろうし――」

「そうだよ。何ならさ、マイがフェルドウェイをぶっ飛ばしちゃえ！」

「支配の権能の影響が及ばないほど、どっか遠くまでな。頼んだぜ！」

ディーノの言葉にピコとガラシャまで乗っかり、無茶な事まで言い出す始末だ。

しかしマイは、それが何故か心地よく感じた。

支配されていたら、絶対に感じられなかった感覚だ。

「フフッ、そんなの無理に決まってるよ」

そんなふうに謙遜しながらも、マイは心のどこかで前向きに考え始めていたのだった。


そんなこんなで、マイとも打ち解けたりしつつ、ディーノ一行は蟲退治に明け暮れていた。

――そこに、能天気な声が響き渡る。

『おーーーーっほっほっほ！　来たわね、ディーノちゃん。この前の、このアタシに対する裏切りを、今からたっぷりと後悔させてあげるわっ!!』

それは、ラミリスの高笑いであった。

遂にディーノ達の前に、ラミリスの凶悪な魔の手が忍び寄った？　のだった。

＊

ラミリスの高笑いが周囲に響くなり、階層の構造が変化する。

そして出現したのは、ベレッタに、ゼギオンとアピト。それに、クマラとランガだ。

ディーノ達を迎え撃つべく出陣した、五名の戦士達だった。

「チッ、やっぱいるよな――」

ディーノが、ゼギオンを見て天を仰いだ。

こうなったらもう、さっさと負けて逃げ出したいと思うディーノである。

しかし、ラミリスはそれを許さない。

と言うか、それでは困るのだ。

ヴェガとディーノ達が十分に離れたのを見計らい、作戦実行に動いたのだから。

正確には、ディーノ達はオマケで、本命はマイである。ここでマイの足止めをしている間に、ヴェガを隔離して始末してしまうのが目的だった。それが無理でも、迷宮から逃げられないように隔離だけはしておかねばならないのである。

嫌そうに周囲を見回すディーノの前に、ラミリスが出現した。

それは、精巧に再現された立体映像《ホログラム》である。

それを見て、目を瞬かせるディーノ。

（変な所で手が込んだ真似をするんだよな、ラミリスのヤツ……）

まあいいやと溜息をつき、大声で叫んだ。

「いい加減にしろよ、ラミリス！　テメー、さっきもゴーレムを使って、散々俺達を虐めてくれただろうが!!　正義の魔王がそんな真似していいのかよ!?」

ディーノがラミリスに不満をぶつける。正義の魔王などという、今までになかった概念まで飛び出していた。

迷宮に入ってから働きづめで、ストレスが溜まっているのだ。文句くらい言わせろとばかりに、ディーノは荒ぶっていた。

しかし、ラミリスは慌てない。

ディーノの目の前で、煽るように映像を飛び回らせつつ言う。

『さあて、何の事かしら？　あんなのは、軽い挨拶なのよさ。アンタへの仕返しは今からが本番ってワケ！』

それを聞いて、ディーノはウンザリだ。

なので、ここぞとばかりに訴えるのだ。

「いい加減、勘弁して下さいよ、ラミリスさん！　俺と君の仲じゃないですか！」

プライドを全力投球で投げ捨てて、憐れっぽい声を出して懇願する。

しかし、ラミリスは騙されない。

憐れなディーノの願いを『ふーん』と聞き流してから、爆弾発言を行った。

『そっちに五人いたからこっちも五名用意したんだけど、一人余っちゃったね。それじゃあディーノちゃんには、ベレッタとゼギオンの相手をしてもらっちゃおうかな～』

と、わざとらしく言ったのだ。

何を言われたのか、理解に苦しむディーノ。

だが、その言葉が脳に到達し、噛み砕くように意味を確かめると……。

「ふざけるな、バカヤロウ!!　勝てるわけねーーーだろ!!」

憐れなディーノの絶叫が、迷宮内に響き渡ったのだった。

気を取り直して、ディーノが交渉を再開する。

「つーかさ、俺が二人も相手する事になるんなら、もう一人呼んで来ていいよな？」

『ダメですぅ！』

「ダメじゃねーだろ！　もっと考えて――」

『それじゃあ、残りは誰と誰が戦う？』

いつの間にか、ピコはクマラとの再戦が決まり、ガラシャはランガと戦う流れになっていた。

残ったのはマイだが、彼女はアピトとの組み合わせが成立している。

ディーノを無視して、話が粛々とまとめられそうな気配だった。

このままでは不味いと思ったディーノは、咄嗟に思いつきを口にする。

「待て、こういうのはどうだ？　点取り戦ってヤツだよ。一人ずつ戦って、勝敗を決めていこうじゃないか！　な？」

かなり必死なディーノである。

ディーノにとっては、これは苦肉の策であった。

自分を大将に据えておけば、上手くいけばベレッタとゼギオンを相手にしなくても済むかも知れない。そうはいかなくても、少なくとも同時に相手するという事態は避けられるだろう。

それに、ヴェガが迷宮侵蝕する為の時間稼ぎをしなければならない以上、何とか粘る必要があった。この提案ならば一石二鳥で、ディーノにとって都合がいいのだった。

(この土壇場で、俺ってば素晴らしい頭の冴えだぜ)

と、自画自賛するディーノである。

この提案は賭けだった。

このままここで戦闘状態に突入すれば、十中八九、ディーノ達の敗北で終了するはずだ。それがわかっているだけに、ディーノも必死になっているのである。

(ぶっちゃけ、あの二人が相手なら数分もたないな)

というのが、ディーノの見立てだ。

ベレッタだけなら何とかなるが、ゼギオンがいる時点で詰みなのである。

マイに頼んで逃亡するという手もあるが、それだとヴェガを見殺しにする事になるだろう。フェルドウェイがそれを許すとも思えないので、粛清《しゅくせい》は免れない。

どっちみち先がないのなら、まだ生き延びられる可能性に賭けたかった。ここは何とかこの提案を押し通したいと、ディーノは祈るようにラミリスの返事を待った。

とは言っても、流石にディーノ達にとって都合が良過ぎる提案である。

(やっぱ、こんな虫のいい話は通らないか――)

流石に無理だろうとディーノは諦めかけたのだが……。

『うーん、オッケー！　こっちにも都合が――モゴモゴ』

『ちょっと、ラミリス様⁉』

ラミリスの映像にノイズが入り、直ぐに元通りになった。

『おっと！　今のはナシナシ。何でもないから気にしないでね！』

と、その提案が受け入れられたのだ。

いささか怪しいやり取りが行われていたが、そこはスルーすべきであった。

（どうやら、ラミリス達にも時間を稼ぎたいって思惑があるのか？　だが、俺にとっては好都合だぜ）

どんな理由があるのか知らないが、このまま殺されるよりはマシであった。

ディーノはラミリスとベニマルの胡散臭い会話を聞き流し、自分の意見が通った事を素直に喜んだのだ。

『という事で、最初はクマラちゃん、いってみよ～』

ラミリス達の思惑は、それ以上詮索されなかった。

そして、見世物《プロレス》のような形での戦いが始まろうとしていたのであった。

＊

上手く事を運べたと喜んだのは、ラミリス達も同じだった。

「ちょっと、ラミリス様。絶対に怪しまれましたよ？」

「だいじょーぶ、大丈夫だって！　ディーノちゃんには、こっちを怪しむ余裕なんてないのよさ」

能天気なラミリスだが、ベニマルも意見は同じだった。

ゼギオンという絶対強者を前にして、他の事に気を取られている余裕などないだろう、と。

事実、その通りであった。

ラミリスとディーノは付き合いが長いので、互いが何を考えるのか意外とわかるのである。喧嘩するほど仲がいい、という見本のような関係なのだ。

そんな訳で、第一戦目が開始される。

一組目は、クマラVSピコだ。

迷宮はいつの間にかその構造を変えて、舞台が出来上がっていた。

ピコが前に出て、円形闘技場の中央まで進む。

対するクマラは準備万端だ。

「今日で決着を付けるでありんす」

「それはこっちのセリフ。子供《ガキ》だからって、手加減してあげないからね」

見た目はまるっきり逆なので、ピコのセリフには違和感があった。しかし、その言葉の通り両者の年齢には天地開闢《かいびゃく》ほども、大いなる隔たりがあるのである。

それは比喩ではなく、事実なのだ。年齢=経験とは言えないものの、それでもピコの方が戦闘巧者なのは間違いない。

それはラミリス達も重々承知なので、勝敗そのものはどちらに転んでも問題ないと考えていた。

その証拠に、ベレッタも闘技場の中央に立っている。

「ええと、戦いを始める前に注意事項を説明します。先ずは両者、これを着用して下さい」

そう言って差し出したのは、ラミリスが作成した〝復活の腕輪〟だった。

「おっ、欲しいと思ってたんだ！」

ノリ良くそう言ったのはディーノで、呼ばれてもいないのに腕輪を受け取っている。

「……後で渡しますよ？」

「いいからいいから」

そう言って、いそいそと腕輪を着用し――

（しめしめ、これでいつでも逃げられるぜ！）

などと、都合のいい悪巧みをするディーノなのだ。

勿論、世の中はそんなに甘くない。

『ディーノちゃん。先に言っておいてあげるけど、その腕輪の復活地点は〝死んだ場所〟に設定してあるワケ。この意味、わかるわよね？』

とまあ、御丁寧にラミリスから直々に説明があった。

これを聞いて、それじゃあ逃げられないじゃねーかと、ガックリ項垂《うなだ》れるディーノ。

そんなディーノに追い打ちをかけるように、ラミリスの説明が続く。

『ディーノちゃん。アンタがそんなに腕輪を気に入ってくれるとは思わなかったわ。だったら特別に、五つぐらいプレゼントしてあげちゃおうかな！』

「は？」

一瞬、何を言われたのか理解出来なかったディーノだが、よく考えなくてもその発言が意味するところは一つだった。

五回殺すと言っているのである。

「ちょ、テメエ、そりゃねーんじゃねーの!?」

『ほーーーっほっほっほ！　アタシの恨みを思い知るがいいのよさ‼』

そんなこんなでディーノの物言いは却下されて、試合の邪魔になると闘技場から追い出されたのだった。


そして、戦いが始まった。

ピコの槍に対して、クマラは素手だ。得意とする武器など持っていないのだが、強いて言えば扇子が武器であった。一応、クロベエが趣味で手掛けた逸品であり、その性能は伝説級《レジェンド》に相当する。

しかしそれでも間合いが不利――以前の話として、量産型とはいえ神話級《ゴッズ》を相手に出来る代物ではないと思われた。

だが、クマラは余裕の表情だ。

「白猿《ビャクエン》！　出るでありんす」

クマラがそう命じるなり、尻尾の一本が変化して猿型の魔人が出現したのである。

以前よりも人の姿に近付いた白猿《ビャクエン》は、その手に一本の棒を持っていた。


その棒の名は神鋼棒《しんこうぼう》。

リムルが『西遊記《さいゆうき》』に登場する主人公『孫悟空《そんごくう》』の武器をモチーフにして、お遊びでクロベエに作ってもらったネタ装備の一つであった。

何の変哲もないように見えるが、その性能は笑えない。

リムルからすれば遊びでも、クロベエは本気だったからだ。

何しろ、素材が洒落にならなかった。余っていた究極の金属《ヒヒイロカネ》を使っていたのである。

クロベエが本気になるのも当然であり、必然、その性能は神話級《ゴッズ》に至っている。

まさしく、クロベエが手掛けた極上作。

本物のように伸縮自在とはいかないものの、ある程度は所有者の意思によって伸び縮みさせる事が可能だった。強度のみに特化させたのだが、思わぬ副次的効果も付与されていた訳だ。

量産型の神話級《ゴッズ》など及びもしない、本物の武器だと言えるだろう。

そんな神鋼棒《しんこうぼう》を手に、白猿《ビャクエン》が舞う。

「キエェ――――ッ!!」

「チッ!?」

奇声を発しピコに迫る白猿《ビャクエン》だが、その動きは超一流だ。それもそのはず、迷宮内で暇な時間があれば、ハクロウの指導を受けていたからだ。

今では棒術に精通している上に〈気闘法〉にまで熟達していた。しかも、クマラは自由自在に尾に力を分け与えられるようになっており、一極集中させて白猿《ビャクエン》を召喚したのである。

つまり、今の白猿《ビャクエン》も存在値が百万を超えた超級覚醒者《ミリオンクラス》に相当しており、その脅威は計り知れないものとなっていたのだった。

勿論、宿主であるクマラだって負けていない。

ハクロウの厳しい修行に耐え、今では立派な達人だ。というより、技量《レベル》だけ見ても白猿《ビャクエン》より上なのである。

ましてて、クマラは神性まで帯びて神狐《ジンコ》へと至っているのである。弱いわけがなかった。

白猿《ビャクエン》を召喚したのは、その方が確実な勝利を目指せるからだ。カリオンやフレイとの戦いで経験を積んで、クマラも大きく成長していたのだった。

白猿《ビャクエン》とクマラがコンビを組んで、ピコを狙う。死ぬ恐れのない白猿《ビャクエン》が前面に立ち、後方からクマラが尻尾による連続攻撃を行う構えだ。

クマラはオルリアとの戦いでも、三叉槍《トライデント》を防ぎきった実績がある。ピコの腕前の方が上だったが、それでも守りに徹すれば問題にならなかった。

ピコがクマラを狙うならば、白猿《ビャクエン》が攻撃する。その逆ならば、クマラが攻撃を仕掛けるのだ。

実に効率的だが、やられた側からすればたまったものではない。

「何なの、コイツ!? っていうかさ、一対一じゃなかったわけ?」

ピコが泣き言を叫んだ。

人数規定とか、そんなルールは最初からない。それは単なる負け惜しみであった。

「もう、これでも喰らえ！」

ピコが権能を行使した。

神速の黒い稲妻――『黒雷天破《ブラックサンダー》』がクマラを襲う。

しかし、クマラは動じず。八本の尻尾を避雷針のように展開させて、我が身を傷付ける事なく対処してのけたのである。

これにはピコも目を剝いた。

（コイツ……以前に戦った時と別人みたい!?　不自然なまでに実力が上がってるじゃないか!!）

ピコは内心で舌を巻いた。

決して舐めていた訳ではないが、現実を正しく認める必要があると感じている。

超越者同士の戦いに必要なのは、実力、相性、運、の三要素なのだ。

実力が伯仲しているのが大前提。

これに相性での有利不利が加わり、最後に勝敗を分けるのが運だった。

クマラは、一定レベル以上の実力を有していた。それこそ、ピコを倒せるほどの実力者に育っていたのだ。

こうなるともう、ピコも本気を出すしかないのだが……。

（でもさ、ここで勝利する意味って何さ？　ディーノだって、生き残るのが大目標って感じなのに……）

どうにもやる気が起きないピコであった。

もしもここでピコが本気になっていれば、恐らくクマラにも勝利しただろう。

究極能力《アルティメットスキル》『厳格之王《ジブリール》』を駆使して、その恐るべき権能である『神勝必罰《テンノサバキ》』を行使すれば、一撃で白猿《ビャクエン》を消滅させられたはずだった。

ピコの『神勝必罰《テンノサバキ》』とは、対象が今までに倒した敵に与えたダメージを本人の身体に再現させるという、事象改変系の非常に理不尽な能力だ。これに対抗するには、最低でも法則、事象、運命といった、何らかの改変系の上位権能を有している必要がある。

クマラの究極贈与《アルティメットギフト》『幻獣之王《バハムート》』は、自然影響力への支配権限に特化した権能だ。幻覚などであれば神性を帯びているので通用しなくなっているが、ピコの『神勝必罰《テンノサバキ》』ならば通じただろう。

そうなれば、白猿《ビャクエン》が盾として身代わりになっただろうが、苦戦は免れなかったはずだ。

しかしピコは、ここでその選択を取らなかった。

それよりも今は——

（どうせ時間稼ぎしなきゃだし、ここは遊んじゃおっと♪）

そんなふうに考えたピコは、最後まで勝負を楽しむ事にしたのだった。

そして、決着の時が訪れる。

「堕天終撃麗槍《フォールンスピア》!!」

ピコが放った必殺の一撃が、遂に白猿《ビャクエン》を打ち滅ぼす。

が、そこまでだった。

「九尾穿孔撃《きゅうびせんこうげき》」

一瞬の余韻に浸ったピコに、僅かな隙が生じてしまった。それを見逃すクマラではなく、その瞬間に尾の連撃を叩き込んだのである。

ピコの身体が光の粒子となって散り、そしてその場で復活した。

不貞腐れた表情をするピコに浴びせるように、ラミリスの声が響き渡る。

『はい、終了！　クマラちゃんの勝ちで～す！』


妖艶な美女姿のクマラに〝ちゃん〟付けは似合わないが、ラミリスから見たらほんの少し前までコギツネだったのだ。いきなり呼び方を変えられないので、そんな的外れな勝利宣言が行われてしまった。

それはともかくとして……。

ディーノからしたら大番狂わせだったが、文句なくクマラの勝利だった。

「おいおい、最後は手を抜いたのか？　お前が本気出してたら勝てたんじゃないのか？」

戻って来たピコに、ディーノが聞いた。

これに対し、ピコは実に呆れて、不機嫌そうに答える。

「腕輪の効果が本物だって実証出来たんだし、それでいいんじゃない？」

ピコはそう言いながら、ちゃっかりとスペアの腕輪を身に付けた。

「そりゃまあ、そうなんだが……」

ディーノは空気を読んで、それ以上の質問は止める。

この辺の引き際は、実に見事であった。

実際、ピコには余力があったし、先述したように奥の手も使わなかったので、勝ちにこだわっていたなら勝てたはずだ。ただしその場合、何を得られるのかが問題となった。

全力戦闘を続ける以上、下手すれば消耗戦になる。そうでなくても疲労困憊《ひろうこんぱい》になるのは間違いないのに、得る物は勝利したという誇り、栄誉だけなのだ。

そんなもの、この場を生き残れなければ意味がなかった。

それどころか、手の内を晒すだけ損であった。

ディーノ達が時間稼ぎをしているのは、ヴェガが迷宮を侵蝕して支配する為だ。しかし、それが達成出来るかどうかは未知数なのである。

「まあな。勝っても意味ないっちゃ、ないよな」

「わかってんじゃん」

ここは敵地なのを忘れてはならない。

死んでも復活するという安心感はあるし、ラミリスが呑気そうな雰囲気を醸し出しているから油断しそうになるが、回復が間に合わなくなってしまうほど全力を出すのは危険なのだ。

「そうだよな。アタイらには補給もないし、援軍も期待出来ないんだ。ただ勝てばいい、って話じゃねーわな」

と、ガラシャも理解を示した。

ラミリス達が約束を守るという保証はない。仮に全勝したとしても、向こうには温存戦力が控えているのだ。

「やっぱ、面倒だな。それじゃあ、手を抜いて全負けしちゃう？」

実に気の抜けた提案を、臆面もなく口にするディーノ。

無言を貫いていたマイが大きく溜息を吐いて、それにつられるようにピコとガラシャが顔を見合わせ、やれやれとばかりに頭《かぶり》を振ったのだった。

＊

ピコは余力を残し、戦闘を終わらせた。

打ち合わせにはなかったが、それが正解だったとディーノは思った。

ヴェガの作戦が成功する保証もないし、余力を残しておくのは大事だった。

「よし、ゆっくりは出来ないだろうが、ピコは休んでろ」

そう言いながら、ディーノも優雅に横たわった。

それを見たピコの眉が跳ね上がる。

(この馬鹿、自分の方が寛いでるじゃん!!)

イラッとしたが、それがディーノという男なのだ。

「そうさせてもらうよ」

諦めの境地に達したピコは、それ以上は何も言わず、ディーノの隣に三角座りして休憩に入る。

やれやれとばかりに闘技場に向かったのは、弓張月《クレセントボウ》を手に持ったマイだった。

『ええと、こちらからは——』

ラミリスの案内に合わせて、アピトが前に出た。

『アピトちゃんです！　で、そっちは——』

「古城舞衣《マイ・フルキ》よ。色々あって人間は止めちゃったけど、元は異世界から来たわ」

『うんうん。リムルと同郷っぽいよね。一応忖度してあげ——モガモガ』

一瞬、音声が途切れた。

何やら揉めている気配だけが漂い……音声が復活する。

『それじゃあ、アピトVSマイの試合ね！』

その声を合図に、闘技場にアピトが姿を現した。

まるで『瞬間移動』の如くだが、それは超高速移動による目の錯覚である。

全方位を『魔力感知』で索敵中だったマイの目を誤魔化せるものではなかったが、確かな実力を感じさせるには十分な演出だった。

(油断は出来ない)

マイは気を引き締める。

そんなマイを見て、アピトは不敵に笑った。

『両者、全力で戦うのよさ!!』

そして、第二試合が始まったのだ。

超高速移動を得意とするアピトだったが、マイの動きはその比ではなかった。

究極付与《アルティメットエンチャント》『地形之王《ワールドマップ》』を駆使するマイならば、アピトの動きを完璧に見極めた上で、その背後を取るのも御茶の子さいさいだったからだ。

戦闘における一番重要な要素、それは速度だ。マイこそが速度の頂点に立つ存在であり、アピトのような速度特化型の天敵だった。

「——やるな」

ディーノがそう感嘆する。自分の順番ではないからか、ディーノは自宅で寛いでいるような気安さで、マイの戦いぶりを見学していた。

アピトとは戦った事があるだけに、マイの異常さが際立って見えるディーノである。

「アピトってさ、スピードだけなら俺と互角だったんだぜ……」

「凄いよね。あの速さだと、私だって苦労すると思う。それなのに、完全に手玉に取ってるじゃない」

「あの弓も厄介だぞ。数多の矢が空中で分裂して、逃げ場を塞ぐとはな。むしろ、あのアピトとやらが善戦しているのを褒めるべきだ」

三者の意見が一致して、マイ有利と見た。

そして、そんなマイに翻弄されつつも見事な対応力を見せるアピトに対しても、惜しみない称賛の言葉を投げかける。

しかしそれは、勝てそうだという余裕からだった。

勝っても意味がないという結論は出たが、負けなければ駄目な訳ではない。マイが勝利するなら面目も立つので、ディーノ達は本気でマイの応援をする事にしたのである。

だが——不気味なのは、アピトの笑みだった。

圧倒的に不利なはずだが、その目に宿るのは勝利への執念なのだ。

「ウフフ。やはり強い。『瞬間移動』とは、これほどまでに厄介なのですね」

空間系の権能の中では『空間支配』が最上位だ。記憶している場所への『空間転移』だけでなく、視認出来る範囲の空間内に、瞬時に『転移』可能な権能だと

されている。

　ほとんど『瞬間移動』と変わらないのだが、この権能には致命的な欠陥があった。転移先と空間同士を繋げる必要がある為、権能を発動させた瞬間に出先が読めてしまうのである。

　つまり、空間認識が下位の者相手ならばともかく、『空間支配』を持つ上位者同士では、戦闘にはまったく使えない権能だったのだ。

　しかし、『瞬間移動』は違う。痕跡を一切残す事なく、一切の予兆を与えずに、空間を移動出来た。

　戦闘時においては、これほど有用な権能は他にないであろう。

　光速ですら捉えられないマイに対して、打てる手は少ない。事実上、罠を張るくらいしか手立てはないのだ。

　当然ながら、マイもそれを理解している。十分に警戒しているので、安易に罠に嵌るとは思えなかった。

　それなのに、アピトが余裕の表情を見せる理由は
――アピトが学習中だからだ。

　アピトはまだ、進化の途中だった。

　その存在値も上昇中であり、この戦闘中でさえも強さが増し続けていたのである。

　あれ、おかしくない？　と、ディーノが気付いた時にはもう遅かった。

　進化は、アピトの存在値が百万に達した時点で加速した。まるで蛹《さなぎ》から羽化するかのように、アピトは強烈なまでの存在感を放ち始めたのだった。

「嘘でしょ？　戦闘中に強くなるとか――」

　よくある話ではあるが、マイからすればたまったものではなかった。

　負けても大丈夫というのは、あくまでも敵を信用するという前提での話だ。マイは真面目だったからこそ、敵対している相手をそこまで信用出来ないでいた。

　だから、何がなんでも勝つ気でいたのだが――

　空間を圧するほどの物量で、マイは必殺の奥義を放った。弓道部だったから手に取っただけの弓だったが、今ではマイの意のままに闘気の矢を放てるようになっている。残数を気にする事もなく、秘めた意思によっ

て威力も本数までも自由自在に、弓張月《クレセントボウ》から流星矢《りゅうせいし》を発射出来るのだ。

連続した『瞬間移動』で神出鬼没な上に、流星の如き矢を射るというのが、マイの完成された戦闘スタイルだった。そんなマイが、アピトの危険性を重視して短期決戦を仕掛けたのだ。

全方位からアピトを狙う流星矢《りゅうせいし》からは、どんな手を用いようとも逃れられないように思われた。

それこそ、マイのように『瞬間移動』でも使えなければ……。

「星屑の流星雨《スターダストトレイン》!!」

遅れて届くマイの気勢が、裂帛《れっぱく》の気合となって空を裂いた。

アピトに逃げ場なし。

これで終わるかと思われたのだが、その瞬間、アピトの進化が完了する。

そこには、蟲の女王が顕現していた。

見る者が見れば、その姿はピリオドによく似ていると思っただろう。

薄羽蜉蝣《ウスバカゲロウ》と蜂《ハチ》の違いはあれど、異形の美を極めた容貌なのは間違いない。

そうして進化を遂げたアピトが、矢が届くよりも先に空に手を翳《かざ》した。

「蟲空領域《こくうりょういき》」

アピトを包み込むように、虹色の薄い膜が張り巡らされた。それは、あらゆる攻撃を防ぐ空間歪曲防御領域《ディストーションフィールド》だ。ゼギオンが得意とする防御技だが、進化に伴って『空間支配』の権能も得た事で、アピトも扱えるようになったのだった。

「――ッ!? 私の奥義が――」

女王は逃げない。屈しない。ただ、前進あるのみ。

それを体現するかのように、アピトが一歩前に出た。

それに怯えるように、マイが後ずさってしまう。

自身が放てる最強技が通用しなかった今、勝敗は決したも同然だった。マイはそれを理解しているので、これ以上の戦闘継続が無意味だと思ってしまったのだ。

「何故……どうしていきなり……」

その、思わず零れ落ちたマイの呟きが皆に届く前に、アピトの手が瞬いた。

「女帝の致命針《エンプレススティンガー》」

星が瞬きするような一瞬で、マイの流星矢《りゅうせいし》よりも鋭く速い致命の針が、マイの心臓を穿っていた。

——どうして、こんなに強くなったの？　という問いを発する間もなく、マイは死亡して復活する事になったのだった。

それはマイだけではなく、見学していたディーノ達も感じた疑問だ。しかし、それに答えられる者はいなかったし、何が起きたのか知る術《すべ》はなかった。

だから嫌なんだよ——という、声なき声まで聞こえそうなほど、ディーノなどはうんざりした表情になったのだった。


ちなみに、大スクリーンで観戦中だったラミリス達も、このアピトの進化には戸惑うばかりだった。

「……存在値、173万7775で固定されました」

アピトを観測中だったオペレーターの報告に、騒《ざわ》めきが生じたほどである。


「なんで……？」

というラミリスの呟きからもわかる通り、こちらも想定外の事態に驚きが隠せないでいた。

どうしてこのような進化が行われたのか、だが——

その理由は、ピリオドの消滅にあった。

蟲魔族《インセクター》の副王——蟲将《ちゅうしょう》を統べる女皇帝が死亡した事で、その資格が現存する唯一の雌であるアピトに継承されていた。

元から次代の女王として育てられるはずだったアピトは、その力を正しく発揮出来るようになったのだ。

そしてそのお陰で、アピトは神性を帯びて〝神蜂《シンホウ》〟へと至っている。これはピリオドの神性を継承しただけであり、まだまだアピトの実力的には足りていなかった。

だが、神化《シンカ》したのは事実。

こうしてアピトは、究極の存在の一角としてゼギオンの番《ツガイ》に相応しい強さを身に付けたのであった。

裏事情を知らぬ者達からすれば、まさに理不尽の権化のように感じただろう。

こうして、アピトがタイミングよく進化を完了させた結果、マイに圧勝するという結果と相成ったのだった。

＊

二戦連勝したので、ラミリス達の表情は明るい。

ディーノは最後とラミリスが決めたので、三戦目はガラシャ対ランガだ。

しかしここで、ゲルドが申し訳なさそうに意見を口にした。

「オレのワガママだとはわかっている。だが、あの者との勝負を預けたままなのだ。次の戦い、このオレに任せてはくれないか？」

滅多に我を通そうとはしないゲルドが、この局面で願いを口にしたのだ。これはベニマル達にとっても無視出来る話ではなく、頭を悩ませる事になった。

何しろ、ゲルドは満身創痍なのだ。

勝てる勝てない以前に、戦いに出るのが無茶というものだった。

「しかしな、ゲルド……」

「わかっている。回復薬で傷は癒えたが、オレの気力は尽きていると。しかし、あの者がオレを待っている」

ゲルドの気迫に、皆が息を呑んだ。

気力が尽きているとは思えないほど、ゲルドの意志は強かった。

「ま、まあ？　ここで一敗しても問題ないけど？」

ゲルドに圧されて、ラミリスが根負けする。

「そうだな。取り敢えずディーノ達の情報収集は順調だし、な」

ベニマルも、ここで計画に不備がないか再確認し、問題ないと同意した。

実際、順調だった。

これで二勝。二名の死亡と復活を観測出来た訳だ。

ラミリス達がここで戦う事にしたのは、当然ながら理由があった訳で――

………

……

……

当初の目的は、ヴェガとマイを隔離する事だった。

これは勝手に達成された。ディーノ達とヴェガが別行動を始めたのだ。

盗聴した会話内容から、ヴェガが迷宮への侵蝕——支配を企んでいるのだと判明する。

ラミリスは気色悪がったが、それは好都合でもあった。事前にわかっているのだから、ヴェガの周囲だけ迷宮を隔離させておけばいい。元から隔離する予定だったので、これは何の問題もなく開始された訳だ。

ラミリスの迷宮は〝来るもの拒まず、去るもの追わず〟をモットーに運営されている。逃げたければお好きにどうぞ、という感じなので、敵を閉じ込めるといった目的では利用されていなかった。

だが、出来ない訳ではない。

敵が『空間操作』の権能を有していたとしても、単純に敵周囲に階層を多重に展開させる事で、簡単には抜け出せないように調整する事が可能だったのだ。

もっとも、これが『空間支配』になると話は別だ。迷宮外部に明確な目標となる『空間座標』を記憶されていたならば、すんなり脱出されてしまうだろう。マイのように星間次元単位で座標管理出来るなら、隔離するだけ無駄というものなのだ。

その点、ヴェガは『空間支配』など出来ない様子。それどころか『空間操作』すら理解していないらしく、ラミリスが迷宮を隔離し始めてもまるで気付いた様子はなかった。

これは楽勝なのよさ——と、ラミリスが安堵したほどだ。

こうして、ヴェガの隔離は順調に進められている。

そうなると、次の段階に行動を移すべきだった。

つまりは、ディーノ達がどのように支配されているのか把握し、それを解除出来ないか試してみようという話になったのである。

外部情報は取り敢えず調べ尽くしたものの、問題となるのは内面の方だ。そこで迷宮内で倒す事で、死と復活の様子を観察、権能の影響を精査する事にした。

それに、ヴェガの隔離が完了次第、始末する予定となっていた。これを邪魔されないように、ディーノ達を釘付けにしておく必要もあったのだ。

そこで提案され実施に漕ぎ着けたのが、今のように一対一で戦う形式だった。

時間を稼げる上に情報収集も出来るとあって、ラミリス達にとっては実に都合のいい展開になったのだった。

………

……

…

既に、ピコとマイの情報は入手済みである。

続くガラシャだが、絶対に倒さなければならないという話ではなかった。

ならば、ゲルドの意思を尊重しても問題はない訳で……。

その時、ガラシャの対戦相手に選ばれていたランガから『思念伝達』が届いた。

『そういう事なら、ゲルドよ！　この我が力を貸そう！』

ゲルドの想いに応えるように、ランガが協力を申し出たのである。

「む？」

『足りない気力を我が補ってやろう。ゲルドよ、我にその怪我を移すがいい！』

そう伝えると同時に、ランガが『影移動』でゲルドの足元から出現した。

「むぅ、しかし……」

自分が受けたダメージは大きいのだと、ゲルドが辞退しようとした。しかし、ランガは問題ないと笑うのみ。

ガラシャとゲルドに因縁があるのなら、その役を奪うのは寝覚めが悪い。ランガはそう考えたのだ。

「感謝する」

「うむ」

そうした用途で行使出来るのか不安だったが、ダメで元々だ。ゲルドは意を決して、自分のダメージをランガへと譲渡した。究極贈与《アルティメットギフト》『美食之王《ベルゼバブ》』の『代役』で、仲間にダメージを分け与えるのと同じ感覚で――

「ギャイ～ンッ⁉」

飛び跳ねるランガ。

そのままうずくまって丸くなり、白目を剥いてビクビクと痙攣している。

そんなランガの姿にビックリするラミリス達。ゴブタが慌ててランガを介抱しているが、ベニマルは「そりゃそうなるだろ」と呆れ顔であった。

一番驚いたのは、完全回復したゲルド本人だ。

ランガが承認していたから簡単に成功したのだが、まさか権能を用いて自分のダメージを肩代わりしてもらえるとは思っていなかったからだ。

眷属同然の仲間達の時と違って、全ての重荷が取り払われたような解放感まで感じていた。ランガの方に余力があったから何とかなったが、これがもしもゲルドと同格の相手への譲渡だったならば、かなり大変な事になっていたはずだ。

その危険性を承知で提案してくれたのだと、ゲルドはランガに感謝した。

「すまない、恩に着る」

「わ、我の事は気にせず、後は任せた――ガク」

「ラ、ランガさーーーんっ‼」

そんな小芝居をする余裕があるのなら大丈夫だろうと、ランガとゴブタは放置される。

そしてゲルドが、闘技場の中央に『空間転移』で出現したのだった。

＊

『ええと、ここで選手交代。ランガに代わりまして、ゲルド選手の登場です！　拍手‼』

ラミリスの陽気な声が闘技場に響いた。

「選手って、完全に遊んでやがるな」

と、呆れ顔のディーノ。

こればかりは同意だと、マイも頷いている。

「まあいいじゃねーか。死んでも生き返れるってんなら、遊びみたいなもんだろ」

そう笑いながら、ガラシャが〝復活の腕輪〟を装着した。そして闘技場の中央まで歩み出て、ゲルドと顔を突き合わせる。

何のかんの言って、ガラシャもゲルドとの再戦が嬉しいのだった。

こうして、第三戦目となるゲルドVSガラシャが開始された。

ゲルドもガラシャも戦上手で、防御力に特化している者同士だ。互いに盾を巧みに操り、攻撃を上手くいなしている。

派手さはないものの、堅実な技が冴え渡る玄人好みの展開となった。

ゲルドの武装は、自らの肉体同然となった肉切包丁《ミートクラッシャー》と楯鱗の盾《スケイルシールド》だ。これに対してガラシャは、ヴェガから与えられた片手剣《ロングソード》と円形盾《サークルシールド》を装備していた。

存在値には二百万以上の差があるが、その戦いは互角である。格上だったムジカ相手にも一歩も引かなかったゲルドらしく、今もガラシャ相手に猛攻を仕掛けていた。

ゲルドは防御面にばかり注目されているが、その攻撃力も中々大したものなのだ。

ただし、戦上手のガラシャが相手では、攻撃を当てるのは困難だった。小手先の技だと簡単に弾かれてしまうし、かと言って威力を溜めるとなると動きからバレバレになるからだ。

ゲルド自身、攻撃を当てられるイメージが持てずにいる。

「甘い甘い」

「むう、これも通用しないか」

今もまた、ゲルドが仕掛けたフェイントがガラシャに見抜かれて、本命の振り下ろしが避けられた。が、その直後に反撃されても、ゲルドは難なく受け止めている。

互いに一歩も引かず、ただ打ち合うのみ。

「悉くアタイの攻撃を弾きやがって！　侮れねー野郎だぜ」

「これでもオレは、リムル様より〝守征王《バリアロード》〟の称号を授かっている。簡単に倒される訳にはいかないのだ」

「そうかよ！」

「貴殿こそ、豪快に見えて堅実な戦いぶりだ。感服したぞ」

「ヘッ、敵に褒められても嬉しかねーが、アンタから言われると照れくせーな」

短い攻防を何度も繰り返す中で、互いに認め合い、心が通じるような感覚が生じる二人だった。

ゲルドも、ガラシャも。自分が磨いた技量《レベル》だけを頼りに、互いを上回ろうと技巧を駆使している。

(時間を稼ごうと思ってはいたが……これは、手加減などしている余裕はなさそうだな)

と、ガラシャも内心でゲルドを賞賛した。

ガラシャの予想通り、自然と戦いは膠着状態となった。

その姿はまるで、切磋琢磨している修練者同士のようで、虚実が織り交ざった地味なものへとなっていく……。

………

……

…

そもそも、ゲルドの究極贈与《アルティメットギフト》『美食之王《ベルゼバブ》』は、対個人戦には向いていない。軍団規模に適用されるべき権能なのだ。

配下の強化に鉄壁化、受けた傷を分配して全体の持久力の向上等々、味方がいてこそ真価を発揮するのである。

全ての力をゲルドに集中させたから強くなる——といった性質はまるでないので、ガラシャ戦ではそこまで有用とは言えない権能であった。

一方、ガラシャはというと。

一見すると、権能を用いていない——ように見えた。

究極能力《アルティメットスキル》『栄光之王《ハニエル》』という究極の力に覚醒しているにもかかわらず、これを使わないのは損失である。

普通ならそう思われるのだが、実は違う。

実は『栄光之王《ハニエル》』とは、受動型《パッシブスキル》の権能だったのだ。

攻撃感知、敵性看破、エネルギーの調和、攻防バランス調整、自動回復、というのが、主な効果である。

敵の罠を見抜き、動きを見極め、不利な属性を有利な属性へと変化させ、攻撃の力を防御に防御の力を攻撃へと転化させて、あらゆる傷を自動で癒してくれる

――ガラシャはそうした権能を意図せずに、継続して発動させていたのだった。

これがある限り、ガラシャの敗北はない。完全バランス型の戦士であるガラシャは、この権能によってより完璧に戦えるのだ。

ピコに比べて、ガラシャは攻防のバランスが取れている。それも全て、この『栄光之王《ハニエル》』があるお陰であった。

ゲルドと同等以上の防御力に加え、ゲルドを圧倒的に上回る攻撃力を有しているガラシャ。これだけ有利なのだから、ガラシャの独壇場となるはずであった。

しかし、そうなってはいない。

この現実こそまさに、ゲルドが如何に優れた戦士なのかを物語っているのだった。

………

……

…

猛攻を仕掛けるガラシャ。

ゲルドを突き飛ばすように蹴りを入れ、相手の体勢を崩してから剣を振り下ろそうとする。

しかし、ゲルドは崩れない。権能で『全身鎧化』させて、ガラシャの蹴りを真正面から受け止めている。

そうなると、逆にガラシャのバランスが崩れるのだが、そうはさせじとばかりにその蹴りの威力のままに後方に逃れていた。このあたり、ガラシャのセンスが光っている。

だがやはり、褒めるべきはゲルドだった。

巧みな技量にて、ゲルドはガラシャの攻撃を防いでいた。

それだけではない。

攻撃、防御、両面において優れているはずのガラシャが、逆にゲルドから圧され始めていたのである。

「は、何でだ？」

「ぬうん!!」

今もまた、ガラシャはゲルドの剣圧によって一歩後退してしまった。

存在値でも格上、権能による効果で圧倒的に有利なはずのガラシャが、ゲルドを相手に苦戦する事自体がおかしいのだ。しかし、それが現実であった。

そして今、ゲルドの攻撃がジワジワとガラシャにダメージを蓄積させている。

ガラシャの攻撃はゲルドに届かないままだ。それなのに、どうしてそのような現象が生じたのか？

その理由は、ゲルドの戦い方にあった。

直接的な攻撃が通じないと見るや、ゲルドは方針を変更したのだ。

剣を当てる、敵を斬る、といった一撃必殺を捨てて、一つ一つの攻撃に重きを置いた。ガラシャの盾に肉切包丁《ミートクラッシャー》を打ち付ける際も『腐食』を纏わせて、疲労を蓄積させるようにした。

つまりゲルドは、ガラシャが盾で受けるのを見越して、その盾を砕くつもりで攻撃を仕掛けていたのである。

武器破壊という権能など所有していないゲルドだが、この行動には意味がある。受け続けると腕にダメージが入るのだ。

そうならないようにガラシャも受け流そうとしていたが、ゲルドがそれを許さなかった。

その結果が、今のガラシャに現れていたのだった。

●

二人の戦いは、玄人目には素晴らしいものだった。

しかし、素人からすれば退屈極まりないものだったらしい。

「もう飽きたんですけど……」

などと、小さなお子様《ラミリス》が、ワガママを言い出した。

〝管制室〟内に響く小さな呟きを聞いて、ベニマルが苦笑する。

ゲルドとガラシャの戦いは、必殺技も魔法も何も用いられておらず、派手さに欠けた地味なものだった。どちらかが傷を負うでもなく、淡々と攻防が繰り返されるだけだったのだ。

それがラミリスには、大して面白くもないモノと感じられたようだった。

ゲルドやガラシャの高度な技量や、達人同士の巧妙な駆け引きなどまるでわからないラミリスには、その戦いは退屈だったのだろう。

「ねえ、もう引き分けにして、次の戦いを始めさせない？」

などと言い出す始末だ。

しかも、どうして一対一の戦いにして時間稼ぎさせているのかという理由なども、スッカリ忘れ果てた様子である。

「そろそろさ、ディーノちゃんに償ってもらう時間だと思うワケ」

とまあ、次の戦いが楽しみなのか、わくわくソワソワして、ゲルド達の試合にまるで興味を示していなかった。

そしてこの場には、ラミリスを叱るベレッタがいない。

甘やかすだけのトレイニーでは、「まあ、その通りですわ！」などと都合のいい太鼓持ちしかしないので、ラミリスが調子に乗るだけだったのだ。

だからこそ、ここはベニマルが指摘する。

「あのですね、ラミリス様。時間稼ぎが必要なのを、もう忘れちゃいましたか？」

「あっ」

「そういう事です」

「てへっ」

ラミリスは一応、リムルと同格の魔王なのだ。普段はともかく、こういう公式な場では敬う必要があった。

だが、しかし。

ラミリス本人が、そうした設定を忘れてお子様モードを発動させている。これは注意せねばならず、必然、ベニマルの口調が雑なものになるのは仕方ないのだ。

「誤魔化してもダメですよ」

「ちょっと、副司令官!?　このアタシ、総司令官をもっと敬って頂戴！」

「ハイハイ」

「誠意が感じられないんですけど……」

「何か問題が？」

ぶっちゃけベニマルは、そろそろラミリスに対して敬語を使うのがしんどくなっていたのだった。

「ま、まあいいのよさ！」

ベニマルの言い分にも一理あるし――と、ラミリスは慌てて誤魔化した。

「それじゃあ気を取り直して――構わん、続けさせろ！」

「はいはい」

ベニマルはラミリスが納得したのを見届けて、画面に目を戻した。

ゲルドの戦いぶりは素晴らしかった。この戦いを止めるなんてとんでもない――というのが、ベニマルの本音なのだ。

これほどまでのベストマッチなど、そうそう見られるものではない。拮抗する攻防は、見ているだけでも学ぶべき点が多いのである。

そう感じる者は多いようで、この〝管制室〟の中の反応は、見事に両極化しているようだった。

興味ない者にはとことんつまらないのだろうが、見るべき目があればこれほど面白い試合はない。ベニマルだけでなくゴブタやガビルなども、玄人好きするこの戦いに魅入っていた。

そして、そうした熱意が伝わったのか、いつしかラミリスまでも食い入るように大スクリーンを見つめている。

ゲルドとガラシャが、激しい剣戟を繰り広げていた。

その勢いは加速し、地味だった駆け引きも今は何処吹く風である。

過熱した勢いのまま相手を圧するような高威力の攻撃の応酬により、一太刀ごとに地が裂け大気が吹き荒れ砂塵が舞う。

見る者を虜にする美しい舞のように、二人は戦闘を続けていた。

格上であるはずのガラシャを相手に、ゲルドがその差を埋めるように健闘して――

「あっ、もうそろそろ決着っすね」

と、ゴブタが呟いた。

ベニマルも同感だった。

そして、戦いの緊迫感は最高潮に達し――均衡が崩れた。

決着はまもなくであると、誰の目にも明らかになったのだ。

＊

盾を取り落としてしまい、ガラシャが焦った。

「ア、アンタ、何をしやがった？」

盾を持つ左腕の調子がおかしくなって、ガラシャもようやく異常に気付いた。自動回復があるから致命的ではないが、これは由々しき事態である、と。

しかし時既に遅く、続くゲルドの攻撃によって、遂にその手から盾を放してしまったのだ。

ガラシャは悠久の時を生きており、戦の経験も豊富である。技量《レベル》面でも、決してゲルドに負けてはいなかった。

しかし、足りないモノがあったのだ。

それは、同格同士での戦闘経験である。

長命種にありがちな問題だが、強くなった後の対戦相手がいないのだ。

ギィのように極まった者ならともかく、まだ未熟でも肉体性能だけで敵を圧倒してしまえるので、成長率が乏しい。まして格上相手の戦闘など、なかなか体験出来るものではなかった。

勝てない相手は数えるほどだし、そもそもの話として、警戒すべき相手に喧嘩を売るような真似はしない。なので、苦戦をおして戦わねばならぬような状況など有り得ず、そうなるくらいなら逃亡するというのが常だった。

それに対し、ゲルドは常に引かない。

戦わねばならぬ状況であれば、どんな相手からも逃げなかった。

だから訓練を欠かした事もなく、建設工事現場で作業する傍ら、準備運動代わりに戦闘訓練を行うほど真面目な性格をしているのである。

休日には、アゲーラやハクロウの薫陶《くんとう》を受けている。〝聖魔十二守護王《せいまじゅうにしゅごおう》〟の中では目立たぬものの、常に訓練を怠らぬゲルドの技量《レベル》は、超一流の領域へと至っていたのだった。

攻撃面ではまだまだだが、こと防御にかんしては並ぶ者なしである。防御しながら敵にダメージを与える技法や、先程ガラシャ相手に見せたように攻撃の主目的を悟らせぬようにダメージを蓄積させる技法など、有用と思える技は全て身に付けていた。

　そんなゲルドだからこそ――

　盾を失ったガラシャへと、ゲルドが大技を仕掛ける。

「――猪突猛震撃《カオスラッシュ》」

　ゲルドの肉切包丁《ミートクラッシャー》が禍々しい覇気《オーラ》を纏い、ガラシャへと向けて振り下ろされた。

「チィ⁉」

　慌てて飛び退くガラシャ。

　ゲルドの動作は大きく、隙だらけに見えた。それこそ、盾を失ったガラシャでも、ゲルドを仕留める事が出来そうなほどに。

　だからこそ、ガラシャは油断しなかった。

　威力あるトドメの一撃なのは察せられるが、それこそが敵を誘う為の罠となっているのは間違いない――と、ガラシャはそう見抜いたのだ。

　ゲルドの隙を突いて迂闊に攻め入るような真似をすれば、一刀の下に斬り伏せられるだろう、と。

　しかし、違った。

　ゲルドの目標は、ガラシャが取り落とした盾だったのだ。

　ゲルドが盾を呑み込み、『捕食』した。

　究極贈与《アルティメットギフト》『美食之王《ベルゼバブ》』は、呑み込んだ物質をエネルギーへと変換可能なのである。

　ガラシャの円形盾《サークルシールド》はヴェガが創造した代物だったので、天然物の神話級《ゴッズ》に比べると抵抗値が低い。だからこそ吸収も速く、ゲルドは何の問題もなく『捕食』を完了する。そして無事に、その力を取り込めたのである。

　ゲルドの楯鱗《スケイルシールド》の盾が輝きを放つ。ゲルドの一部であるその盾も、ゲルドが強化された事で性能を増したのだった。

「あっ……嘘だろ、無機物までいけるのか？」

「いや、神話級《ゴッズ》まで至っていれば、意思が宿って当然。この盾の出自は何者かが創造した紛い物だったようだが、オレには関係のない話だ」

淡々と説明するゲルド。

勝ち誇った訳ではないが、その言葉の意味するところは重かった。

ゲルドは、有機物であろうが無機物であろうが、区別なく『捕食』可能という事なのだ。そして、対象に意思があったとしても、抵抗《レジスト》に失敗すれば喰われてしまうのである。

ガラシャの額から冷や汗が流れ落ちる。

バランスが崩れた――と、そう自覚して。

この時点でガラシャの防御力は激減し、ゲルドとの存在値における差も縮まっていた。この上、もしも剣まで喰われたならば……。

一瞬の静寂。

それを破るように、ガラシャが口を開く。

「フッ、どうやらアタイの負けだな」

そう言って、清々しい笑みを見せたのである。

「むぅ」

ゲルドは戸惑ったものの、身構えたままだ。

それがブラフではないと思うものの、まだ完全にガラシャを信じていない。

そんなゲルドを見て、ガラシャが笑う。

「オッケーオッケー。この迷宮で生き返るってのを経験してみたかったし、バッサリやってくれや」

そこまで言われると、ゲルドも信じるしかなかった。

「オレの勝ちという事でいいのだな？　ならば、これ以上の戦闘は不要であろう」

ゲルドは武器を仕舞う。敗者に鞭打つような真似を嫌っているので、これで矛を収めたのだ。

「フッ、武人だな。アタイの完敗だぜ」

そう苦笑したガラシャは、潔く敗北を認めたのだった。

『おっけ～！　それでは、勝者はゲルドで～っす！』

ラミリスの勝利宣言を受けて、ゲルドとガラシャが退場した。

そして遂に、ラミリスが待ちに待ったディーノの出番となったのである。

＊

闘技場にラミリスの声が響く。

『さあディーノ、出てきなさい！　この前の仕打ちは忘れてないよ。今度はアタシが、アンタをギッタンギッタンにしてやる番なんだからね！』

ラミリスは復讐に燃えていた。

ディーノに〝復活の腕輪〟を五つも渡している事からわかる通り、五回は殺すつもりでいるのである。

真の目的も頭から抜け落ちたのか、個人的な願望しかないようなコメントを連発していた。

これに対し、ディーノは余裕そうな表情だ。

「ふっふっふ、ラミリスよ。俺は気付いちまったぜ」

『はあん？』

「棄権だ！　俺は次の試合を――」

『却下に決まってんじゃん』

姑息な事を言い出したディーノだが、ラミリスは無情にも却下した。というか、許すハズがない提案だったので、その提案をしたディーノの厚顔無恥ぶりに驚いたほどである。

（チクショウ！　俺の素晴らしいアイデアを、そんなアッサリと……しかし、だ！　俺には次の策だってあるんだぜ！）

内心でぼやくものの、どうしようもない状況である。

敵はベレッタとゼギオン。

はっきり言って、ディーノが勝てる相手ではない。

ディーノはここで出し惜しみせずに、とっておきの策を披露した。

「負けだ！　俺はここに、敗北を宣言するぜ‼」

ディーノは戦いもせずに、自分の負けだと宣言したのである。

それは、ガラシャの敗北を見て思いついた作戦だった。

別に苦しい戦いをしなくても、さっさと負けてしまえばいいのだと。

ディーノの所まで戻って来たガラシャが、小さく呟く。

「ヤバイぞ、ディーノ。ゲルドってヤツ、異常に強くなっていた。以前に戦った時とは別人みたいだったぜ」

「え？　やっぱ、本気で負けたの？」

「何を言ってんだ？　盾を奪われて負けたんだから、当たり前だろ……」

演技だとでも思ってたのかよ、とガラシャが呆れる。

「ちなみに、私も本気だったから」

と、ピコも自己申告。

マイもこっそりと頷いており、全員敗北という状況はかなり本気《ガチ》だったのだと確定した。

ここで、したり顔のディーノが問う。

「お前ら、脱出する為の体力は残してあるんだろうな」

「あたりまえだろ」

「まあね。動けなくなるほど消耗するのは自殺行為だもん」

ガラシャとピコが頷き合っているが、体力を残しつつ負けるというのも、意外と困難なのである。

真面目なマイが、ここで忠告した。

「負けを宣言したって、無駄だと思うわよ。だって貴方、恨まれているんでしょ？　ここは素直に、悪かったって謝ったらどうなの？」

ビックリするくらいの正論だった。

ディーノも思わず言葉に詰まり、「あ、ああ、そうだな……」と頷くしかない。

しかし、その判断は遅すぎたようだ。

『はあ？　何を甘えた事を言ってんのさ！　勝ちとか負けとかどうでもいいワケ。アタシはね、アンタの泣き顔が見たいだけなのよさ！』

というラミリスのワガママぶりが炸裂し、ディーノも戦わざるを得なくなったのだ。

もう少し早く謝罪していれば、ラミリスも考えを改めたかも知れない。しかしそれは仮定の話であり、ディーノがそれを試す機会は過ぎ去っていたのだった。

死んだような目つきになって、ディーノはベレッタとゼギオンに視線を向けた。

勝てる訳がないんだよな……と、絶望的な気分になる。

しかし、ふとそこで小さな疑問を覚えた。

（あれ？　ゼギオンのヤツ……あんなに魔素量《エネルギー》が小さかったっけ？）

それは、一度戦った事があるディーノだからこそ感じ取れた違和感だった。

ゼギオンから感じる威圧感が、少し希薄に思われたのだ。

だが、そんな疑問に悩む暇などディーノにはなかった。

何とか先延ばしにしようとしていた運命の時が、遂に始まろうとしていたのだ。

ラミリスがベレッタに声をかけていた。

『ベレッタちゃん。負けても良いけど、ディーノを痛い目に遭わせてからにしてね！』

「ふふふ、ご冗談を。何度も負けると、負け癖が付きますからね。今度は勝ちますよ」

それを聞いて、憂鬱になるディーノ。

（ちくしょう、ヴェガのヤツ。早くしろ、間に合わなくなっても知らんぞ!!）

というか、間に合わなかった時に困るのは、ヴェガではなくディーノの方であった……。

ハアッと大きな溜息を吐くと、ディーノはやる気なさそうに身構える。

ベレッタも強くなっていた。

ガラシャの言うように、少し見ない間に驚くほど存在感が増していたのである。

ディーノの見立てでは、まだ自分の方が強いだろうと思われる。しかしそれは、厄介な権能がなければの話だった。

まして、敵側にゼギオンが控えている以上、ベレッタに勝てただけでは意味がないのだ。

終わったなと思いつつ、ディーノは闘技場に向かった。

そして、ベレッタと対峙する。

ゼギオンが出て来なかった事に安堵するディーノだ。

見詰め合う事しばし。

『それじゃあ、始め！』

嬉々としたラミリスの掛け声を合図に、戦闘が開始された。

ピコやガラシャと違い、ディーノはそれほど戦闘好きではない。

というより、面倒なのでどちらかと言えば嫌いである。

本当に仕方なくという感じで、適当に相手をしようと考えたディーノ。棄権は許されなかったが、頑張っているフリをしつつ負ける予定だ。

あわよくばベレッタだけでも降《くだ》して、面目を保ちたいという思いもあったりする。

しかし、そうは問屋が卸さなかった。

放たれたベレッタの拳を軽く回避したつもりだったのに、その腕は構造を無視してディーノを追撃したのだ。

蛇のようにうねりながら、変幻自在に伸び縮みして、果ては分裂までする始末。それはもはやパンチではなく、意思のある使い魔のような勢いである。

（外見無視かよ！　というか、以前とは別物だな。ガラシャの言う通りだぜ……）

と、ディーノは納得する。

ベレッタは、リムルが作成した〝魔鋼〟製の人形に、悪魔族《デーモン》が憑依して誕生した魔人形《ゴーレム》だと聞いていた。しかし今では完全に同化しており、鋼の硬質さなど感じさせないほど滑らかな動きだ。

一瞬の攻防で、ディーノはベレッタの危険性を見抜いた。

存在感は増しても見た目に変化はなかったが、いざ戦い始めてみると違いは明白だったのだ。

あわよくば、などという甘い考えは一瞬で捨てた。以前ならば簡単に倒せただろうが、今はもう無理だ。というか、ディーノが本気を出したとしても、勝つのは難しいのではないかと思われた。

（というか、この短期間で成長しすぎだろ……）

クマラやゲルドの成長も異常だが、アピトやベレッタの成長ぶりはそれ以上だった。アピトなどマイを相手に戦っている途中で強さが増したみたいだし、リムルの配下達は舐めてかかると痛い目に遭うというのが常識なのである。

もっとも、ディーノは相手を舐めたりなどしていない。

（それどころかリスペクトしてますんで、本当、これ以上俺をイジメるのは止めて下さいよ！）

などと思いつつ、ディーノはベレッタから逃げ回る。

ベレッタの拳が地面を穿った。

柔らかそうに見えるが、その実態は超重量の〝究極の金属《ヒヒイロカネ》〟の塊なのだ。武器は持ってないが、それは必要がないからなのである。

下手なハンマーよりも、ベレッタの拳の方が硬い。

威力は比べるまでもなく上だった。

ベレッタは特に怪しげな権能など使っていないようだが、ただの格闘戦だけでも十分に厄介な相手なのである。

ゼギオンのみを警戒していたディーノにとって、ベレッタの成長は計算外であった。それなのに、敵はベレッタだけではない。

まだ後ろには、ゼギオンという絶対強者が控えているのだ。

ディーノにとってはお手上げと言いたくなる状況であり、どうしてこんな目に遭っているのだろうと、世の無常を嘆きたくなる思いである。

ただ、時間を稼ぐ。それも、なるべく痛い思いをしないように逃げ回りながら。

これが、ベレッタに勝つのを諦めたディーノが導き出した、これ以上ないであろう最適解であった。

それなのに……。

ディーノの足元が沼のように変化した。

あ、やべ！　と思った時には手遅れで、ディーノは足を地面に取られてしまう。

膝まで地面に嵌った状態になったが、それで終わりではなかった。

地面が流体金属へと変化して、更にディーノを呑み込んだのだ。

そうなるともう、力任せに脱出するのは難しい。金属の泥が足枷となり、ディーノを捕縛していく。

暴れれば暴れるほど、ディーノの下半身は地面にずっぽりと埋まっていった。しかも抜け出せないように、地面が鋼鉄のように硬質化して固められてしまったのだ。

ベレッタの『鉱物支配』と『地属性操作』の複合技による、地面の液状化&硬化であった。

これはもう、無理だな——と、ディーノは一瞬で諦めた。

ベレッタはラミリスの守護者として、一時期とはいえ迷宮十傑を統べていた存在である。しかも、元は黒の眷属だった上位悪魔《グレーターデーモン》であり、決して弱いはずはなかった。

しかしディーノは、こんなに簡単に自分がやられるとは思っていなかったのだ。

「おま、俺が迷宮にいた時は、こんな力なんて持ってなかっただろうがっ⁉」

脱出は無理だと諦めているので、もう何も失うモノがないとばかりに強気なのだ。

以前に戦った時も、こんな権能など使っていなかった。という事は、ディーノと再戦するまでの短い期間で得たという事になる。

嘘でしょと思うが、現実は認めねばならなかった。

そんなふうに暢気《のんき》に考えていたディーノに、ベレッタが冷たく告げる。

「そうでしたか？　ですが、今は使えますので」

それはそうでしょうよ——と言いかけたディーノだったが、それは声にならなかった。

ベレッタは発言と同時に権能を行使し、ディーノの全身を金属の槍で貫いたのだ。これによってディーノの意識は暗転し、ベレッタの勝利が確定したのだった。

＊

意識を取り戻したディーノに、ラミリスの嬉しそうな声が聞こえた。

『はい！　ベレッタちゃんの勝利です。拍手‼』

気を失っていたのは一瞬だったらしい。

(ああ、これで終わりだったらよかったんだが……)

ラミリスの〝復活の腕輪〟の効果は本物だったが、あまり嬉しくないディーノであった。

残る〝復活の腕輪〟は後四つ。

つまり、まだ四回もディーノが殺されなければ、ラミリスは納得しないであろうから。

『それじゃあ、次は誰が相手する？』

という会話が聞こえた。

何の事だ？　と疑問に思っていると、アピトが闘技場に進み出たのである。

「ラミリス様、次はワタクシが。新しく得た力を試してみたいですし」

『了～解～!!　それじゃあ、次はアピトちゃんね』

そこまで聞いて、ディーノも理解した。

ああ、そういう事ね――と、自分が実験台にされようとしている事実を認識する。

「テメエ、ふざけんなよ、ラミリス！　イジメだろ、こんなもん！」

『はあ？　か弱いアタシを狙ったアンタにだけは、言われたくないのよさ！』

「だからそれは――」

色々と言いたい事はあったが、全部言い訳だ。ディーノはそれを理解しているので、グッと言葉を飲み込んだ。

『それじゃあ、始め！』

ディーノが言い返さないと見て取ったラミリスが、迷いなく試合開始を告げた。

これによって、ディーノにとって二回目の戦いが始まったのだった。


アピトの速度に翻弄されるディーノ。

背負った大剣では、アピトの残像すら捉える事が出来なかった。

アピトが放つ拳は速い。しかも、鋭い針が突き出ていて、その速度の全てが集約されていた。

プスリ。

回避したつもりだったディーノの腕に、アピトの針が刺さっていた。

意外にも軽い衝撃――というか、軽すぎた。

それは本命の拳ではなく、放たれた仮想針だったのだ。

「どうかしら？　ワタクシの『神音幻針《ファンタズムニードル》』のお味は？」

アピトが微笑みながら、ディーノに問うた。

それは衝撃ではなく痛みとなって、ディーノの魂に届けられる。

「痛ッ、痛ってーーーーっ!!」

精神生命体であるディーノは、当然だが『痛覚無効』を所有している。だから本当の痛みを感じる事自体、久しくなかった経験であった。

次も死んだら何とかなる——などと甘く考えていたディーノを嘲笑うかのように、〝魂〟が痛みを訴えていた。

激痛に転がり泣き叫ぶディーノ。

アピトは追撃せず、楽しそうにその様子を眺める。無慈悲なる女王の如く、弱者を甚振《いたぶ》るように。

それこそが、迷宮主であるラミリスの意思なのだ。

実際、アピトの『神音幻針《ファンタズムニードル》』では、物理的なダメージは皆無であった。

ディーノのような高位の精神生命体には、『致死攻撃』なども通用しないだろう。そう考えたアピトは、ディーノの本能が危険信号を強烈に発せられるように、『致死攻撃』を複数回発動させるように設定しておいたのだ。

これはつまり、一回の威力を弱化させる代わりに、持続効果を持たせた訳である。攻撃が繰り返される度に、ディーノは抵抗《レジスト》しなければならない。

そうなれば、ディーノの生存本能が『神音幻針《ファンタズムニードル》』を危険視して、より激しく抵抗するようになる。その結果、過剰になった免疫機構が自分の身体を攻撃してしまうように、ディーノの精神構造も『神音幻針《ファンタズムニードル》』に過剰反応してしまい、必要以上に威力が高められてしまったのだった。

これが、ディーノが激痛を感じた原因だ。

アピトの攻撃ではなく、自分の防衛反応によってディーノは信号を——痛みを感じていたのだった。

「ウフフ。どうやら効果抜群のようね」

アピトは、ディーノに激痛を与えられた事に満足した。

アピトの意図が読まれてディーノが『神音幻針《ファンタズムニードル》』を

受け入れていれば、大した効果もなく何事も起きなかったに違いない。しかし、一度効果が確立されてしまえば、次はもう抵抗不可能となる。

それが、アピトが編み出した技術《アーツ》──『無慈悲なる抵抗破壊因子《アナフィラキシーショック》』の真価だった。

一度効果が確立されてしまった以上、ディーノの命運は既にアピトの手の内だった。


「き、汚いぞ！　俺を痛めつけて楽しいのかい？　こんな卑怯な真似までするなんて、リムルだって悲しむとは思わないのか⁉」

「黙りなさい‼　戦いに汚いも綺麗もない。勝てば良し、負ければ死ね！　それが鉄則だ──と、リムル様も仰っていました」

喚くディーノを一喝するアピト。

徹底した勝利至上主義発言に、ディーノもそれ以上の反論を封じられる。

これに、クマラも大いに頷いていた。

「その通りでありんす。『大人とは汚い生き物なのだ。どんな手を使っても勝つ！　それが、大人ってものなのだよ』と。教科書に載っていたでありんすえ」

この二人の発言には、ベレッタもちょっと引いた感じになっている。しかし、何も言わない。

（リムル様の発言がどんどん曲解されているような気がしますが、いや、正しく受け止めれば、あながち間違ってはいないのでしょうか……？）

と、ちょっと自信がなくなっているベレッタなのだった。

そんな常識人のベレッタと違って、アピトはイケイケだ。

ここにはいないが、アピトを訓練相手にしているアルノー達からすれば「まだ言葉で言ってもらえるだけ優しいよな？」と評されるほど、苛烈な性格をしているのである。

それは、アピトの師匠がヒナタだったのも原因だろう。

ヒナタも敵相手には容赦しないので、アピトもそうした性質を色濃く受け継いでいるのである。

アピトが大人しいのは、ゼギオンから叱られた時だけ。そのゼギオンが何も言わない今、誰にも彼女を止められないのだった。

　アピトが嗜虐的な笑みを浮かべながら、美しい手をディーノに向けて構えた。

「ちょ、ちょっと待とう！　な？　落ち着いて、話し合おうじゃないか。話せばわかるって！　人は、理解し合えると思うんだ!!」

　ディーノが必死になって、アピトを宥めようとした。

　しかし、無駄だ。

「そうかも知れないわね。でも――」

　ディーノの提案に、慈悲深い笑みを浮かべたアピトだったが、続く言葉があるのが不穏だ。

　ディーノは不安を押し隠し、期待に満ちた表情で問う。

「で、でも？」

「アナタを痛めつけるのが、ワタクシの仕事なの」

　そしてアピトは、笑顔のままにディーノを一刺しした。

　闘技場に、ディーノの悲鳴が響き渡る。

「痛ッたぁーーーーーぃ!!　ちょ、ちょっと待って！マジで待って!!」

「ダーメ♪」

「痛いから、これ本当に痛いから!!」

　ギャン泣き間近の涙目になって、ディーノが転がるようにアピトから逃げ惑う。

　慈悲を乞うが、アピトは止まらない。

　それから三回ほど、ディーノを『神音幻針《ファンタズムニードル》』で刺していた。

　これに大喜びなのが、ラミリスだった。

『ほーーーっほっほっほ！　ざまぁないわね、ディーノちゃん！　どうかしら？　アタシに泣いて謝るなら、許してあげなくもなくってよ？』

　これを聞いて、ディーノが憤怒した。

　いや、違った。

「泣いてるじゃん！　もう号泣してるじゃん!!　その上、さっきからずっと謝ってるじゃないですか、ラミリスさーーーーんっ!!」

だからもう許して下さいよ——と、ディーノは必死に訴えたのだ。

それは憤怒どころか……泣き喚く赤子を彷彿とさせるような、見事なまでの泣き落としだった。

しかし、無責任なのがラミリスなのだ。

自分の発言に責任を持ったりせず、ディーノへの攻撃続行を指示するのである。

『甘いわね、ディーノちゃん。謝罪の仕方がなってないワケ。そもそもね、純情なアタシを裏切った以上、そんなに簡単に許しちゃ沽券《こけん》にかかわるってものなのよ！　二度と裏切る気にならないように、もうちょびっと反省して。って事だから——さあ、やっておしまいなさい！　ベレッタさん、アピトさん！』

ディーノの訴えは、ベレッタをもう一度参戦させるという最悪の結果をもたらしただけだった。

再び地面に埋められたディーノが、身動きも出来ぬままアピトに嬲《なぶ》られる。

ディーノの悲しい悲鳴が闘技場に鳴り響き、侵入者達にラミリスの恐ろしさが知れ渡ったのだった。


そしてそろそろ、不甲斐ないディーノへのお仕置きタイムが終わろうとしていた。

それと同時に、ディーノにも決断の時が迫っていたのだ——

＊

〝管制室〟には、ラミリスの楽しそうな笑い声が響いていた。ディーノの泣き顔が見られて、溜飲が下がったらしい。

トレイニーが嬉しそうにそれを眺めているが、ベニマルはかなり引いていた。

いや、先に裏切ったのはディーノなので、自業自得な面もある。だがそれでも、一人を多数で叩くのは、ベニマルの信念的に拒否感があった。

これが戦であれば話は違うのだが、ディーノに対するそれは、どう見ても制裁だったからだ。

「総司令官殿、やり過ぎじゃないのか？」

「だいじょーぶ、大丈夫だって！　ディーノちゃんが死なないように、ちゃんと〝復活の腕輪〟だって渡してあるじゃん」

「いやいや、そういう問題じゃなくてだな……」

大スクリーンの中では、アピトに代わってクマラが参戦していた。ベレッタも手を引いて、一対一の戦いになっている。

模擬戦スタイルなので、先程よりは絵面がマシだ。

それでも満足した様子で、ラミリスは大スクリーンを眺めていた。

その姿から、ディーノへの制裁だけが目的ではないのではないか、とベニマルは察している。

「ディーノってさ、思ってた以上にタフだね」

と、ラミリスが言う。

「そりゃまあ、今はあんな感じですが、もしも本気を出されていたら、こっちが負けていたかも知れませんよ」

と、ベニマルが素直に答える。

「ま、ね。ゼギオンが偽者なのも、多分バレてると思うワケ」

ラミリスもベニマルの意見に同意した。

ディーノが本気を出すつもりがないのは、最初からお見通しだったラミリスである。

今も画面の向こうで泣き叫んでいるが、それはラミリスに付き合ってくれているだけなのだ。

言葉にはしないだろうが、それがディーノなりの謝罪なのである。

ラミリスは、それをよくわかっていた。

ただし、それはそれ、これはこれ。

ケジメは大事だったから、ディーノへの復讐を譲れなかっただけである。

「ま、こんなもんで許してあげるかな」

「そうしてあげましょうよ」

ベニマルが、安堵して溜息を吐いた。

「ま、他の子達も全員一回は倒せたし、ディーノなんて二回は殺せたもんね。そろそろさ、自分がどうやって支配されているのか、気付いてもいい頃じゃない？」

何気なく話しているが、それこそがラミリスの本音だった。

ディーノへの制裁も勿論本気だが、友達を理不尽な拘束から解放してあげたい、という気持ちだって持っていたのである。

「やはり、そういう事だったのですね！」

「流石はラミリス様、慈悲深い御方ですわ!!」

トレイニーやトライアなどが、ラミリスを持て囃《はや》した。

それがダメなのですよ――と、ベレッタがいたら思っただろう。

ラミリスがドヤりながら言う。

「ディーノちゃんってさ、肝心なところが抜けてるんだよ。それなのに『自分は狡猾で誰にも騙されない！』とか思ってるんだよ？　馬鹿だよね？」

ディーノが聞いたら『異議アリ』と叫んだだろうが、ここにはいない。ラミリスを止める者は誰もおらず、それが真実として皆に浸透していく。

噂とは怖いなと、ベニマルは思った。

もっとも、ラミリスの言葉には聞き流せない点もあった。

リムルなどもよく口にしていたのだが、『自分が騙されないと豪語するヤツほど、騙された時にドツボに嵌る』ものなのだ。

恥ずかしくて、自分が騙されたと認められないから、らしい。

これで余計に被害が拡大するらしく、素直に自分の過ちを認められるかどうかが、失敗した後の対処で重要な部分になるのだそうだ。

その点、ディーノももっと早くに自分の非を認めていれば、ここまで泣かされる事もなかっただろう。

フェルドウェイに支配されているので、そこまで自由には動けなかったのだろうが……それでも、もっとやりようはあったのではないかと、ベニマルは思った。

とは言え、馬鹿か馬鹿じゃないかで問われたら、答えは決まっていた。

「え、ああ……まあ、そうだな」

と、言葉を濁しつつベニマルも、ラミリスに同意する。

ディーノの話は、他人事ではない。

自分にも似たような面があると、ベニマルも密かに反省していた。

ベニマルは誤魔化すように、話を逸らす事にする。

「それで、ラミリス様。今の進捗率はどんなものなんだ？」

「ええっとね、階層の隔離は完了したよ。で、ヴェガの方の侵蝕率だけど、隔離空間の九十％って感じかな」

「順調だな。それで、ゼギオンが動いたのか」

「うん。待ちきれないとばかりにね！」

ラミリスとベニマルは頷き合う。

今の会話からもわかる通り、ディーノの前にいるゼギオンは幻影だったのだ。

ディーノがゼギオンを見て存在が希薄だと感じたのも、これが原因だったのである。そしてそれに気付いていながら、ディーノはラミリスの仕返しに付き合っていた訳で……だからラミリスは、とっくにディーノを許していたのだった。

そうなると、残る問題はヴェガだけなのだが……。

こちらに対しては、既に対処済みだ。

静かに、そして確実に。

防衛段階は既に、最終局面へと移行していたのだった。

＊

ラミリスが満足したので、〝管制室〟の空気も穏やかなものになった。

皆が、ラミリスに何らかの思惑があると気付いていた。

シュナもそうだ。

トレイニー達のように妄信している訳ではないが、ここまでディーノを痛めつけるのには、何か理由があるはずだから。

それが、ラミリスの呟きを聞いて理由が判明した。

皆が納得したのだった。

そもそも普段なら、あれほど執拗にディーノを痛めつけたりしないはずだ。ラミリスは言動が過激なところはあるものの、その性質はとても寛容なのである。

言い換えれば、いい加減、とも言う。故に、ディーノへの恨みをそこまで引きずったりはしないと思われた。

それなのに、一度ならず二度も、そして三度目も始めるとなると、そこには何か目的があるはずだった。

はしゃぐラミリスを見て、シュナも思い至っていた。

（そうか……ディーノ様を、取り戻したかったのですね――）

だとすれば、ラミリスの態度にも納得いくし、これだけ繰り返す制裁の意図も理解出来た。

仲良く冗談を言い合っていた、ラミリスとディーノ。フェルドウェイのせいで敵と味方に分かれてしまっただけで、それは両者の本意ではなかったのだ。

ラミリスとしては、さっさとディーノが解放されて欲しかった。その為に、権能による支配を解除するキッカケを探ろうとして、ここまでディーノに執着していたのだろう。

だから余計に、暢気なディーノを不甲斐なく思い腹を立てたのだ。おそらくはそういう事なのだろうと、シュナは察した。

であれば、自分も少しばかり協力しよう、と。

シュナは決意を固めた。

ディーノはラミリスだけではなく、リムルとも仲がいいのだ。ここで友を失うのは、リムルだって望んでいないはずだから。

シュナは決意を秘めた強い視線を、大スクリーンへと向けたのである。

その瞬間、シュナのユニークスキル『解析者《サトルモノ》』と『創作者《ウミダスモノ》』に変化が生じた。

《確認しました。個体名：シュナの願いに応え、ユニークスキル『解析者《サトルモノ》』と『創作者《ウミダスモノ》』が統合――数多の者を導く権能を獲得……成功しました。究極能力《アルティメットスキル》『導之巫女《ヤオヨロズ》』へと生まれ変わりました》

それは、奇跡のような出来事だった。

（これは……やはりこれが、リムル様の御意思なので

しょうね）
シュナは微笑む。
全てを見通す目が、ディーノ達へと向けられた。
それはとても穏やかで、何人《なんぴと》をも赦し導くような慈悲深い眼差しだったのだ。

第三章

親と子

Regarding Reincarnated to Slime

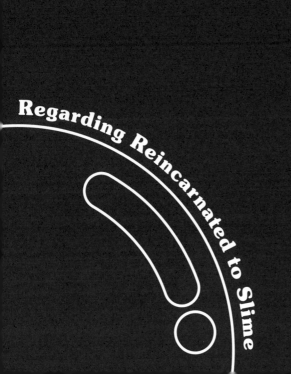

ヴェガは絶好調だった。

ゲラゲラと笑いながら、どんどん迷宮を侵蝕していた。

そこがラミリスによって隔離された階層だ、などと気付く事はない。

直感的に、この階層はもう間もなくヴェガの手に落ちそうだ。事実、同化率は現時点で九十％を超えていた。

「オイオイ、楽勝じゃねーか」

と、御機嫌に呟くヴェガ。

他の者達が迷宮の恐ろしさを説いていたが、思っていた以上に大した事なさそうだ。

ヴェガの究極能力《アルティメットスキル》『邪龍之王《アジ・ダハーカ》』の前には、ラミリスの迷宮といえども抵抗すら出来ない様子だ。蹂躙されるがままとなっていた。

「クックック。迷宮そのものに攻撃されるなんて、これっぽっちも考えていなかったんだな。俺様の作戦勝ちって事かい」

ヴェガはそう自画自賛して、悦に入る。

迷宮内にて敵が不死性を得るならば、ヴェガも真似すればいい。奪った階層内部でなら、同じような権能を扱えるはずだった。

まだ迷宮全体には影響を及ぼせないが、このまま侵蝕を続けるならば、ヴェガが全てを手にするだろう。

その時こそ、立場が逆転するのだ。

敵は、絶対的な優位性に胡坐《あぐら》をかいていた。その根拠となっていた拠点が奪われた時、果たしてどんな顔を見せるのやら。

それを想像するだけで、ヴェガの心は浮き立つようだった。

慌てふためく愚か者共の姿が想像出来た。力を失った有象無象を、一網打尽にしてやるのだ。

（流石は俺様だぜ。完璧な作戦だ——）

ヴェガは嗤う。

自分を見下した者達に、身のほどを思い知らせてやるのだ。そうすれば、フェルドウェイだってヴェガを見直して、〝三星帥《さんせいすい》〟筆頭の座を与えてくれるはずだった。

フェンも、ザラリオも、ジャヒルも、誰一人として気に入らない。

ヴェガこそが、フェルドウェイに並び立つ最高の男であるべきだった。

それが現実となるのも、もう間もなくだ。

「へへっ、やってやらあ！　この迷宮を喰って、この俺様が最強なのだと証明してやるぜィ‼」

思わず口にした言葉。

それは、返事を期待してのものではなかったのだが
——

『思い上がるな。貴様如きに、この迷宮を落とす事は出来ぬと知るがいい』

——何もないはずの空間に、冷たい声が響いたのだ。

いや、一つだけ。

ヴェガの視界に、本来、そこにいなかったハズのモノが引っかかった。

それは一匹の蝶。

美しい虹色の羽を持つ光の蝶が、ヒラヒラと舞うように空を飛んでいた。

「ああん？」

ヴェガが不審そうに見守る前で、その蝶は輪郭をぼやけさせる。

そして気が付くと、一つの人影を象っていた。

漆黒の生体魔鋼《アダマンタイト》製の外骨格に守られた、戦士の姿を。

両手両足の武装骨格と額に生じた一本角は、究極の金属《ヒヒイロカネ》特有の虹色の輝きを放っていた。

その戦士の〝名〟は——

「——ッ⁉　何者だ？」

ヴェガが問うと、厳かな声で返答があった。

「オレの名は、ゼギオン。偉大なる魔王リムル様の忠実なるシモベにして、〝幽幻王《ミストロード》〟の称号を冠する者だ」

ディーノ達の前にいた幻覚ではなく、本物がここにいた。

幽玄にして、夢幻。

迷宮内最強の守護者が、ヴェガの前に姿を現したのだった。

＊

本来なら、その危険性を一目で理解するはずだ。

しかし、ヴェガは調子に乗っていた。

権能の新たな使い方を発見し、迷宮を我が物にしたと錯覚した事で、無敵になったように感じていたからだ。

まして、ここが自分の支配している空間内であるだけに、ヴェガはゼギオンの存在力を、漠然とながら把握出来ていた。

その比較は、およそ四対一。ヴェガはゼギオンの四倍弱にまで、存在値が膨れ上がっていたのだった。

だからこそ、確実に勝てると踏んでいた。

「ゼギオン？　知らねーな」

そう吐き捨てたヴェガだが、知らないはずがなかった。

ディーノが口が酸っぱくなるほど説明していたからだ。

まるで興味がなかったから、ヴェガが聞き流していただけである。

ヴェガは、ゼギオンを脅威だと認識する事なく、見下すように問いかける。

「この俺様が支配した領域に、いつ侵入しやがった？」

侵入されたと気付かなかった時点で、もっと警戒すべきなのだ。

しかし、ヴェガは無頓着だった。

今の今まで気配など何も感じなかった事に驚きはしたが、それは大した問題ではないとヴェガは考えている。

大事なのは戦闘能力で、隠れ潜んだりするだけでは敵に勝てない、と。

それは、逃げ隠れるように生きて来たヴェガの、実〝体験〟からの学びだった。

ゼギオンは気にせずに答える。

「簡単だ。最初からいた、ただそれだけの話だ」

「……なるほど、な。これは盲点だったぜ」

ヴェガは納得した。

道理で侵入された気配を感じなかったし、ヴェガが迷宮の大地に張り巡らせた根にも、何の形跡も発見出来ない訳である。

理由がわかれば、恐れるものではなかった。

「馬鹿なヤツだぜ。最後まで隠れてれば、見逃してやったのによ」

と、ヴェガがせせら笑う。

逃げ遅れて隠れていた雑魚が、閉じ込められた事に気付いたのだろう。そして焦って飛び出した——と、ヴェガはそう考えたのだ。

相手のセリフすら、半分以上聞き流している。

〝幽幻王《ミストロード》〟という言葉の意味すら気にもせず、ゼギオンの言葉の重みなど感じ取りもせずに……。

「ツイてねーな、テメエ。だがよ、どうせ早いか遅いかの違いでしかないんだし、この俺様の糧となって死ねるんだから光栄に思えや」

ヴェガはそう言うなり『邪龍獣』を四体生み出し、邪魔者《ゼギオン》を排除するように命令した。

一体一体が、ヒナタ達と戦った時より強くなっている。

その存在値は四百万を超えており、戦闘経験も蓄積されていた。

素材が少ないから何体も生み出せないのが難点だが、迷宮を喰って手に入れたエネルギーを無尽蔵に使えるのだから、まだまだ余裕はある。

ヴェガの感覚では、ゼギオンと『邪龍獣』は同格だった。一体だけではゼギオンを倒すのは難しいだろうが、四体もいるのだから余裕だと考えている。

しかし、次の瞬間。

四体の『邪龍獣』が一斉に獲物へと襲いかかり、一閃の煌きの下に細切れにされて消滅した。

何が起きたのか、ヴェガにも判別出来なかったほどの早業だった。

「は？　俺様の『邪龍獣』を、こうも簡単に倒したってのか？　テメー、どんなトリックを使いやがった？」

ヴェガが迷宮の支配に勤しむ間、ゼギオンと名乗る魔人は一切攻撃を仕掛けてこなかった。それはつまり、ヴェガを恐れての事なのだ。

邪魔をするなら、もっと早い段階で出来ただろう――と、そう考えているから、ヴェガはゼギオンを見下したままである。

ヴェガにとって大事なのは、目の前の真実ではない。ヴェガがどう考え、感じているかだった。そんなふうに誤った考え方、認識をしていたから、ヴェガはゼギオンの脅威に気付かない……。

けれどそれは、ゼギオンにとってはどうでもいい話だ。

そもそもゼギオンが攻撃を仕掛けなかったのは、ラミリスがこの階層を隔離するまで待っていたからである。

そうでなければ、ヴェガの所業を見逃さなかった。

ここは八十階層ではないので、本来ならばゼギオンが担当している訳ではない。しかし今は緊急時であり、他の階層守護者達《ガーディアン》も出撃中である。仲間の留守を任されている以上、ゼギオンには責任があるのだ。

自分達の守るべき場所としての、迷宮。その迷宮を汚す存在を、ゼギオンは許さない。

ヴェガのような汚物にここまで好き放題されるなど、本来であれば有り得なかったのだ。

そう。

珍しい事だが、ゼギオンは怒っていたのである。

そうと気付かぬヴェガは、更に火に油を注いだ。

「へへへ、雑魚を倒したくらいで調子に乗るなよ。この迷宮だって、今や俺様のモノなんだからな」

「……」

「知ってるぜ。魔王リムルにも、有名な手下がいるんだろ？　〝幽幻王《ミストロード》〟つったか？　テメーもその一人だって言いてーんだろうが、ま、俺様にとっちゃ誰でも同じよ」

そこまで聞いて、ゼギオンがギリッと拳を握り込んだ。

「ええと、警戒しなきゃなんねーのは、この前戦った女だな。ま、あれは見逃してやったようなもんだから、次に出くわしたら俺様が喰っちまうがよ――」

と、テスタロッサが聞けば激怒では済まないような発言を、ヴェガは平然と口にする。

そして続けて――

「――後は、ベニマルだっけ？　他にもいるようだが、関係ねーな。誰であろうが、俺様にとっちゃ雑魚だからよ！」

と、得意気に語ったのである。

ヴェガは自分自身の手で、処刑嘆願書に署名したようなものだった。

ヴェガは自分が圧倒的に優位であると確信し、それを疑っていない。

だが、しかし。

それが己の勘違いであると悟るのに、大して時間はかからないだろう。

「下らぬ。敵が目の前にいるのなら、その者を見て強さを判断すればいい」

「ああん？」

「目の前の敵を倒す事にだけ集中すれば、他の情報など不要であろう」

「へっ、臆病風に吹かれて隠れていただけの雑魚が、よくほざいたもんだぜ」

「それもまた、己の目で確かめるのだな」

ゼギオンの返答を聞いて、ヴェガは面白くなさそうに鼻白む。そして、ゆっくりと威圧を高めながら、構えを取った。

「いいぜ、わからせてやんよ。つまんねー戦いはさっさと終わらせて、俺様の偉大さを世に知らしめてやんなきゃなんねーんでな」

あくまでも上から目線で、ヴェガがそう告げた。

応じるゼギオンも、実に淡々としたものだ。

「――貴様が戦いを楽しめないという点だけは、正しいだろう」

そう答えて、悠然と構える。

ヴェガは、そんなゼギオンを憐れむように、更に言葉を重ねた。

「憐れだな、テメエは。まだ自分が死なない、とでも思ってんだろ？　だがよ、そりゃあ勘違いだぜ。何せこの迷宮は、今や俺様の支配下だからな！」

憐れなのはヴェガだった。

ラミリスが隔離した迷宮内で、『裸の王様』の如く何も理解せずに吠《ほ》えている。

「つまりだ！　テメーは死んでも生き返れると思っていたから、遥か格上である俺様相手にも挑めてるんだ。本来なら虫ケラ――ブべェ!?」

ヴェガはそこまで言うのが精一杯だった。

負けても復活出来るという保証があるから、実力の差も気にせずに戦いを挑めるのだ――と、ない知恵を絞ってゼギオンに伝えようとしたヴェガだったが、その目的を果たす事は出来なかった。

迷宮の不死性という権能を奪った事を伝えるだけで、敵は動揺して自滅する。そのハズだったのだが、ヴェガが全てを言い終える前に、ゼギオンが動いたからである。

ヴェガの話が長過ぎた。

戦の場で相手が構えを取ってからも語り続けるなど、ゼギオンからすれば信じられない愚行なのである。

それに、ゼギオンの我慢は既に限界に達していた。

迷宮を汚す者に、死を!!　――というのが、ゼギオンがリムルより与えられた勅命であり、生きる意味だったのだ。

ベニマルから説明を受け、ラミリスも許諾したという〝迷宮の一部を奪わせるという作戦〟を理解し同意はしたものの、実情としては平静ではいられなかった。

迷宮を汚すという事は、ゼギオンにとっては逆鱗に触れられるに等しい行為だったからだ。

ラミリスの準備が整い、階層の隔離が完了した以上、我慢する必要は一切なかった。それでもヴェガの話に付き合ってやっただけ、有情だったと言えるほどだ。

ともかく、ゼギオンは怒りの感情を解き放って、ヴェガの言葉を封じたのだった。

軽く放たれたジャブで、ヴェガが吹き飛んでいる。

「テ、テメエ⁉」

流れ出る鼻血を押さえながら、ヴェガがゼギオンを睨んだ。

（待て待て、オカシイじゃねーか⁉　俺は迷宮を喰って、不死性を――って、死んじゃいねーな……）

そこでようやく、ヴェガも気付く。

不死になったかどうかは置いておくとして、実質的な強さは変わっていないのだと。

エネルギーが無尽蔵に供給されるようになった――と思っているが、それだって瞬間火力が高まった訳ではないのである。

存在値とは、戦闘能力とイコールではない。実質的に戦闘とは無関係の部分にリソースを割いている場合、そこまで参考にならないものなのだ。

まだ魔素量《エネルギー》の対比で判断する方が現実的で、そういう意味で言えば、たとえヴェガの存在値がゼギオンの四倍弱あろうとも、それが勝利する根拠にはならないのだった。


ゼギオンが無言で追撃する。

何が起きたのかまるで理解出来ないままに、ヴェガの視界が暗転した。

それは、ゼギオンの蹴りによるものだ。

いつの間に間合いを詰めたのか、天高く掲げられた足が今の攻撃の正体を表していた。

ゆっくりと足を下ろし、ヴェガを視界におさめたまま、ゼギオンが告げる。

「頑丈だな。次はもう少し強くいくぞ？」

そう言うなり、ゼギオンの姿が掻き消えた。

それは、ヴェガの認識力を遥かに超えた、ゼギオンの『神速機動』であった。

どれだけ『魔力感知』で『空間把握』していようとも、そしてそれを『思考加速』で認識していようとも、ヴェガではゼギオンの動きを捕捉するなど不可能だ。

ゼギオンの動きはただ速いだけではなく、実体と幻惑、虚実入り混じったものだったからである。

………

……

…

迷宮内での実戦経験によって、戦闘方法は日々進化していた。その先駆者こそ、迷宮内最強戦士であるゼギオンなのだ。

ゼギオンとアピトは〝魂〟で繋がっているので、権能もある程度は再現可能だった。それも組み込み、ゼギオンは恐るべき進化を遂げているのである。

ゼギオンは勤勉だった。

あらゆる能力を研究し、研鑽を重ねている。

究極能力《アルティメットスキル》『幻想之王《メフィスト》』の『幻想世界』で、ゼギオンはあらゆる権能を試しつくしていた。特に『時空間操作』を重視して、独自の解釈で〝ヴェルドラ流闘殺法〟の改良まで行っていたのだ。

………

……

…

そんなゼギオンの動きを初見で見切るなど、誰であろうが不可能に近い至難の業であった。

ヴェガ如きに出来るはずがない。


しかしヴェガは、咄嗟の判断で生き延びていた。

特に、オルリアを喰って得た究極付与《アルティメットエンチャント》『武創之王《マルチプルウェポン》』がいい働きをしていた。

魔人形態になったヴェガは、全身が神話級《ゴッズ》相当の異質な鎧で守られている。並みの魔人では、これを崩すだけでも不可能だろう。魔王種級であっても、至難であった。

そんなヴェガが形振《なりふ》り構わず、防御だけに集中したらどうなるのか？

ヴェガの全身が怪しく輝き、最大限の強度を発揮した。これに加えて、両手を前に突き出したヴェガの目の前に、アーモンド形をした凧型《カイトシールド》の盾が三重に重なって出現したのである。

しかし、だ。

ヴェガはそれだけ大袈裟に守りに徹した訳だが、ここでゼギオンが放ったのは単なるパンチである。

腕部の武装が究極の金属《ヒヒイロカネ》であるだけに、その威力は計り知れなかった。ヴェガの凧型《カイトシールド》の盾三枚の内、二枚を粉砕、最後の一枚に罅《ヒビ》を入れたほどだ。

しかしそれでも、それはただのパンチなのだ。

その事実は、ヴェガの認識を改めるのに十分だった。

（コイツは化け物だ！　クソがッ、まだこんな野郎が残ってたとは、ちいとばかり魔王リムルを舐めてたようだぜ……）

ヴェガは、ゼギオンを過小評価していたと反省する。

少しどころではなく完全に舐め切っていたが、ヴェガの自己評価なんてこんなものだ。

反省が足りないのは悪い癖だが、前向きな思考だけは数少ないヴェガの美点なのだった。

＊

ゼギオンを認めたヴェガは、改めて分析を開始した。

圧倒的な戦闘センスと破壊力を見るに、近接戦闘ならばヴェガよりも上だった。物理法則の限界を超えた動きから察するに、精神生命体に近い存在であると確信する。

（へへっ、それでも勝つのは俺様だぜ！）


神話級《ゴッズ》の凧型の盾《カイトシールド》すら難なく砕かれたが、それはヴェガが創造した紛い物だったからだ。再生可能な代物だし、そこまで損失が出ている訳ではない。

エネルギーには余裕があるのだから、まだまだ失点を取り返せるのである。

（ここはよ、逆に考えればいい。二枚も砕かれたんじゃねえ。二枚しか砕けなかったんだ、とな!!）

前向きなのが、ヴェガの美点なのだ。それはここでも活かされた。

三重の盾が当てにならないと悟るやいなや、ヴェガが叫ぶ。

「俺を守れや――　〝円環連盾《インビンシブル》〟――!!」

その命令に呼応して、直径が一メートルほどの四つの円環が出現し空中に静止する。一つ一つが神話級《ゴッズ》という絶対の守りが、自動でヴェガを守り始めたのだ。

三枚で不安なら、四枚出せばいい。

ヴェガからすれば、まさに無敵の防御だった。

ヴェガの認識外の攻撃であろうとも、〝円環連盾《インビンシブル》〟の自動防衛に任せれば問題なかった。あらゆる角度からの攻撃にも対処し、主であるヴェガを完璧に守り通すのである。

しかもこの円環は、砕かれようが即座に再生する優れものだ。これに守られている限り、自分に敗北はないとヴェガは確信しているのだった。

余裕を取り戻したヴェガは、ニタニタと笑いながらゼギオンに話しかける。

「よお、舐めたマネをしてくれたじゃねーか。もう勝った気でいたか？　残念だったな。この俺様も、まだまだ本気を出してねーんだわ」

「……」

「スカしてんじゃねーぜ！　テメーよ、俺様の事を——ヒッ⁉」

円環が二つ、重なるように砕かれた。それにビビッて、ヴェガが言葉を飲み込んだのだ。

ヴェガなど眼中にないとばかりに、ゼギオンは淡々と攻撃を繰り返していく。

円環が砕かれ、再生する。その繰り返し。

最初はビビッていたヴェガだったが、ゼギオンの攻撃が自分に届かないとわかった途端、再び調子を取り戻した。

「ゲラゲラゲラゲラ‼　どうよ、俺様の〝円環連盾《インビンシブル》〟はスゲーだろうが！　テメーもなかなかだったが、所詮は雑魚。この俺様の敵じゃねーってこった」

ヴェガはどこまでも調子に乗る。

自分の力を過信し、繰り返されているゼギオンの攻撃が全力であると、疑いもせずに信じ切っていた。

（やっぱな。コイツの格闘能力は素晴らしいが、所詮はそれだけだぜ。俺様の盾を破る術《すべ》もないようじゃ、ビビッて損したってもんだ）

ビビッている時点で情けないのだが、ヴェガはそんな事など気にしない。既にゼギオンの事を、闇雲に無駄な攻撃を繰り返すだけの存在だと見下している。

それはもう、前向きというよりもただの馬鹿で——

「なかなか面白かったぜ。そんなテメーに敬意を表して、俺様の本気を見せてやんよ！」

ヴェガはそう言って、ゼギオンに向けて両腕を突き出した。

その両腕が一つに合わさり、砲塔のような形状に変化する。

「死ねや、〝虚喰無限獄《インフィニットイーター》〟！」

それは、ヴェガが絶対の自信を持って放つ最強の攻撃技だった。

以前、イングラシア王都での戦いの際、モスが使っていた必殺の奥義である。ヴェガはそれを、『邪龍獣』の眼を通して学んだのだ。

その技は、驚くほどヴェガと相性が良かった。

モスの場合は、吸収したエネルギーを昇華しきるまで再使用は不可能という欠点があったが、究極能力《アルティメットスキル》『邪龍之王《アジ・ダハーカ》』を有するヴェガには無縁の制限だった。つまり、連発が可能なのである。

あらゆる物質を塵にして喰らう魔性細菌《バクテリア》が、消滅の波動と化して敵を穿つ。全ての波長、つまりはエネルギーの周波数をゼロにするという、防御すら許されない絶対破壊技なのだった。

自分以下の存在値の敵が相手ならば、ほぼ抵抗されずに喰らう事が出来る。とんでもない力業だが、単純なだけに効果は抜群だ。

それは生命にも適用され、天使や悪魔といった精神生命体でも例外ではなかった。それどころか、高位のエネルギー体であればあるほど、純度が高いのでエサとしては最適だったのだ。

この技を習得した時点で、ヴェガは無敵となったのである。

今のヴェガの存在値は、二千万に届かんばかり。〝七凶天将《しちきょうてんしょう》〟中最強であり、今や〝三星帥《さんせいすい》〟のザラリオやジャヒルにも並んでいる。

対するゼギオンは、五百万に満たないほどだった。

両者の間には、絶望的な差が広がっていた。

そんなヴェガが全力で放つ〝虚喰無限獄《インフィニットイーター》〟を前にしては、たとえゼギオンといえども――

「無駄だな。ソレは知っている。故に、オレには通じぬ」

あらゆる物質を呑み込む凶悪な破壊の波動を全身に浴びているのに、ゼギオンは無風の地に立つが如く微動だにしない。

圧倒的な強者の風格を漂わせ、ヴェガを見下すように告げたのだ。

無駄だ、と。

ヴェガにとっては計算外だろうが、相手が悪過ぎた。ゼギオンはモスとも模擬戦を繰り返しており、その技も味わった経験があったのである。

初見で喰らった際は、大ダメージを免れなかった技だった。モスの存在値ではゼギオンに及ばなかった為、結果的にはゼギオンの勝利に終わったものの、危険な技であるというのは認めざるを得なかったのだ。

であれば、それを放置するようなゼギオンではない。その技の性質を見極め、とっくに対策を編み出していた。

〝虚喰無限獄《インフィニットイーター》〟の本質は、波形にあった。エネルギーの波長をゼロにしてから、それを自分のものとして奪う――つまり、喰らう訳だ。

ならば、波長をゼロにされないように、逆位相をぶつけて相殺してしまえばいいのである。

ましてや、ヴェガの技はモスのそれに比べて未熟だった。

ある程度は権能のお陰で真似出来ていたが、練度は及ぶべくもなかったのである。効率面では遠く及ばず、ゼギオンならば簡単に打破出来たのだった。

「ば、馬鹿な⁉　ありえねーだろうが‼　何で平然としてやがる？　俺様の〝虚喰無限獄《インフィニットイーター》〟を喰らって、どうして無事でいられるんだよォ⁉」

ヴェガが動揺するが、それは恥ずべき事ではない。この技を破られた時、モスだって慌てふためいたのだから。

そしてゼギオンは、モスに告げたのと同じ言葉を、ヴェガにも投げかけた。

「笑止。波を打ち消すのも、また波。ならば、ソレを包み込めばいいだけだ。流れに逆らう事なく同一化する事こそ、この宇宙の真理であると知れ。夢幻は幽玄へと収束されるのだから、このオレにとっては、貴様の波動を見切る事など容易い事なのだ」

簡単に言うが、それは普通ならば不可能な芸当である。というか、誰であっても不可能なはずだ。

少なくとも、相手の演算能力を完全に上回る必要がある訳だが……ヴェガの演算能力には限界があると、ゼギオンはとっくに見切っていたのだった。

「意味わかんねーよ！」

ヴェガがキレ散らかした。

それは、認めたくない現実からの逃避行動だ。

消滅の波動で空間を満たして、ゼギオンを確殺するハズだった。

それなのに、結果は無傷。

存在値における優位性などまるで意味がないのだと、ようやくヴェガも理解した。

それと同時に、ヴェガの心を恐怖心が満たしたのである。

「愚かな。貴様如き、オレの敵ではない――」

「やめろ、近寄るんじゃねえ!!」

「――まして、ヴェルドラ様やリムル様にとっては、塵芥《ちりあくた》にしか過ぎぬと知るがいい」

怯えるヴェガに向かって、悠然とゼギオンが歩み寄る。


この隔離空間は既に、ゼギオンによって掌握されていた。

最初から、ゼギオンの権能――究極能力《アルティメットスキル》『幻想之王《メフィスト》』の『幻想世界』によって、全てが管理されていたのである。

ゼギオンの想像力《イマジネーション》によって、時の流れすらも捻じ曲げられる世界。ゼギオンが望むままに全てが決定される世界の中では、ヴェガがどれだけ足掻《あが》こうが無駄だったのだ。

「クソがァ!!　調子に乗んなよ、テメー!!　俺様の攻撃を防いだからって、テメーの攻撃も俺様には通じねーんだからな!!」

ヴェガはゼギオンから逃げるように、迷宮への侵蝕を優先する事にした。このまま迷宮を支配して、不死性を確実なものにしてしまえば、ゼギオンなど恐れるに足らないのだ。

今は無理でも、いつかはヴェガが勝てるハズ。それまでひたすら耐えればいいと、ヴェガは安直に考えたのだった。

だが、しかし――

ゼギオンはそれを許さない。

「茶番もそろそろ終わる頃だ。オレもそろそろ、終わらせるとしよう」

ヴェガの思惑など関係なく、ゼギオンは自分の感情に従い行動する。

即ち、怒りのままに円環へ拳を叩きつけたのだ。

「そんな攻撃など、この俺様には――」

通用しないと言いかけて、ヴェガが絶句した。

ゼギオンの拳が、まるで紙を破るように円環を砕いていく。そして、四つの円環が重なり、全てが木っ端微塵に砕かれたのだ。

ヴェガは慌てて、同時に展開可能な最大個数を出現させた。

しかしそれは、ゼギオンによって無造作に破壊されていった。

それは、ヴェガにとって信じられない光景だ。

何をしても、無駄。

〝円環連盾《インビンシブル》〟は、完璧に破られたのだった。


「ひっ、ヒェッ⁉」

ヴェガは惨めにも、尻餅をついた。

もう認めるしかなかった。

ヴェガでは、どう足掻いてもゼギオンには勝てないのだ、と。

「――貴様の能力は、物質世界では絶対的な強度を誇るのだろう。しかし、精神世界においては貧弱。故に、このような結果となる」

と、ゼギオンがヴェガの未熟さを指摘する。

「ま、待て！　落ち着け、俺の話を聞いてくれ‼」

ヴェガが形振り構わず懇願するも、ゼギオンは止まらない。

危険を察知したヴェガが、這うように後ずさりながら〝円環連盾《インビンシブル》〟を展開させた。

これを張り続ける限り、自分自身へは攻撃が届かない。いくら円環が砕かれようとも、自分さえ無事であればそれでいいと、ヴェガはそう考えていた。

ゼギオンの左手が光る。

放たれたのは、次元等活切断波動《ディメンションレイ》だ。

次の瞬間、ヴェガを守っていた円環が全て、粉微塵に斬り裂かれていた。

と、同時に――

（つ、次だ。早く次を準備しねーと――）

――と慌てふためいていたヴェガの腹部に、究極《ヒヒイロ》の金属《カネ》特有の輝きが吸い込まれたのである。

「ゴボァッ!!」

それは残光だった。

神速で放たれたゼギオンの後ろ回し蹴りが、ヴェガを打ち抜いたのだ。

残光は、霞むように消える。

残されたのは、涙と鼻水で顔をぐしゃぐしゃにして、吐瀉物にまみれたヴェガだった。

お腹を押さえながら蹲《うずくま》ったヴェガが、ゼギオンに懇願する。

「も、もうやべでぇ、助けでぐでぇ!!」

それは、見事なまでの命乞いだった。

ヴェガとゼギオンの間には、絶望的なまでに埋め難い実力差が横たわっていた。


それは存在値の大小などで測れる問題ではなく、〝格〟の違いに由来している。

ヴェガでは、研鑽を積んだゼギオンに勝てない。

それが、現実であり永遠不変の真実なのだ。

ゼギオンの左拳が、鈍い色の輝きを放ち始めた。

「や、止めで――」

ヴェガの絶叫が空を裂き――

まさにその同時刻、迷宮に異変が生じた。

●

〝管制室〟では、皆一様に絶句していた。

『対象を追い詰めた』

というゼギオンからの『思念伝達』が、ベニマルに届いたのだ。

勿論、止める理由はないので許可を出しているが、ゼギオンが行動を開始してまだ五分も経過していなかった。

それなのに、アッサリとヴェガを追い詰めたらしい。

ヴェガは隔離した場所にいるせいで、その場の光景を映し出せずにいる。なので、どのような戦闘が行われたのかは想像する他ないのだが、それが圧倒的なものであっただろう事は間違いないと思われた。

「強過ぎでしょ、ゼギオンちゃんってば……」

と、ラミリスが唖然となって感想を述べた。

「ああ。流石はゼギオン、余裕だったな」

ベニマルも、これに頷いている。

というか、否定する者は誰もいない。

迷宮内最強の戦士は、誰の目にも一目瞭然なのだった。

「やっぱり、迷宮を侵蝕させる作戦が気に食わなかったみたいですわね……」

トレイニーも感想を洩らす。

これは、迷宮に居住する者なら誰もが抱く感想なので、皆が同意して頷いていた。

「それにしてもゼギオンのヤツ、マジでキレてたみたいだな。よくぞ作戦に応じてくれたよ」

ベニマルが安堵してそう口にする。


ヴェガの始末は必須だったが、絶対に逃亡を許す訳にはいかなかった。

だからこその迷宮隔離作戦だった訳だが、これは迷宮勢からは出ない発想だったのである。

ゼギオンは本来、ベニマルの指揮下にはない。それでも命令に従ってくれたのは、それが合理的であると納得したからだろう。

リムルがいない今、仲間同士で不協和音を立てる訳にはいかないのだ。そう理解しているからこそ、率先してベニマルが上であると示してくれたのだった。

「そりゃあ、ゼギオンってば、アンタと違って冷静だもんね」

「いやいや、俺だって冷静ですよ、総司令官殿!」

「こんな時でもちゃんと演じられるなんて、アンタも大したもんなのよさ！」

「お褒めに与《あずか》り光栄ですよ、ラミリス様」

そう言って頷きあう、ベニマルとラミリス。

作戦が大きな山場を越えそうとあって、その表情は明るい。

ヴェガの始末は間もなく完了するだろう。

それに、闘技場の方も決着がつこうとしていた。

ベニマルは、大スクリーンへと視線を向ける。

(大丈夫ですよ、リムル様。迷宮は俺が、命にかえても守って見せます！)

リムル不在の今、留守を任されたベニマルこそが最高責任者なのだ。

ラミリスも協力してくれているのが心強いが、まだまだ油断出来るような状況ではない。

ここからが本番だと、ベニマルは自分に気合を入れた。

●

ゼギオンがヴェガと死闘を繰り広げていたその時、ラミリスは画面に映る友を、心配そうに見つめていた。

(ディーノの馬鹿。本当に、肝心な時に何やっているのよ……)

既に作戦は大詰めである。

遅くともヴェガを始末したら、ディーノ達にそれを教えるつもりだった。

その上で、選択させるのだ。

このままフェルドウェイの操り人形でいるのか、それとも完全なる自由を取り戻してラミリス達の手を取るのか。

ディーノ達がラミリスの提案を断るならば、その時は仕方ない。

友達を殺したくないので、迷宮構造を変化させた『迷宮牢獄』にでも放り込むつもりだった。

リムルがどこからか入手した〝無限回廊の秘法〟とやらを基に、ラミリスが独自に編み出した特殊空間である。空間座標を常に変動させ続ける事で、脱出を阻害するのだ。

最近は、迷宮も何かと物騒なのである。階層をぶち抜くバカも増えたし、ラミリスとしてもお仕置きの手段の一つや二つは、確保しておきたいところだった。

今回、それの出番がありそうだ。

逃げられないように、ずっと演算し続けなければならないので面倒ではあるが、ディーノ達を殺すよりマシだった。

だが——

ラミリスの願う結果は、そんなつまらないものではなかった。

（また一緒に、馬鹿やったり、実験したりしようよ。ねえ、ディーノ……）

ラミリスは願う。

リムルが立てた作戦を信じて。

ディーノが再びラミリスの仲間となる事を、祈るようにに願うのだった。

そんなラミリスの想いは、この場にいる者達にも伝わっていた。

だからこそ、ここでシュナが動く。

「ディーノ様達への説得、この私に任せて下さいませんか？」

そう提案しながら、ラミリスに優しく微笑みかけたのだ。

「え？」


ラミリスは思わず、シュナをマジマジと見た。

迷宮内だけに止まらず、魔物の国の真の権力者はシュナなのだ。

リムルだって、シュナの頼みなら断れないはずだ。

何しろ、シュナはいつだって皆から頼られる存在で、お小遣いや台所事情を握る支配者で……。

「もしかして、何か手があるわけ？」

「大丈夫なのか、シュナ？」

ラミリスとベニマルが、心配そうにシュナに問いかけた。

シュナはただ笑みを浮かべて、静かに頷いたのだった。

●

ディーノは疲労困憊《ひろうこんぱい》だった。

今は休憩中だ。

もう四回も殺されていて、へとへとなのである。

「お代わりもありますよ」

と、ベレッタが〝復活の腕輪〟を差し出してくる。

仮面の下は悪魔のような笑顔に違いない。

いや、悪魔だったな――と、ディーノは思わず天を仰いだのだった。


……

……

……


何度も殺されて、慣れてきている。

段々と気持ちよく感じ始めたのは気のせいだと思う事にして、ディーノもこの状況を受け止められるようになっていた。

ラミリスがどうしてこんな真似をしているのか？

ただの仕返しなら、ここまでしない。

ラミリスは意外と根に持つタイプだが、物忘れも激しいので、ここまで執拗ではないのだ。

（いやいや、意外でも何でもないな。見たまんまだわ）

などと自分にツッコミつつ、ディーノは考える。

（そうだよな。俺がフェルドウェイの言いなりだから、ラミリスは怒ってるんだ。でもよ、仕方ねーじゃねーか。天使系の権能がある限り、命令には絶対服従になるんだから……）

〝天使長の支配《アルティメットドミニオン》〟は絶対だった。自由意志まで奪われていないのは幸いだが、それはディーノ達が従順だからだ。

これ以上フェルドウェイの機嫌を損ねると、もっと酷い目に遭わされかねないのである。

今の状態であれば、一瞬ならば逆らえる。それこそ、ここぞという時にフェルドウェイの裏をかけば、リムルやラミリス達の役に立つ事だって出来るはずだ。

そもそもディーノは、今のままでもヴェガにバレないように、ラミリス達に情報をリークしていた。そんな貴重な内通者なのだから、もっと大事に扱ってもらってもバチは当たらないと思うのだ。

（アレだろ？　俺が死を体験する事で、権能にどんな影響が及んでいるのかを探らせているんだろ？　でもな、〝天使長の支配《アルティメットドミニオン》〟ってのは、そんなに簡単な仕組みじゃねーんだよ……）

解除出来るものなら、とっくにやっているのだ。

死んだ瞬間に自分の状態を探った事で、フェルドウェイの権能がガチガチに〝魂〟を縛り付けているのを発見した。

正確には、ディーノの〝魂〟に根差した究極能力《アルティメットスキル》『至天之王《アスタルテ》』が、身体の命令中枢を支配していたのである。

これを破るには、権能を完全に消去してしまうしかない。それは、イコール死である。

もしくは、別の権能で上書きしてしまうか——

(無理なんだよな……)

ディーノには、もう一つの権能があった。

ユニークスキル『怠惰者《スロウス》』——いや、今では究極能力《アルティメットスキル》『怠惰之王《ベルフェゴール》』へと進化した、ディーノの本質を体現したかのような権能を有していたのだ。

これを用いて究極能力《アルティメットスキル》『至天之王《アスタルテ》』に働きかけたならば、もしかすると〝天使長の支配《アルティメットドミニオン》〟への干渉が可能かも知れない。しかし、それを試すのは躊躇《ためら》われた。

(だってなあ……もしも成功しちまったら、フェルドウェイには絶対にバレるからな……)

そうなれば、ディーノの仲間であるピコやガラシャは、自由意志すら奪われて完全に傀儡と化すだろう。ディーノを取り押さえようと動くはずで、そうなれば敵対は避けられなかった。

マイとはそこまで親しくなっていないが、それでも放っておけない。何のかんのと言ってマイは面倒見がいいし、ディーノも気安さを感じている。どうせなら仲良くしたいと考えていた。

こう見えて、ディーノは優しいのだ。

仲間が傷付くところなど見たくないし、まして、自分の手で怪我させるなど真っ平だった。自分だけなら支配から逃れられるかも知れないが、それでは駄目なのである。

(やっぱ、現状維持するしかない、か……)

ディーノがそう諦めかけた時だった。

『本当にそれでいいのですか？ ディーノ様ならば、皆を同時に救えるのではありませんか？』

という、全てを包み込むような、安心感のある声が聞こえたのである。

これって、シュナさんだよな――と、ディーノはぼんやり考える。

どうして自分の心に語りかけているのか？

これは幻聴なのか、それとも現実なのだろうか……。

（いや、そりゃあ確かに、シュナさんに怒られるのはマジで怖いけど、こんなふうに優しく語りかけられる方が――）

余程怖い、とディーノは思った。

だってそれは、問いかけではなく命令だから。

やれ、と強制されたように威圧感があるのだ。

出来ませんなどと答えようものなら、確実に失望されてしまう。それだけは駄目だと、怠惰なディーノですら思っているのだった。

であれば、答えは一つだ。

やる、しかないのである。

それに、失敗した時のデメリットも多いが、成功した時のリターンの方が大きかった。

ラミリスの笑顔を思い出し、覚悟を決める。

（そうだ、その通りだよ。俺って、何でこんな事で迷っていたんだ？　やってみて、それでダメなら諦める。試しもせずに嘆くだけなんて、俺らしくなかったぜ！）

ディーノの迷いは晴れた。

その声が本当にシュナのものだったのかどうか、それはこの際どうでもよかった。

大事なのは、その声に導かれるように覚悟が定まった事なのだ。

やる気がなくなる前に、ディーノは行動に移ろうと思った。

………

……

…

ディーノは拳を握り締め、自分の頬を全力で殴りつけた。

痛みはない――が、目の覚めるような感覚だ。

相当なダメージが脳を痺れさせたが、ディーノの中で燻《くすぶ》り続けていた悩みは吹き飛んでいた。

「おい、お前ら！　俺は、覚悟を決めたぜ。どうせこのまま中途半端に生きるくらいなら、一発勝負で自由を勝ち取ろうってな！」

　大声で宣言するディーノ。

　そんなディーノを、ピコとガラシャが冷めた目で見る。

「やっとかよ」

「四回も殺されなきゃ気付かないなんて、鈍感過ぎるんじゃないの？」

「大体よお、アタイ達には体力を残しとけとか偉そうに言ってた割に、自分はどうなんだ？」

「そんなにヘロヘロになって、逃げるに逃げられないんじゃない」

　言葉の弾丸がディーノに返ってきた。

　お前達はどうする？　俺を信じて――と聞く予定だったディーノだが、その必要はないとばかりに責め立てられて涙目になっていた。

　トドメとばかりに、マイが呟く。

「ようやく決心したんだ。私が知る限り、ここまで優柔不断なのはディーノだけね」

　心を抉るような、マイの本心だった。


　しかし、それはディーノにとっては誉め言葉だ。

「まあな。俺ほど最後までやる気のない男は、そうそういないからな」

　ドヤ顔でほざくディーノに、仲間達の反応はとても冷たい。

「褒めてないわよ」

「ヤバイな、ここまで自意識過剰だと引くわ」

「ま、ディーノらしいっちゃ、らしいけど♪」

　しかしそれでも、そこには確かな信頼があったのだ。

　ピコとガラシャの反応に、正直驚きを隠せないディーノである。

　彼女達が、ディーノを信じてくれるとは思っていなかった。説得には時間がかかると思っていたし、まして、マイは聞く耳を持たないのではないかと心配していたのだ。

「えっと、いいのかよ？　まだ何も説明してないんだけど……」

　そう問うも、返ってくるのはディーノへの喝だ。

「さっさとやれ」

「失敗したら殺す」

「ま、信用するしかないじゃない。一発勝負っていう、賭け事みたいな言い方は嫌いだけど」

ガラシャ、ピコ、マイの順番に、ディーノを信用すると宣言したのだった。

＊

ディーノは不敵な笑みを見せながら、ベレッタに告げる。

「って事だから、この俺の腰まで固めている金属を何とかしてくれ！」

「……」

ベレッタは無言で、ディーノを解放した。

「よし、ちょっと待たせちまったようだな」

などと偉そうに言いながら、ディーノが立ち上がった。

大きく伸びをして、爽やかな笑みを浮かべる。

そして一同を見回して、表情を引き締めた。

「さて、と。久々に本気出す」

ディーノはそう呟くなり、常に眠そうだった瞳を見開いた。

やる事は簡単だ。自分だけ、ならばだが。

「いいか、俺達がフェルドウェイに逆らえないのは、天使系の究極能力《アルティメットスキル》に〝支配回路〟が組み込まれているからだ」

ディーノの説明を、皆が神妙な顔で聞いている。

「これがあるせいで、上位権限に絶対服従させられる訳だが――」

「オベーラがやったみたいに、管理者権限で権能を消去しちまえば支配から逃れられたんだよな」

「もう真似出来なくされちゃったけど、オベーラも思い切ったよね」

ガラシャが苦々しく呟き、ピコもそれに頷いた。

マイはともかく、ディーノ達には管理者権限があった。ヴェルダナーヴァから与えられた権能を失うのは残念だが、このままフェルドウェイに従うよりはマシなので、出来るものなら権能の消去を選ぶ。しかし残念な事に、今となってはその手段は禁止されているのだ。

オベーラが独断専行したりしなければ、管理者権限でどうにかなったのだ。どうして相談してから実行しないのかと、ディーノ達からすればオベーラを恨むしかない。

まあ、オベーラにもそんな悠長な事を言っていられない事情があったのだが、それでも相談不足感は否めなかった。

そんな事を愚痴っていても仕方ないので、ディーノは本題を切り出す。

「まあ、聞け。俺が言いたいのは、その〝支配回路〟を消しちまえば、今の状況を打破出来るって話なのさ」

「どうやって？」

「それが出来たら苦労しねーっての」

「……それって、私みたいに管理者権限がなくても大丈夫な策なの？」

ディーノに対し、三者三様の質問、ツッコミが入る。

「出来ちまうんだな、これが。問題は、タイミングなのさ」

ディーノが詳しく説明する。

実はディーノ、自分だけならば自身の権能を『創造進化《エボリューション》』させる事で、もしかすると〝支配回路〟を除去出来るかも知れないと考えていた。

その勢いのまま、本来なら自分専用の権能で、他者へと強引に干渉を行えるのかどうか？　それが、第一の賭けとなる。

実際に試した事がないので、ぶっつけ本番となってしまうのだ。

これをクリアしたとしても、全てを終える前にフェルドウェイにバレて邪魔される可能性が濃厚だった。

「行き当たりばったりなのね」

マイが残念そうに口にした。

確かに賭け、大博打だな、と思ったのだ。しかしそれでも、マイの決意は変わらない。やると決めた以上、後戻りする気はないのだ。

一番真面目なマイがそんな感じなのだから、ピコやガラシャは言うまでもないだろう。

「バレる前にやれ」

「って言うか、出来ませ～ん、なんて言い出したら殺す」

ディーノが失敗するハズがないと確信している態度で、さっさと始めろとディーノを促すのだ。

よし、とディーノが頷いた。

その時だ。

「私も協力しますよ」

と、シュナがその場まで出向いて、微笑みながらそう言ったのである。

「えっと？」

思わず動揺して、ディーノがシュナの真意を窺おうとする。

「私がディーノ様をサポートします。ディーノ様が権能を弄るプロセスを模倣して、他の御三方に同様に施しますわ」

なので、御安心下さいませ――と笑顔を見せるシュナに、ディーノは本気で戸惑った。

（えっと？　マジで言ってる……よな？　出来るのか、そんな芸当が？）

それは、神業だ。

ディーノが行う能力《スキル》の進化だって普通は不可能なのに、それを読み解きながら、同時に他者へと行使するなんて、どう考えても出来るとは思えなかった。

（――いや、あの出鱈目《でたらめ》なリムルなら、もしかすると出来ちゃうかも知れないけどさ……）

などとディーノが考えているのを見抜いたのか、シュナが言葉を付けたす。

「リムル様は、こういう事態も見抜いていたのでしょうね。ディーノ様が仲間になってくれると、信じておられましたよ」

これに続いて、ラミリスの声も届いた。

『アタシだって信じてるってば！　ディーノちゃん。成功したら許してあげるから、シュナちゃんを信じてさっさと元に戻るがいいのよさ!!』

「お、おう」

と、ディーノとしては頷くしかない。

どっちにしろ、勢いで何とかするつもりだったのだ。

それで成功確率が多少なりとも上がるのならば、願ってもない提案だった。シュナの提案を拒絶する理由など何もないのである。

「それじゃあ、やるぜ」

「はい、承知しました」

ディーノの目を見て、シュナが頷く。

リムルがこの時を見通していたのかどうか、それは実のところ疑わしかった。

けれどシュナは、今の状況を恐れてはいない。何故ならば、〝魂〟の奥深くで、リムルとの確かな繋がりを感じ取っていたからだ。

その証拠が、シュナが獲得した究極能力《アルティメットスキル》『導之巫女《ヤオヨロズ》』であった。

ありとあらゆる権能の複合体のようなこの権能は、リムルが蓄積、解析したスキル群の集大成とも呼べる成果だったからだ。

まさしく、リムルが保有する究極能力《アルティメットスキル》『豊穣之王《シュブ・ニグラト》』の申し子のような権能として、シュナの『導之巫女《ヤオヨロズ》』は誕生したのだった。


だからこそ、失敗するはずがないのだ。

ディーノが権能を発動させる。

ディーノは『怠惰之王《ベルフェゴール》』にて『至天之王《アスタルテ》』を相殺した。これによって一時的に〝支配回路〟を無効化させた後、能力《スキル》の進化を発動させる。

「――『創造進化《エボリューション》』――」

フェルドウェイの目を誤魔化せるかどうかは賭けだったが、無事に成功する。

次の瞬間、究極能力《アルティメットスキル》『至天之王《アスタルテ》』と究極能力《アルティメットスキル》『怠惰之王《ベルフェゴール》』がせめぎ合い、統合されたのだ。

ディーノが獲得したのは、究極能力《アルティメットスキル》『堕天之王《アスタロト》』という。

ヴェルダナーヴァが重宝した『至天之王《アスタルテ》』の創造力と破壊力、これに加えて『怠惰之王《ベルフェゴール》』の精神に対する絶対優位性まで兼ね備えている、とんでもなく強力な権能だった。

……………

……

…

ディーノはかつて、〝星王竜〟ヴェルダナーヴァの腹心であった。

常に傍に控え、ヴェルダナーヴァの剣となって戦場を駆けたものだ。

今はもう過去の栄光だが、最強の剣士としての地位はその時に確立されている。

そして世界は平定され、地上から争いは消え去った。

その後、ヴェルダナーヴァより地上の〝監視者〟という任務を授けられ、世界を旅するようになったのだ。

だが、しかし——

ディーノが不在の時を狙ったかのように、彼の主君であるヴェルダナーヴァはこの世を去った。

その最愛の奥方であるルシアと共に。

ディーノは激怒し、愚かな国を滅ぼした。

究極能力《アルティメットスキル》『至天之王《アスタルテ》』の創造力は、翻《ひるがえ》れば強力無比な破壊力となる。苛烈な怒りと憎悪のままにこれを暴走させたディーノによって、豊かな大国は見るも無残に滅亡したのだ。

だが、そんな事ではディーノの気が晴れる事はない。

復讐を終えるなりディーノは理性を取り戻したのだが、全てがどうでもよくなっていた。

世界そのものを滅ぼそうかとも思ったが、それをしてしまえば本当に全てが無意味になると理解してもいた。

ディーノは中途半端だったのだ。

理性が強いあまりに、怒りが持続しない。かと言って、前向きになる事もない。

何をするにも理由が必要で、それが見つけられずに自分の行いに制限を設けてしまうのである。

自分の権能だった『至天之王《アスタルテ》』を封印したのも、激情のままに国を滅ぼした事に責任を感じたからだった。

そしてディーノは、生きる意味を見失う。

ディーノが堕天したのは、まさにその時だ。

同僚だったピコやガラシャも、ディーノに付き合ってくれたのが幸いだった。ディーノ一人だったならば、この世に未練もなく消滅していたかも知れないから……。

それから数千年。

生きる意味を見失ったまま、ディーノは地上の〝監視者〟としての任務を続けていた。

そのお陰で、ミリムというヴェルダナーヴァとルシアの忘れ形見も見つけ出せた。ミリムを主と認めるつもりはなかったので、陰から観察するに止めたのだが、それでも退屈せずに済んだのは幸運だった。

自身は怠惰に生きながら、ピコとガラシャに情報を集めさせた。

いつしかディーノも、魔王になっていた。

ミリムが暴走して、ギィとラミリスがそれを止めた。その時にも陰から手助けしたのだが、こんな危ないヤツを野放しにするのは危険だと思ったからだ。

ミリムが暴走すれば、世界が滅ぶ危険があった。それを阻止するのが自分の役目であると、ディーノはそう考えたのである。

こうしてディーノは、新しく生きる意味を見つけたのだった。

魔王となってからも、変わらぬ日常が続いた。

変化が訪れたのは、リムルが魔王になった魔王達の宴《ワルプルギス》の席だった。

魔王を名乗るのに相応しくないような小物であるクレイマンが、ミリムを殴ったのだ。

いつも気怠かったのに、一瞬にして目が覚めるかと思ったほどの衝撃だった。

ミリムが暴走したらどうするつもりなのかと思えば、どうやらミリム自身、演技をしているようだと見抜く。その理由は何かと探ってみれば、新参者のリムルに原因があるらしい。

そう悟って、ディーノは魔王となったリムルに興味を持った。

そしてその本質に触れて——それは偶然だったのか、或いは、運命だったのか——ディーノはまた新たに、生きる意味を見出したのだ。


………

……

…

「やっぱ、俺ってスゲーな。〝支配回路〟の除去に成功したぞ」

とドヤったディーノだったが、周囲に目を向けて絶句した。

シュナの方が遥かに凄かったからだ。

「――『模倣改変《イミテーション》』――」

シュナが行ったのは、ディーノの真似だ。

だから凄いのはディーノであって、真似しただけのシュナではない――となるのが普通である。

だが、そうはならなかった。

何故ならシュナは、ディーノが何をしているのかを『解析鑑定』して、その要所だけを完璧に抜き取って一瞬で模倣して見せたのである。

また、個々人によって千差万別の権能という代物を、複数同時に読み解いていた。自分の権能だけを弄ったディーノとは、難易度そのものが段違いだったのである。

他人の権能まで完璧に理解するなど、一瞬で出来るとは思えない。それなのに、それをいとも簡単に実行してみせたのが、シュナの凄さを物語っていた。

「嘘だろ……」

と、思わず呟くディーノの目の前で、ピコ、ガラシャ、マイ、の三名の権能が書き換えられていく。

ピコの究極能力《アルティメットスキル》『厳格之王《ジブリール》』は、自由度を増した『厳正之王《ジブリル》』へと。

ガラシャの究極能力《アルティメットスキル》『栄光之王《ハニエル》』は、他者に関与されぬ『光輝之王《ハミエル》』へと。

古城舞衣《マイ・フルキ》の究極付与《アルティメットエンチャント》『地形之王《ワールドマップ》』は、マイの願望がより反映された究極能力《アルティメットスキル》『星界之王《テラ・マーテル》』へと究極進化していた。

それは、シュナだけの力で成し遂げられたとは思えない。

そんな真似が可能なのは――

「やはり、リムルの野郎は全てを見通してやがったか……」

ディーノの脳裏には、ふてぶてしいリムルの姿が思い浮かんでいた。有り得ないような真似を平然と行えるのは、リムル以外にはいないと確信しているのである。

今回も、恐らくそうに違いない。自分が不在であろうが、配下の目を通して権能を行使したのだと思われた。

シュナは、これを否定しなかった。

「――まあ、そうですね。ディーノ様が思われる通り、私だけの力ではありませんよ」

シュナは、リムルではないと確信している。

だが、それは紛れもなくリムルの力なのだろう、と。

このタイミングでシュナが『模倣改変《イミテーション》』を成功させたのは、何者かの関与があったからだ。現に、これを再現しようともシュナの意思では不可能であった。

これは恐らく、〝このタイミングを狙って『時空』を超えて情報が届けられたから〟こそ、シュナでも成し遂げられたのだ。

それを行ったのは――いや。それを追究するのは野暮だと、シュナは思考を放棄した。

今はただ、ディーノ達がフェルドウェイの支配から解放された事を喜ぶべきだった。

――シュナがそう考えたまさにその時、事態が急変する――

迷宮が鳴動した。

それは、迷宮内では起きるはずのない現象だ。何らかの異変が生じたのだと、誰もが察する。

それはまさに、ゼギオンがヴェガにトドメを刺そうとした瞬間だった。

「――これは？」

と、シュナが驚愕する。

その感覚は、迷宮の階層が壊された時と同じだった。そんな真似が可能な人物など、魔物の国の幹部勢でも数えるほどしかいない。

しかも、その震動はかつて感じたどれよりも大きなもので――そう、ヴェルグリンドが猛威を揮《ふる》った時よりも、今の衝撃の方が上だったのだ。

「――嘘だろ？　もしかしてヴェガのヤツ、ガチのマジでラミリスの迷宮を喰らおうってのか？」

「無理でしょ」

「しかし、この震動は……」

「ヴェガには、こんな真似が出来るとは思えない。出来るのなら最初からやってただろうし」

その通りだなと、ディーノ達は納得する。

では、何が起きたのか？

予測していなかった異常事態の発生に、ディーノ達は顔を見合わせて困惑するのだった。

●

予測困難と言えば、それはラミリス達も同じ。

というか、この事態に一番驚愕したのは、この迷宮を創造した本人であるラミリスだった。

「嘘でしょ⁉　アタシがせっかく隔離してたのに――っていうか、そっちはどうでもいいわね。もっとヤバイ事態が発生したのよさ‼」

ヴェガを隔離していた階層がぶち抜かれた。それにも確かに驚いた。しかしそれ以上にラミリスを驚愕させたのは、とんでもない存在値を誇る〝敵〟が迷宮に侵入した事実だった。


「敵性体の存在値、測定完了しました。敵性体の正体は蟲魔王《むしまおう》ゼラヌスと断定、その存在値は一億千四百万です――」

絶句するオペレーター。

存在値：11400万という、創世級の化け物。ミリムやギィならばともかく、ラミリスにどうこう出来る相手ではなかった。

当然、ベニマルだって勝てそうにない。

「……厳しい、な」

「って言うか、正直に『無理』って言ってもらっても構わないんですけど？」

ラミリスが茶化すが、その声に元気はなかった。

幸いなのは、侵入を直ぐに察せた事だ。

ゼラヌスほどの強者に不意を狙われたら、為す術もなくやられるしかなかっただろう。

あのゼギオンが一瞬にして倒されたのだから、それこそがいい証拠であった。

誰もが絶望的な気分になる中、嗤う者がいた。

ディアブロだ。

「クフフフフ。ゼギオンを倒すとは、面白い。この者の相手は私がしましょうか」

ディアブロが自信満々にそう宣言する。

「無理だろ」

と、即ツッコミを入れるベニマル。

「いくらアンタでも見栄張り過ぎ」

ここぞとばかりに、ラミリスも追従した。

もしもここにベレッタがいたならば、「黒の王《ノワール》を止めるなど、とてもとても」と、最初から賛成派であっただろうが……この場にはいないので否定派の方が多い。

「それは、やってみなければ分かりませんとも」

なので、ちょっとムッとした様子でディアブロが応じる形になった。

険悪な空気になる前に、まあまあとトレイニーが取り成す。

「実際、ベニマル殿を含めて、体調が万全ではない方ばかりなのです。ディアブロ殿にしか相手出来そうにもありませんし、ここはお任せするしかないのでは？」

トレイニーの言葉は正論だった。そう言われては、誰にも反論出来ない。

ガビルは重傷だし、ランガはゲルドの身代わりとなって魔力切れ状態だ。

ゴブタやリグルド達は戦力外。

ゼギオンとアピト、それに加えて、クマラとゲルドは出撃中。

残る面子は、ディアブロだけなのだ。

ラミリスの護衛役のカリスや、トレイニー姉妹、四大竜王達も、一応は戦力として数えられてはいる。しかしそれは最後の手段であるし、そもそも、ゼラヌスの相手が出来そうな者などいなかった。

ゼギオンならば――と、いつもなら期待するのだが……。

他の者達からも反対意見は出なかった事から、ゼラヌスの対処はディアブロに任せるという事で、その場の意見はまとまったのだった。

迷宮内部が、再び大きく震動した。

ディーノ達のいる階層へ向けて、その震動の根源が接近しているからだ。

「ねえ、何だか嫌な予感がするんだけど……？」

「奇遇だな、ピコ。アタイもだよ――」

ピコとガラシャが不安そうに話すが、それは間もなく現実のものとなりそうだった。

迷宮の天井にヒビが入る。

想像を絶する力で、強引に迷宮の階層を破られたのだ。

迷宮内部は、階層ごとに次元層が異なっている。普通ならばこれを破るなど不可能なのだが、現実離れした力があればその限りではなかった。

現に、天井知らずの威力で階層をぶち抜ける者が、魔物の国にも何名か在籍しているのである。

しかし、目の前で起きている現象は異質だった。単純な力だけで次元を裂いているように、ディーノの目には映ったのである。

「ヤバくない？」

「ヤバイな。っていうか、あんな真似、現実に出来るんだな……」

ラミリスの迷宮は、脱出は簡単だが侵入は難しい。数階離れたら『魔力感知』が困難になるので、特定の人物に向けて『転移』するような真似も不可能なのだ。

しかし、隠す気もない猛烈な気配を放つその存在は、一直線にディーノ達がいる場所を目指していた。

内部事情に詳しい人物なら、誰がどこにいるかといった予測も立てられるだろうが……しかし現在、そんな条件に該当しそうな人物に心当たりはないディーノである。

そもそも、迷宮階層を破れる者が珍しいのだから、侵入者の正体も限られてくるというものだ。

（誰だ――って、ダグリュールはルミナスと戦争中だろうし、フェルドウェイかゼラヌスか、他に誰かいたっけ？）

ディーノは正体を探ろうとしたが、そんな暇はなさそうだった。

考えるよりも聞く方が早いと、ディーノは思った。

完全に捕捉されている。それは、認めたくない事実だったからだ。

「おい、ラミリス！　一体全体どうなっているんだ？」

ディーノが叫ぶように質問すると、ラミリスから慌てたような返事があった。

『えっとね、取り敢えずヤバイのよさ！　こっちも忙しいから、また後でね！』

「ちょ、待てや！　誰が攻めて――」

その答えだが、もう聞く必要がなくなった。

天井の裂け目から、悠然と異形の者が降って来たからだ。

「ゼラヌスか……」

ひと目で理解させられる、強者の風格だった。

しかも最悪なのが、ゼラヌスが左手で掴んでいる者の存在感だ。

それは誰あろう、迷宮内最強の戦士――

「嘘だろ、ゼギオンが負けたのか⁉」

――敗北する姿を想像する事さえ出来なかったゼギオンが、意識を奪われ引きずられていたのである。


ここで、冷静な者と動揺する者にわかれた。

冷静なのは、シュナとゲルド、それにベレッタだ。

動揺したのはアピトである。

「ゼギオン‼」

と叫びながらゼラヌスに飛びかかろうとして、ゲルドに止められていた。

クマラなどは、その信じ難い光景に絶句している。

ゼギオンの強さを知るだけに、それが現実だと認められなかったのだ。

「呆けている場合ではありません！」

ここでシュナが撤退を指示した。念の為に〝復活の腕輪〟を着用しているのだが、それでも捕まって人質にされたりしないよう配慮する必要がある、と判断したからだ。

ベレッタは退路を確認し、全員の安全確保に動く。

ディーノ達も一緒に、ひとまずは〝管制室〟に逃げ込むつもりだった。

ゼギオンを助け出すのは、敵の強さが判明してからだ。今のまま無策で突っ込んでも、返り討ちにされるだけだと理解しているのである。

こうして、全員が一丸となって動き出そうとしたのだが――

＊

「逃がさん」

誰にも視認出来ない速度で、ゼラヌスが動いた。

ゼラヌスの狙いはたった一人だ。

ゲルドに抱えられるように止められていたアピトだけを目標に、この地に降り立ったのである。

「ぬう!?」

ゲルドがアピトを庇うように前に出たが、無駄だった。

ゼラヌスの副腕である細手によって、無造作に殴り飛ばされたのである。

防御に徹すれば並ぶ者のないゲルドが、まるで本気ではないゼラヌスの一撃を浴びただけで、意識を刈り取られてしまったのだ。


それもまた信じ難い話なのだが、ゼギオンの敗北という現実がある以上、皆の驚きは少ない。今はそれよりも、この場から少しでも遠ざかる方が先決だった。

『復活地点を変更したから、安心していいのよさ！』

というラミリスの声が響いた。

その言葉を証明するかの如く、いつの間にか皆の腕に〝復活の腕輪〟が光っていた。

混乱の極みの中、ちゃんと出来る対策は行ってくれている様子だ。

ディーノは思った。

(俺達って、ついさっきまで敵だった訳だけど、そんなに簡単に信じてもらっても大丈夫なのかな？)

このまま一緒に逃げるだけでは、信用を得るのは難しい。いくらフェルドウェイに逆らえなかったとはいえ、このまま仲間に戻ったのでは、虫が良い話だと思われるはずだ。

というか、ディーノならそう思う。

だったら、ここで一度は漢気《おとこぎ》を見せておくべきだった。

「ピコ、ガラシャ、俺に付き合ってくれるか？」

「当然！」

「ま、そう言うだろうと思ってたさ」

流石は古《いにしえ》からの付き合いだっただけあり、ディーノの考えはお見通しだったらしい。足を止めたディーノに並び立つように、ピコとガラシャも武器を抜いた。

「私もいますので」

と、マイも背後に立って弓張月《クレセントボウ》を構えている。

そんなディーノ達を、ゼラヌスが一瞥する。

「フッ、お前達はフェルドウェイの手勢だったな。裏切ったのか？」

「裏切ったのは、フェルドウェイの野郎さ」

「その通りだね。私達を勝手に支配したりして、マジで最悪だったもん」

「そういうこった。アタイ達を相手に戦おうってんなら、覚悟しなよゼラヌス」

大見得もいいところだったが、ここでは強がるしかない三人だった。

正直、勝てる気はしない。もしかしたら引いてくれるかもと、淡い期待を寄せていただけである。

当然、そんなハッタリが通用するゼラヌスではなかった。

「笑止。その女をワレに寄越すなら、貴様達は見逃してやるぞ？」

その女——それは、アピトの事だ。

同族だから必要としているのかと、ディーノは察する。

考えてみれば、ゼギオンだってまだ生きていた。それは殺せなかったからではなく、連れ戻すつもりだったからだろう。

ゼラヌスは知っているのだ。

迷宮内で殺しても、復活するだけで意味がない、と。

逆に言えば、迷宮の外で殺せばいい。

ゼギオンやアピトを配下に加える気なのかも知れないが、どちらにしても厄介な事態になるのは明白だった。

（二人を殺す、あるいは仲間にする、どっちでも関係ねーな。迷宮の外に連れ出されちまったら、俺達の負

けだ）

ディーノはそう考えた。

そしてそれは正解だった。

ゼラヌスとしては、どちらでもいいのだ。

ゼギオンとアピトは、ゼラヌスの『生命之王《セフィロト》』に組み込まれた存在だ。殺せばその力を得られるし、部下になるなら育つのを待てばいい。

ただし、迷宮内にいたらゼラヌスの権能が及ばないので、外の世界に連れ出す必要があった。

それを邪魔するならば、誰であろうと排除するだけだ。

ゼラヌスにはその力がある。

だから誰にも——

「クフフフフ。させませんよ、蟲の王よ」

邪魔者が、いた。

ゼラヌスに怯えぬ者が。

「ディアブロさーーんっ！」

ディーノが喜色満面で声を上げた。

敵ならば大っ嫌いなディアブロだが、仲間だと思うとこれほど頼もしい存在はいない。

ゼラヌスという〝絶望〟を相手にしても、ディアブロなら何とかしてくれそうだった。

ディアブロが、ディーノを冷めた目で見る。

「気色悪いぞ、ディーノ。お前はさっさと、皆を安全な場所に連れて行って差し上げなさい」

そっけなく言いながら、ディアブロがゼラヌスの前に立つ。

かくして、〝黒の王《ディアブロ》〟と〝蟲の王《ゼラヌス》〟の戦いが勃発したのである。

＊

ディアブロを前にして、ゼラヌスは地に立った。

邪魔だとばかりに、ゼギオンを放り投げる。

ゼラヌスは臆病だ。

だからこそ、この迷宮の中で誰が危険なのか、事前に抜かりなく察知してある。

該当者はナシ——だったのだが、ディアブロを間近

に目にした瞬間、ゼラヌスは悪寒を感じたのである。

それは危険な兆候だった。

魔王ミリムを相手にした時に感じたのと同じ……。

気配は矮小だが、舐めてかかっていい相手ではなかった。

それを見抜ける時点で、ゼラヌスは他者と一線を画していたのである。

「蟲魔王《むしまおう》ゼラヌス、どの程度の実力なのか、試して差し上げますよ」

「悪魔とは、本当に生意気だ」

会話を中断し、ゼラヌスが無音で動いた。

空気の壁をスルリと抜けて、ディアブロの背後へと回る。そしてそのままクルリと回転して、後ろ回し蹴りを放ったのだ。

背中合わせの状態から、無防備なディアブロの後頭部を狙った蹴りだった。

しかし、それを読んでいたようにディアブロが反応した。前傾するように身体を傾けながら、後方に向けて蹴り上げたのだ。

ゼラヌスの蹴りを、ディアブロの蹴りが迎撃する形となっていた。

ゼラヌスは、ディアブロの一回り大柄だ。上から叩き浴びせるような重量級の蹴りだったが、それが見事に相殺されている。

カレラの両腕をへしゃげさせた時よりも威力は上だったが、ディアブロは平然としていた。

両者、そのまま距離を取る。

ゼラヌスの全身を覆う外骨格が、虹色に輝いた。

「やれやれ、究極の金属《ヒヒイロカネ》ですか。砕くのに苦労しそうです」

ディアブロは自身の魔力を変換させて、爪鋏刃《シザーズ》を顕現させた。

五本の刃が虹色に輝く。それは神話級《ゴッズ》の証だった。

「笑止。出来もしない夢は見ない事だ」

ゼラヌスが呼吸するように全身に力を巡らせた。

額から背中へと流れる銀色の繊毛《せんもう》が逆立ち、迷宮内の光を反射して輝いて見える。

背と腰から生えた二対の翅《はね》が赤く輝き、ディアブロを威嚇するように大きく広がった。

ゼラヌスは、組んだままにしていた三対の腕をほどいて、各々の構えを取った。

下段の腕は魔法発動の準備を、上段の細腕は振動して刃となる。その攻撃を素手で受けるなど、切り刻んでくれと言うようなものだ。

そして中段の本腕は、ディアブロのいかなる攻撃にも対処する必殺の布陣だった。

ゼラヌスに弱点などない。どの間合いであっても、完璧に対処可能なのだ。

ゼラヌスに不得意などない。遠距離、中距離、近距離、あらゆる状況に対応可能な攻撃手段を有していた。

存在値には、戦闘に関係のない数値も含まれている。普段は利用されていない力の数値も含まれているので、有効数字はそこまで大きくなかったりする。だがゼラヌスの場合、その数値のほぼ全てが戦闘能力に関連するものなのだ。

究極の戦闘生命体とは、まさにゼラヌスの事であった。


だけど、ディアブロは恐れない。

圧倒的なまでに格上であるはずのゼラヌスを相手に、勝てる見込みのないはずの戦いを愉しんでいた。


……………

……

……


魔素量《エネルギー》がただ多いよりも、瞬間最大出力の大小を指し示す『魔力』の方が大事なのは常識だ。

ディアブロは、その魔力に特化していた。

足りない魔素量《エネルギー》など、大気中から補給してしまえば事足りた。だから数値などに惑わされる事なく、ただ純粋な〝強さ〟に憧れるのだ。

人間はいつも、ディアブロの退屈しのぎだった。

大半はつまらない者ばかりだったが、中には輝くほどに美しい〝魂〟を持つ者もいた。

あの、井沢静江《シズエ・イザワ》がそうだったように。

勝てるはずのない相手に挑むその勇気も、ディアブロを魅了する要素であった。

運命に抗うように必死に足掻くその姿は、泥臭いながらも美しいと感じたものだ。

だからディアブロは、強者でありながら徹底して戦い方にこだわるのだ。

ただ勝利するのではなく、どんな状況下でも必ず勝てるような本物の強さを求めたのである。

その経験が、対ゼラヌス戦で活きていた。

超越者同士の戦いは、一瞬で終わるか長期化するかの二択になる場合がほとんどだ。それをよく理解しているだけに、ディアブロが焦る事はなかった。

ディアブロが認めるゼギオンが倒されたのならば、ゼラヌスの強さは本物なのだ。そんな相手を焦って倒そうとしても、簡単に返り討ちにされるだけである。

ゼラヌスに通じる技などほとんどない。

勝機があるとすれば、ゼラヌスが油断した瞬間に最大威力の奥義を直撃させるのみ。

それまではひたすら、耐え忍ぶしかないのである。

それなのに、ディアブロは心の底から楽しそうだった。


……………

……


「実力差も理解せぬか」

「クフフフフ。そう言うなら、さっさと私を倒してみせろ。出来ないのでしょう？　ならば貴方も、存外大した事はありませんね」

格上が相手だろうと、ディアブロは絶好調だ。

口喧嘩ならディアブロが勝っている。

ゼラヌスはその状況が面白くないが、だからと言ってペースが乱される事もない。慎重な性格なだけあって、敵の言葉に惑わされたりしないのだ。

流石ですね――と、ディアブロもその点は評価している。

心の弱い敵なら、とっくに倒せていただろうから。

ゼラヌスの用心深さは、本当に腹立たしい。何しろ、大技を一切使わないのである。

大エネルギーを放射するだけで、ディアブロなど消滅間違いなし――そう思わせているはずなのに、放出系の技を使わない。

これまでにゼラヌスが使ったのは、格闘技だけだった。ゼラヌスの闘気が空間のあちこちで圧縮爆発《プラズマ》を生じさせていたが、それは単なる余波なのだ。

ゼラヌスは、己の肉体のみを武器としてディアブロを圧倒していた。

しかし、ディアブロも負けてはいない。

正面から受け止めたら一撃で倒されかねない威力でも、受け流してしまえば問題ないのだ。とんでもない演算能力で、ゼラヌスの力を見事に誘導していた。

「生意気な……」

焦りはしないが、ゼラヌスの感情に僅かな波が生じる。

それは苛立ちだ。

ミリムと戦っていた時と違って、ディアブロが相手ならば『負けない』という確信があった。だからこそ、ゼラヌスはここで勝負を投げるつもりはない。

しかし、ここまでしつこくしぶとい敵は初めてで、それが酷く面倒に思えるのである。

本来ならば、ゼラヌスの覇道を阻めるはずもない敵。それなのに、ここまで執拗に邪魔されている。

「クフフフ、どうしました？　もうお疲れですか？」

余裕綽 々《よゆうしゃくしゃく》という態度で、ディアブロがゼラヌスを煽った。

それがまた、ゼラヌスを苛立たせるのだ。

矮小な小物の分際で、創世神に至ろうとしているゼラヌスの前に立つなどと……と、心のどこかで考えてしまっていた。

かと言って、それで慌てたりしないのがゼラヌスだ。

ミリムの時と違って、ディアブロ程度には奥義を使ったりしないのだ。

超越者同士の戦いでは、いかに相手を消耗させるかが勝敗の鍵を握っていた。

ゼラヌスが今の戦い方を続ける限り、絶対に敗北はないのだった。

＊

余裕に見えるディアブロだが、不動のゼラヌスに感嘆していた。

（思っていた以上に厄介ですね）

と、その恐ろしさを認めていたのだ。

ゼラヌスが格闘戦を続けているから、ディアブロでも対処出来ている。その点だけ見ればそのままで良さそうなものだが、それではゼラヌスに隙が生じない。

つまり、逆転の目がない、という事なのだ。

だから煽って冷静さを奪おうとしているのだが、思っていた以上にゼラヌスは動じなかった。

少し苛立ちを見せているが、それだけだ。

凄まじいまでの精神力と胆力である。

ディアブロでさえ、小物から煽られたら不愉快になる。

今までの経験上、プチッと潰してしまった事も、枚挙にいとまがないほどだった。

それなのにゼラヌスは、自身が最初に導き出した勝利の道筋から、一切外れる気配を見せないのだ。

そうなると、強引に揺さぶるしかないのだが……。

（それは、下手をすれば自殺行為となります。悪手ですね）

と、ディアブロは判断していた。

つまり、現状維持が最善だったのだ。

勿論、それは悪い事ばかりではない。

ディアブロがゼラヌスを倒せなくても、まだベニマルも控えている。

ゼギオンだって復活するだろうし、他の幹部達だって力を回復させるはずだった。

〝管制室〟ではこの戦闘も記録しているのだから、次に活かせばいい。そう考える事も出来るのである。

ただ、それでも厳しいだろうとディアブロは感じていた。

ゼラヌスの強さは異常だ。

それこそ神の領域に達しているのではないかと思われるほどに……。

総力戦になったら倒せる可能性もあるのだが、戦場が地上へと移った場合、大いなる犠牲は免れない。

それ以前に、迷宮そのものが崩壊しそうだった。そうなれば、被害規模は計り知れないものとなるだろうし、リムルが帰還した時に悲しむ事になる。

（それだけは、絶対に許せません）

と、ディアブロは激闘を演じつつ考えていた。

ゼラヌスの狙いが、ゼギオンとアピトなのは間違いない。ディアブロが敗北した時点で、この両名の命運は尽きる。そうなれば、ゼラヌスはより強くなるはずだ。

では、この両名を保護すればいいのかと問われると、それも問題だとディアブロは答えるしかない。

ゼラヌスは迷宮の階層を突破して、ゼギオンとアピトを目指してやって来た。つまり、その超感覚で、ゼギオン達の居場所を把握出来るという事なのだ。

保護するはずが、周囲まで危険に晒しかねない可能性があった。

そう分析するならば、迷宮内で戦い続けるのも危険だという結論に至るのである。

しかしそうなると、ラミリスの権能による〝復活〟が出来なくなる訳で、ますますゼラヌスを倒す難易度が跳ね上がるのだ。


（私達ならばともかく、生き返れない者の方が多いですからね……）

〝聖魔十二守護王《せいまじゅうにしゅごおう》〟の半数以上が、自力での蘇生など不可能だ。完全な精神生命体でなければ、死んだら二度と生き返れないのである。

ともかく、焦りは禁物だった。

やはり最善なのは、このままディアブロが情報収集に努める事だ。そうしてゼラヌスの弱点を探り、決定的なタイミングを見計らって一斉攻撃を仕掛けて――と、ディアブロは脳内で何度も繰り返されたシミュレーションを終えようとした。

その前提条件になるのが、普通なら不可能と思われるような〝ミスなくゼラヌスの攻撃を受け続ける事〟なのだが、それについては何の不安も抱いていないディアブロである。

自分はミスをしないという、絶対の自信があったからだ。

しかし、〝この世に絶対はない〟というのが、不変の真理というもので……。

ゼラヌスが不敵に嗤った。

「フッ、小細工を弄する事しか出来ぬ矮小な存在め。貴様の主も下等なスライムだったから、主従そろってお似合いというものか？」

――と、ゼラヌスがディアブロを煽ったのである。

ディアブロ自身が何を言われようとも、感情を乱される事などなかっただろう。腹は立ったかも知れないが、軽く聞き流せたはずだ。

しかし、今のはダメだった。

その言葉は、ありとあらゆる意味で禁句だったのだ。少なくとも、ここ、ラミリスの迷宮内で吐いていいセリフではなかったのである。

「――は？」

ディアブロの瞳から光が消えた。

底なしの闇が、ゼラヌスを覗き込む。

ゼラヌスはそうと自覚する事なく、禁忌に触れてしまったのだった。


ディアブロの戦いを目撃していたディーノ達は、その凄さに唖然としていた。

ディアブロから避難誘導するよう命じられたのだが、そんなものを聞く義務はないとばかりに無視して、その戦いを観戦していた。

そして後悔している。

逃げ時を失った、と。

先ず、最大限に『思考加速』しなければ、認識すら出来ないレベルだ。空気が爆ぜて凄まじい爆発が生じているが、それは単なる余波に過ぎず攻撃の本命は淡々とした肉弾戦なのである。

ゼラヌスの刃を、ディアブロが爪鋏刃《シザーズ》で受け流している。

流れるような銀色の繊毛で、切断を狙うゼラヌス。

こちらもまた優雅に魔力操作を行ってダミーを作成し、標的を変更させるディアブロ。

隙を見て爪鋏刃《シザーズ》での反撃を試みるも、それは鉄壁の防御によって妨げられている。これを深追いするでもなくサッと諦めて、ディアブロは次の攻撃に備えていた。

それはまさに、お手本のような戦いぶりだ。

格上相手の戦い方を、ディアブロは研究し尽くしているかのようであった。

「なあ……アレ、真似出来る？」

「無理」

「聞くな、バカ」

「どういう返事を期待していたの？」

ディーノが思わず質問すると、ピコ、ガラシャ、マイの順番で辛辣な返答があった。

どういう返事を期待しているのか？

ディーノだってわからないのだから、その質問返しが一番困った。

ちなみに、マイはその戦いを認識出来ていない。

消えたら現れ、爆発して、そしてまた消える。そんなイメージだ。

この場からさっさと逃げ出したいというのが、マイの偽らざる本音なのだった。

ともかく、その戦いに介入するには、マイの実力は全然足りていないのである。

それは、マイだけではない。

神速で動けるだけあって、アピトには視認出来ている。しかし、介入した瞬間に木っ端微塵にされるだろうと予想された。

戦いが成立している時点で、ディアブロが異常なのだ。

「ぶっちゃけさ、恰好付けて戦うつもりだったけど、本気出しても負けてたな」

「まあね。数分時間稼げれば御の字だったね」

「ディーノならもう少し頑張れるだろうが、アタイじゃ無理だわ。あの威力、一撃で真っ二つにされてるね」

視認すら出来ないマイは、意見を言う気にもなれない会話だ。あのままだったら自殺するようなものだったなと、そう気付かされてブルリと震えるのみである。

ゼギオンが心配なのか、アピトはここに残ったままだ。

ピコとガラシャがゼギオンの治癒を行っているものの、得意ではないので意識は戻っていなかった。

マイがいつでも逃げ出せるように準備しているが、気休めでしかない。マイの意識より早く攻撃されたなら、反応出来ずに殺されるだけだからだ。

ラミリスの『復活地点を変更した』という言葉だけが頼りである。

彼等に出来るのは、ただディアブロの勝利を祈る事のみだった。

●

そんなふうに現地に残った者達と違って、シュナはさっさと〝管制室〟に避難していた。

ベレッタや、ゲルドとクマラも一緒だ。

ベレッタがゲルドを抱えて、それをシュナとクマラが支える形だった。

その戦いでは、シュナ達に出来る事など何もなかった。何度も死に戻りする事になれば、ラミリスの負担が増えるだけである。

そもそもシュナは、戦闘系の能力者ではない。自分が守られるのは足手まといでしかないと理解しているので、邪魔にならないように立ち回っている。

ゲルドでさえ一撃なのだから、シュナやクマラなどひとたまりもないのだ。

「お帰り！」

「ただいま戻りました」

ラミリスに出迎えられて、シュナが軽く頭を下げた。

そのままシュナは、ゲルドの治療を始める。

そして大スクリーンに目をやって、その凄まじさに絶句した。

「ディアブロ様がいなければ、全滅していましたね」

ポツリと、シュナが本音を吐露した。

「そだね……」

「否定出来んな」

ラミリスとベニマルが、これに頷いた。

ベレッタもまた、大スクリーンを見て同じように絶句している。

「流石はディアブロ様……」

と感動しているが、ベレッタだと数秒すら耐えられない攻防なのは間違いなかった。

「正直、我輩には何が起きているのか理解出来ないのである」

「極限の攻防なのに、両者共に大技を一切使用していません。相手に隙があっても、徹底して力の消耗を抑えた戦い方を続けているのです。一見すると地味ですが、両者共にとんでもない技量ですよ」

と、ガビルの発言を受けてカリスが解説している。

「無理っすね。自分では勘を駆使しても勝てないっす」

「安心しろ、ゴブタよ。我にも何も出来ぬ」

全然安心出来ない相槌だったが、ゴブタは気にしなかった。

というか、ここまでくると勝てる勝てないの話ではないので、気にしても無駄だった。

ゴブタとランガのコンビも、ディアブロ達の動きを追えない組だったのだ。

ランガの場合は『超嗅覚』もあるのだが、これだけの速度で動き回られたら追跡不可能だ。もはや戦いが成立するレベルにはないので、応援に向かっていたとしても殺されるだけであった。

クマラも同様だ。ランガでも無理なのだから、クマラに出来る事など何もない。何が起きているのか理解すら出来ず、何も気付かぬ内に瞬殺されるだろう。

それほどまでに、隔絶した世界での戦いだったのだ。

「アピトさんを置いてきてしまいましたが……」

「気にするな。ゼラヌスの狙いが彼女とゼギオンなのだから、それで正解だ」

「そうなのよさ。正直言って気が咎めるけど、アピトちゃんとゼギオンの復活地点は『迷宮牢獄』に設定したもん。皆を巻き込むよりマシだってね」

「とは言っても、〝復活の腕輪〟の出番はなさそうだがな」

ベニマルもまた、ディーノと同じ結論に至っていたのだ。ゼラヌスがアピトやゼギオンを殺すとしたら、迷宮の外に出てからだろうと。

であれば、復活地点の設定など意味がなかった。

アピトなどが自分の身を囮《おとり》とする場合も考えられるので、念の為に設定しておいただけなのである。

冷たいようだが、それがラミリス達の苦渋の決断だった。

リムルと違ってベニマルやラミリスでは、皆を助けるなんて奇跡を簡単には起こせないのである。

ベニマル達もまた、ディアブロの勝利を信じるのみ。

しかし、その時——

『フッ、小細工を弄する事しか出来ぬ矮小な存在め。貴様の主も下等なスライムだったから、主従そろってお似合いというものか?』

というゼラヌスの声が、〝管制室〟にまで聞こえた。わざわざ戦闘を中断してまで、ディアブロを煽るように発言したからだ。

それを聞いて、誰かが「あっ——」と呟いた。

恐らくはラミリスか、トレイニーが……。

それは禁句なのだ。

ベニマルが拳を机に叩きつけ、砕いた。

「あの、それ、お高いんですけど……」

ラミリスの注意が、小声になってしまっているのがご愛嬌だった。

〝管制室〟に殺意が充満していた。

しかし、ベニマル達の出番はない。

何故ならば——

現地にもまだ、嚇怒《かくど》している者がいるからだ。

●

戦士が目覚める。

怒りが、全身の細胞を焼き尽くすような嚇怒が、ゼギオンを死の淵から呼び戻したのだ。

——それは偶然だったのか、或いは、これ以上ない必然だったのか——

ゼラヌスの余計な一言が、運命を狂わせた。

「フッ、ディーノか。どうやら世話になったようだな」

そう言って、ゼギオンが平然と立ち上がる。

「おいおい、無茶は止せ」

「そうだよ。アンタ、まだ完全に癒えていないんだから」

ガラシャとピコが止めるが、ゼギオンは頷かない。

己の使命を果たすべく、その視線は蟲魔王《むしまおう》ゼラヌスへと向けられていた。

「ディアブロでもあの調子なんだから、お前でも厳しいと思うぜ？」

と、ディーノが声をかけると、ゼギオンが軽く微笑んだ。

「アピトを頼む」

ゼギオンはそう言って、ディーノを押しのけるようにして前に進んだ。

「——勝てるのか、ゼギオン？」

「無論だ」

ゼギオンの迷いなき返事を聞いて、ディーノは笑った。

厳しいと思うどころか、本音では『勝てるはずがない』と考えていた。それなのにゼギオンは、それが当然だとばかりに『勝つ』と勝利宣言したのである。

ゼギオンが見せた笑えるほどの自信に、ディーノは愉快な気分になっていた。だから無造作に、手にしていた大剣をゼギオンに渡したのだ。

ディーノが愛用していた神話級《ゴッズ》の大剣《グレートソード》——〝崩牙《ホウガ》〟を。

「やるよ。さっさとアイツを倒して、早く俺に楽をさせてくれ」

アンタ、何もしてないじゃん——という声が、どこか遠くから聞こえた気がするディーノだが、そんなものは完全無視であった。

ゼギオンは、「貰おう」と言って軽く頷いた。そして片手で受け取るなり、背中に背負う。

その瞬間——〝崩牙《ホウガ》〟が眩く輝いた。

その輝きがおさまった時、ゼギオンの背に一対の輝ける羽が生まれていた。

それは、ゼギオンと融合した〝崩牙《ホウガ》〟の生まれ変わった姿だ。

ゼギオンの新たなる力――〝崩羽《クズハ》〟が誕生した瞬間であった。

それを見て、ディーノがぼやく。

「……あっさりと、〝崩牙《ホウガ》〟に認められたようだな。俺は結局、主とは認められなかったんだけどね……」

ゼギオンはそれを気にする事なく、戦場へと歩を進めるのだった。

●

ゼギオンが静かに、ディアブロの隣に立った。

「代わってくれ」

キレたディアブロがゼラヌスに仕掛けようとしていたタイミングだったのだが、ゼギオンの平静な声を聞いて、ディアブロも平常心を取り戻す。

「……わかっていますね？　コイツはリムル様を侮辱したのです。決して許してはおけません」

「当然だ。オレが始末すると約束しよう」

ゼギオンは、出来ない事は口にしない。

それをよく知るディアブロは、満足そうに頷いた。

「いいでしょう。ここは譲ります」

「感謝する」

こうして、ゼギオンとディアブロは入れ替わり、父と子、世紀の親子対決が始まったのである。

ゼラヌスは悠然と構える。

ゼギオンを一度倒しているので、その態度には余裕があった。

ディアブロに協力されたら面倒だったが、それでも倒せた自信がある。まして、ゼギオンがたった一人で自分の相手をするつもりだと知って、ゼラヌスは『愚かなヤツだ』と内心で笑っていた。

迷宮内で殺しても、復活されるだけで意味はない。だが、生きながら〝暗黒増殖喰《デヴァステイターウイルス》〟で喰ってしまえば……。

〝魂〟に逃げられたら復活されてしまうだろうが、ゼギオンの力を取り込めるのではあるまいか。

ラミリス達も危惧していた事だが、迷宮内で喰らわれた者が復活可能なのかどうかは、まだ試された事例がないので不明なのだ。

　万が一があるので、迂闊に実験も出来ない。こればかりは、そうした事態を避けるのが正解だった。

　それなのに、ゼラヌスはその手段を用いようとしていた。

　ゼギオンは仮にも息子なので、可能であれば迷宮から連れ出して眷属に組み込むつもりだった。忠誠を誓わせて、新たな創世神だと祭り上げるつもりだったのだ。

　――が、敵対するというのならば話は違う。

　まだアピトがいるのだから、ゼギオンにこだわる必要はないのである。

（ワレの眷属を新たに創造するのは骨が折れるが、あのアピトという小娘を母体にすれば、強靭な息子達を増やせそうだ）

　そしてその息子達を競わせて、その力も取り込むつもりだった。

　ゼラヌスは、己を強大な存在へと高める為ならば、ありとあらゆる手段を躊躇わないのであった。

「息子よ、一度だけチャンスをやろう。ワレに忠誠を誓い、ワレの手足となって働くのだ。そうすればお前に、次期創世神の座を約束して――」

「断る。オレの神は既にいる」

　ゼラヌスが最大の慈悲を示してゼギオンに持ちかけた提案は、その一言で切って捨てられた。

「ならば、死ね！」

　ディアブロ相手では油断に繋がるので、大技を出すのは命取りだった。しかし、相手がゼギオンならば――

「――〝暗黒増殖喰《デヴァステイターウイルス》〟!!」

　余計な警戒など不要だとばかりに、ゼラヌスが攻撃を仕掛けた。

　左の拳を放つと見せかけて、その腕が黒い霧と化してゼギオンへ纏わりついたのだ。

　それは、全てを喰らい尽くす暗黒の餓鬼。

　ゼギオンは為す術もなく、骨までしゃぶられ――はしなかった。

ゼギオンの全身を闘気が覆っていた。その闘気《オーラ》に触れるなり、〝暗黒増殖喰《デヴァステイターウイルス》〟が消滅したのである。

「――なっ⁉」

ディアブロ戦では消耗を抑えていたゼラヌスは、ここにきて大いなる失態を犯したのだ。しかし、それを気にするよりも、ゼギオンが何をしたのかが問題だった。

ゼギオンの全身が虹色に輝いていた。

それは、ゼラヌスと同じ究極の金属《ヒヒイロカネ》の輝きだ。

ゼギオンの気配が大きく膨らんでいく。

まさにそれは、ゼラヌスが無視出来ないほど強大な存在感だった。

「クフフフフ。流石はゼギオン、貴方も〝扉〟を開けたのですね」

「当然だ。我らが神は、常に矮小なる下僕《われら》に愛を注いで下さっているのだから」

「その通りです。ただし――」

「安心しろ、ディアブロ。この力に溺れるほど、オレは愚かではない」

そう言うなり、ゼギオンは一歩踏み出した。

その圧で、地響きを伴って階層が揺れる。

「マジで何なの、アレ……？」

観戦中だったピコが、ディーノに聞いた。

監視者の一人であるピコが知らないのだから、ディーノだって知っているはずがない。

「俺に聞かれましても……って事だから、ディアブロ、解説ヨロ！」

思わず隣まで下がって来ていたディアブロに話を振ったのだが、とても冷たく一蹴される事になる。

「バカが。黙って見ていろ」

「……はい」

まるで相手をする気がないというディアブロの態度に、ディーノは引き下がるしかなかった。

「ダサッ」

「恥ずかしいヤツ」

「……ふぅ」

と、ディーノの仲間達からも悲しい反応をされてしまう。

友情って儚いよな――と、元からあったのかなかったのかわからぬようなものの存在について、孤独なディーノは思いを馳せたのだった。

●

大スクリーンには、ゼラヌスと互角に戦うゼギオンの勇姿が映し出されていた。

「どうなっているのよさ？」

それは、数値上は有り得ない現実だ。

ゼギオンの存在値は〝崩牙《ホウガ》〟を取り込んだ事で、800万弱にまで膨れ上がっていた。ディーノが言うように完全に主と認められた事で、その全ての力が有効化されているようだ。

しかしそれでも、ゼラヌスには遠く及ばない。

であるにもかかわらず、ゼギオンはゼラヌス相手に引く事はなかった。

というか――少しずつ圧倒し始めていたのである。

「そうか、ゼギオンのヤツもあの〝力〟を――」

「知っているのね、ベニマル？」

教えなさいよ、とラミリスが問う。

けれど、ベニマルは言葉を濁した。

説明し難い力だからだ。

（アレは恐らく、リムル様が貸し出してくれた〝力〟なんだろうな……）

ベニマルでさえ、その程度の認識だったのである。

実のところベニマルは、リムルの中に〝シエル〟という存在がいると、漠然とではあるが気付いている。

何となく導かれるように力を貸与された結果、ミリム相手に放った陽光黒炎覇加速励起《プロミネンスアクセラレーション》が、とんでもない威力を発揮する事になったのだ。

しかしその結果が、現在の満身創痍という訳だ。

リムルでさえ扱いきれていない『虚無崩壊』を使った代償は、思いのほか大きかった。回復薬や魔法では癒せぬダメージを負ってしまい、直ぐには戦場に復帰出来ぬ身体になってしまったのである。

（リムル様ならばともかく、あれは俺達にとっては危険極まりない〝力〟だった。それを自身に宿らせるなど……ゼギオンのヤツ、無茶しやがって……）

ベニマルのように、瞬間的に使用しただけでも反動は大きいのだ。それを、長時間に渡って使用し続けるとなると、その代償はとんでもないものとなるだろう。

それを思うと、今直ぐにでも止めるべきだった。

しかし、それではゼラヌスに勝てない。

ベニマルは、ゼギオンの勝利を信じて沈黙した。

●

ゼラヌスは動揺していた。

息子であるはずのゼギオンが、想定外の力を見せたからだ。

それはとっくにゼスを上回り、ゼラヌスでさえも無視出来ぬレベルに達していた。

ディアブロを相手に感じた悪寒が、再びゼラヌスを襲っていたのである。

（コヤツは、ワレの期待を超えて——否！　まだだ、こんなもの、ワレの脅威ではない!!）


ゼラヌスはとても用心深い。

だから簡単に騙されたりしないいし、敵を過大評価して敗北するようなミスも犯さない。

ゼギオンの異常なまでのパワーアップには、何らかのカラクリがあると察した。そうでなければ説明がつかないからだ。

そして、これほどの強化を維持するとあらば、その負担は計り知れないと計算している。

ディアブロ戦の時のように、消耗しない戦い方をするだけでいい。そうすれば、ほどなくしてゼラヌスの勝利が確定するだろう。

その後でゆっくりと、ゼギオンの力の秘密を探ればいいのだ。

そう考えたゼラヌスは、慌てる事なく単調な攻撃を繰り返す。

ゼギオンもそれに淡々と対処して、それからしばらくは地味な攻防が繰り広げられた。

互いに油断なく、大技も繰り出さない。

千日手になりそうなほどに、それは機械的な攻防だった。

ゼラヌスは反省していた。

いきなり〝暗黒増殖喰《デヴァステイターウイルス》〟でゼギオンを喰おうとしたが、それは失態だった、と。

もっと弱らせてから、確実に仕留めるべきだったのだ。

もう二度とミスはしないとばかりに、ゼラヌスがゼギオンを追い詰めようとする。

だが、しかし。

ゼラヌスの銀の繊毛が流れ、ゼギオンを微塵切りにしようと迫った。しかしそれは、ゼギオンの新たな力である〝崩羽《クズハ》〟によって防がれる。

一対二枚の羽が神速振動する事で、あらゆる物質の分子結合を粉砕する。そしてそれは、指向性を持たせる事すら可能であり、影響圏内に入ったモノを斬り刻むのだ。

ゼラヌスの銀色の繊毛は、これに触れたのだ。もっとも、これで砕かれるほどゼラヌスの繊毛は弱くないので、ただ弾かれるに止まっていた。

しかしそれでも、ゼギオンがゼラヌスの攻撃を防いだのは事実だった。

ゼラヌスは一瞬だが、驚愕の表情を浮かべた。その隙を見逃すゼギオンではなく、追撃とばかりに拳を放ったのである。

無論、ゼラヌスが直撃を受けるはずもなく、余裕を持って回避している。軽くかすったが、その程度では究極の金属《ヒヒイロカネ》の外骨格に傷一つ付けられなかった。

「生意気な」

「笑止。下らぬ技でオレを倒そうとするなど、自分の寿命を縮める行為だと知るがいい」

「何を――」

そう問い返そうとしたゼラヌスは、脇腹に激痛を感じて飛び退いた。

「〝ヴェルドラ流闘殺法〟――『虚空拳《こくうけん》』――」

それが、ゼギオンの返答だ。

何をしたのかという、ゼラヌスに向けた答えだった。

拳に限界までエネルギーを圧縮させる事で、一撃必殺の威力を生み出す必殺技だ。たとえ回避されようと

も、かすっただけで致命傷となる——のが理想なのだと、ゼギオンは聞かされていた。

そんなものは実現不可能な妄想技なのだが、ゼギオンのように『時空間操作』が出来るのならば、それは夢物語ではなくなるのだ。

ゼギオンは身体の一部を接触させるだけで、エネルギーを伝達させられるようになっていた。拳に溜めた『虚無崩壊』の破壊エネルギーを、回避したつもりだったゼラヌスに叩き込んだのだった。

そして、それは波動となってゼラヌスの体内を駆け巡る。外骨格が究極の金属《ヒヒイロカネ》であろうとも、それは防げるものではなかった。被弾した脇腹を起点として、凄まじい激痛を伴う破壊エネルギーが荒れ狂ったのだ。

ゼラヌスは吼《ほ》えた。

怒りで目の前が真っ赤に染まる。

屈辱だった。

取るに足らないと思っていた息子相手に、自分が不覚を取ってしまったのだ。その信じ難い現実を前に、ゼラヌスはやり場のない激情に身を焼かれる事になったのである。

「戦場で感情的になるなど、未熟だな」

ゼギオンが淡々と告げる。

それは、立場が変わったという宣言に他ならない。

そこからは、ゼギオンの猛反撃が始まったのである。

明らかに、ゼギオンの力が増していた。

ゼギオンの全身が虹色に輝き、その身体を覆うほぼ全ての外骨格が究極の金属《ヒヒイロカネ》に進化した事を指し示している。

その拳の威力は、以前の比ではなく圧倒的だ。

空を裂き、地を砕く。

その速度はどんどんと加速し、アピトの『神速』すら軽く上回るほどに凄まじい。

それに対処しているゼラヌスも凄いのだが、ゼギオンの猛攻は神懸《かみがか》っていた。

その理由は、『虚無崩壊』のエネルギーを体内で循環させていたからだ。

ゼギオンの身体中を血潮の如く駆け巡るのは、一歩制御を誤ったならば世界を滅ぼしかねないほどに、危険極まりない力だった。

それが生み出す力は、恐怖そのものであった。

ゼラヌスの反応速度が追い付かなくなる。

少しずつ、少しずつ、拳が、蹴りが、ゼラヌスに当たり始めて……そしてある瞬間、均衡は一気に崩された。


ゼギオンが殴る。

ゼギオンが蹴る。

ゼギオンが折る。

ゼギオンが貫く。

ゼギオンが投げる。

ゼギオンが叩きつける。

反撃など許さない。

それはもう、一方的なまでの暴力である。

破壊の君主となったゼギオンが、その圧倒的な力を揮っていた……。

ゼラヌスの力は本物だった。

蟲魔王《むしまおう》として、永劫の時を君臨してきた。


それなのに、ゼギオンにはまるで及ばないのだ。

「バ、カな……」

ゼラヌスの理解も及んでいなかった。

自身の身に何が起きているのか、ゼラヌスの意識は混乱の極みの中にあり、把握出来なくなっていたのだ。

そして、ゼギオンが止まった。

「ゴパァ⁉」

ゼラヌスが蹲り、血反吐を吐いている。

そんなゼラヌスを、ゼギオンが冷たく見下ろした。

親だからトドメを躊躇ったなどと、そんな甘さなどゼギオンにはない。

アピトを守りながらこの基軸世界に逃げ込んで来たのも、ゼラヌスがゼギオン達を、使い捨ての駒のように扱ったからだった。

復讐する気などなかったが、このような状況になった以上、それは運命だったのだ。

ここまでゼラヌスを痛めつけても、それは致命傷ではない。時を置けば復活する。ゼギオンはそれを理解しているので、トドメを刺すべく全力解放しようとした。

渾身の力を込めて、あらゆる存在を無に帰す力――〝幻想次元波動嵐《ディメンションストーム》〟を放とうとしたのだ。

今のゼラヌスには、それを止める力はなかった。

「……待テ」

全身の外骨格が砕かれ、裂かれ、手足は千切られたゼラヌスが、力を振り絞るようにしてその言葉を口にした。

それを聞いても、ゼギオンは動じない。

「命乞いなら、ムダだ」

「違ウ……息子よ、お前の勝チだ。認めヨウ、そして……コレを託ス……」

ゼラヌスがゼギオンに託そうとしたのは、己の全てとも言える『生命之王《セフィロト》』だった。眷属の力を我が物と出来るのだから、その逆も可能なのだ。ただしそれは、己の死、滅亡する瞬間だけに限られる。ゼラヌスにとっては、今。敗北を認めた今こそが、王たる権能を譲渡すべきタイミングだったのだ。

それは、新たな創世神への戴冠式のようで――


「下らん。オレのこの身は、神たるリムル様に捧げているのだ。王を継ぐ気などないし、お前の野望はここで潰《つい》えるのみ」

あくまでも無関心に、ゼギオンが応じた。

しかし、ゼラヌスは嬉しそうに笑ったのだ。

「構わヌ。好きに生きルがイイ……息子よ……ワレは満足だ。我が宿願たる〝親超え〟は叶わなかっタが……子が、ワレを超えたのだから……願いは、成就――」

それが、蟲魔王《むしまおう》ゼラヌスの最期の言葉だった。

権能の力で生命活動を維持していたゼラヌスは、自身の手で〝呪い〟を断ち切るように、宿願の継承を終わらせたのである。

「――愚かな。父上、どうか安らかに」

死ねば全ての罪が赦される訳ではないが、ゼギオンはゼラヌスを許した。

アピトもまた、ゼギオンの隣に並んで黙祷を捧げる。

父と子の宿業の連鎖は、こうして綺麗に断ち切られたのだった。

〝管制室〟では、皆が絶句していた。

目覚めたゲルドも唖然としているし、ガビルなどは口が開いたままだ。

ゴブタは能天気に応援していたのだが、途中から「ヤバイっすよ」しか口にしなくなっている。

ランガは、尻尾を丸めて縮こまっていた。

それほどまでに、衝撃的な光景だったのだ。

何しろ、あの絶望の化身の如き蟲魔王《むしまおう》ゼラヌスが……。

「……ゼギオンが怖いんですけど？」

ラミリスがポツリと呟くと、横でベニマルが大きく頷いている。

（アイツは何なんだ？　あの〝力〟を使ったはずなのに、どうして平然としてられるんだ⁉）

と、本気で驚愕していた。

あれほど力を引き出したならば、自分なら耐えられなかったはずだ——と、ベニマルは察していた。

ゼギオンの戦闘能力が抜きん出ているのは周知の事実だが、それだけでは説明がつかないほど、今の戦いは現実離れしたものだったのだ。

そもそも、蟲魔王《むしまおう》ゼラヌスに勝てたのが奇跡だ。そのはずなのに、余りにも一方的で圧倒的な勝利だっただけに、それは必然だったようにしか見えないのである。

「ベニマルだったら、アイツに勝てた？」

「それ、聞きます？」

聞くまでもないでしょと、ベニマルは言葉を濁した。

ラミリスのようにお飾りの総司令官ではなく、リムルからテンペストの軍事を任される本物の総司令官としては、簡単に負けを認めたくないという気持ちがあったのだ。

それにしても——

「少なくとも、今のゼギオンには勝てる気がしませんね」

そう本音を吐露するベニマルだった。

ちなみに、存在値を測定中だったオペレーターが、言葉を発せられなくなるほど驚愕して口をパクパクさせていたのだが、誰もその事には気付かなかったのだ。

名前：ゼギオン［EP：6888万9143］
種族：蟲神《コガミ》。最上位聖魔霊──幻霊蟲《げんれいじゅ》
加護：リムルの加護
称号："幽幻王《ミストロード》"
魔法：〈水霊魔法〉
能力：究極能力《アルティメットスキル》『幻想之王《メフィスト》』
『思考加速・万能感知・魔王覇気・水雷支配・時空間支配・多次元結界・森羅万象・精神支配・幻想世界・生命支配《セフィロト》』
耐性：物理攻撃無効、状態異常無効、精神攻撃無効、自然影響無効、聖魔攻撃耐性

ディーノ一行も、その結果に茫然となっていた。

「痛い──って、どうして俺のホッペを抓《つね》るんだよ!?」

「あっ、夢じゃないんだ」

「ああ。アタイも悪夢なんじゃないかと疑ってたんだが、どうやら現実だったみたいだぜ」

「いや、聞けよ！　俺が痛いんだよ!!」

ピコがディーノの頬を抓り、目の前の光景が夢か現実なのか判断したのだ。

その判定方法に苦情を入れたのは、抓られて痛い思いをしたディーノ本人だけであった。

「遊んでないで、何が起きたのか説明してくれる？」

マイがディーノに聞いた。

何か凄い事があったのは理解出来たのだが、詳細はまるでわからなかったからだ。

あの蟲魔王《むしまおう》ゼラヌスが地に伏しているのを見た時は、我が目を疑ったマイである。何がどうなったら、そんな事態になるのやら。ゼギオンが恐ろしい戦士なのは確かなのだが、それでも埋められないほどに隔絶した差があったはずであった。

「えっと、それね……」

実は、ディーノもよくわかっていない。

ゼギオンが急激に力を増した理由に、思い当たるものがなかったのだ。

（武器のお陰……って、そんな訳ねーよな。となると、やっぱりアイツが何かした、としか思えないんだよな……）

困った時は、リムルのせい。

これで何とか説明はつくのだ。

そんなふうに思える時点で、あのスライムがどれだけおかしな存在なのか理解出来るというものだった。

それを証明するように、ディアブロが恍惚とした表情を浮かべて言う。

「ああ、やはりリムル様は素晴らしい!!　ゼギオンと出会った瞬間から、こうなる事を見通しておられたのですね!!」

などと言っているが、それはディーノが聞いても意味不明な発言だった。

聞き返すべきか止めるべきか、それが問題だった。

この〝リムル様絶賛モード〟に入ったディアブロは、語り出したら止まらないのだ。

だが、何か知っている様子。

それが気になるディーノなのである。

「あのう、俺にも説明してくれない？」

思い切ってそう質問したディーノだが、ディアブロの反応は冷たいものだった。

「は？　バカめ。どうして貴様などと、この興奮を分かち合わねばならないのです？」

真顔でそう答え、ディーノを絶句させたのだ。

ディアブロとしては、その〝力〟の秘密を漏出させたくない、という本音があったのだ。

………

……

…

何しろそれは、リムルの『虚無崩壊』のエネルギーだった。

リムルと〝魂の回廊〟で繋がっていて、尚且つ〝扉〟を開けたもののみが、その力を借り受ける権利を有する。しかし、一歩でも誤ると身を滅ぼしかねない恐ろしい力なので、リムル不在の今、軽々しく力を引き出すのは自殺行為なのだ。

ゼギオンが自身の肉体に『虚無崩壊』のエネルギーを循環させたのを見て、正気を疑ったディアブロである。しかし同時に生じた疑問は、『どうしてゼギオンは無事なのか？』というものだった。

そんな真似をすれば、一瞬で自滅するはずだからだ。

そうなっていない原因は何か？

そう考えた時、ディアブロに思い当たる答えは一つだった。

それは、〝ゼギオンの身体の何割かが、リムルの細胞で構成されているという事実〟であった。

ディアブロは、こうした事態を見据えていたからこそ、リムルはゼギオンに自身の細胞を与えていたのだろう、と考えたのである。

そう理解すれば、全ての辻褄が合った。

残るは、リムルを称賛するだけの簡単なお仕事だったのだ。

勿論、リムルはそんな事まで見通していないし、何も考えずにゼギオンを救っただけだった。

そんな事を言い出すなら、アピトの肉体にだってリムルの細胞が使われているのである。そちらは考慮せずに都合のいい想像で整合性を取っているあたり、ディアブロもかなりいい加減だ。

ことリムルが絡む案件に限り、ディアブロの目は曇りまくるようになっているのだった。

ただし、この推測は一部当たっている。

この点がミソで、完全に的外れではないというのが、ディアブロが妄信してしまう原因になっていた。

実際、ゼギオンが無事だったのは、リムル細胞ともスライム細胞とも呼ばれる万能細胞が、『虚無崩壊』のエネルギーに耐えて変化したからであった。

ゼギオンもディアブロ同様にリムルを過信していたので、リムルから与えられた身体なら期待に応えてくれると確信していたのである。

そこに一切の根拠はなかった。

ゼギオンが無事だったのは、単に運が良かったからなのだ。

しかし、〝結果が全て〟なのも真理であり、ディアブロが口を閉ざした時点でこの件は闇に葬られる事になるのだった。


………

……

…


そうとは知らぬディーノは、断られてショックを受けていた。

〝リムル自慢〟というディアブロからのウザ絡みを覚悟していたのに、冷めきった反応をされてしまった。

「酷くない？」

そう嘆くディーノだが、ピコとガラシャの反応は芳しくない。

「うーん……」

「ディアブロなら、まあ……」

「殴られなかっただけマシ？」

「だよな。アハハ」

せっかく慰めてもらおうとしたのに、あえなく失敗するディーノだった。

そんなふうに憐れなディーノを見て、マイが大きく溜息を吐いたのである。

●

迷宮内には、弛緩した空気が漂い始める。

蟲魔王《むしまおう》ゼラヌスという絶望に打ち克った今、もう安全だろうという気の緩みが生じたからだ。

しかし、危機はまだ終わっていなかった。

迷宮内にはまだ、悪徳の権化のような男が生き延びていたのである。

「クソが……舐めやがって……この俺様をコケにしやがって……クソがァ――ッ!!」

半死半生といった様子のヴェガが、迷宮の天井壁に張り付いていた。

この世の全てを呪っているかのように、文句を呟いている。

それは、自分を貶める者達への呪詛なのだ。

そんなヴェガだが、悪運だけは強かった。

ゼギオンにトドメを刺されそうになった時も、ゼラヌスが介入して事なきを得ている。そして今も、体力の回復に努めながら、虎視眈々とチャンスを窺っていたのだ。

ヴェガは密やかに、究極能力《アルティメットスキル》『邪龍之王《アジ・ダハーカ》』の権能を行使している。迷宮内に根を張り巡らせて、その力をどんどんと吸収していたのだ。

ヴェガがいた階層はラミリスが隔離していたのだが、ゼラヌスの登場によって下層と繋がってしまっていた。そこから外に出る事で、ヴェガは迷宮本体に喰らいつけたのだった。

この異状は直ぐに察せられるはずだったが、ここでもヴェガの強運が作用する。迷宮内の監視がゼラヌスという脅威的存在への対処に集中してしまい、その他の警戒が薄れてしまったのだ。

それだけゼラヌスが脅威だったのだから、これはラミリス達を責められない。

しかしその結果、ヴェガは九死に一生を得ていたのだった。

というか、何度も何度も九死に一生を得ているのだから、ヴェガの悪運は本物だと言えそうだ。

そして今も、ヴェガの眼下にこれ以上にないエサが転がっていた。

それは、ゼギオンに倒された蟲魔王《ゼラヌス》の亡骸《なきがら》だ。

しかも――今の状況、誰もヴェガの存在どころか、生存している事にすら気付いていなかった。

死にかけたせいか、ヴェガの気配は希薄になっていた。それに加えてゼギオンが凄まじいエネルギーを放射した事で、その階層の状態が不安定になっていたのである。

魔素は乱れ、『魔力感知』だけでは認識力に不足が出ている。

そうした状況だったのも、ヴェガにとっては幸運だったのだ。

ゼギオンとアピトが闘技場から去り、中央にはエサだけが残された。

これは罠か？　――と、らしくもなく警戒するヴェガだったが、そんなの関係ねーと割り切った。

力さえ得れば――あのゼラヌスの圧倒的な力さえ手に入れられれば、ゼギオンだろうが敵ではない、と。

何しろ、今のゼギオンは疲労困憊という様子なのだ。ゼラヌスを相手に過剰な力を揮った反動か、その動きは精彩を欠くものとなっていた。

であるからこそ、迷っている場合ではなかった。

今この瞬間こそが、ヴェガにとって最大のチャンスだったのだ。

「暴れろや、『邪龍獣』ども‼」

ヴェガはそう叫び、同時に生産可能な最大数であった四体の『邪龍獣』を生み出した。そして、好き勝手に暴れるように命じる。

そこにディーノ達もいたのだが、ヴェガからすれば裏切り者も同然だ。弱ったゼギオンに攻撃を仕掛けるでもなく、仲良さそうに和気藹々《わきあいあい》として見えた。

（ま、テメーらも俺様が喰ってやるから、恨むんじゃねーぞ）

どこまでも自己にとって都合のいい事を考えながら、ヴェガは成り行きを見守った。すると、本日の最大の幸運が、ヴェガに微笑んだのだ。

ヴェガにとって都合がいいように、事態が動いた。

一体は、愚かにもディアブロに向かって、一瞬にして消滅させられた。

一体は勝手に何処かに向かい、その階層から去って行った。

そして残る二体が、その階層で暴れ始めたのだ。

その混乱を見逃すヴェガではなかった。というよりも、形振り構わず、後先も考えずに、一直線にゼラヌスを目指した。

そしてヴェガは――

「〝虚喰無限獄《インフィニットイーター》〟‼」

――ゼラヌスの死骸を喰らう事に成功した。

悪意が、牙を剥く。

第四章

妄執の彼方

Regarding Reincarnated to Slime

ディアブロがヴェガの存在に気付いたのは、既に事態が急変した後だった。

「暴れろや『邪龍獣』ども!!」

そう叫びながら、ヴェガが襲いかかってきたのである。

当たり前だが、ディアブロは即座に反応した。ヴェガを迎え撃つべく、一瞬で戦闘態勢を取っている。

ゼギオンも同様だ。どれだけダメージがあろうと戦えるのが、ゼギオンなのである。

ただし、ゼギオンはゼラヌスから譲り受けた権能を我が物としておらず、現在進行形で統合中だった。ヴェガも予想していたが、本調子ではないどころか、いつ眠りに陥っても不思議ではないほど、絶不調だったのだ。

それ以前に、『虚無崩壊』を使用した反動も強烈なものので、どうして立っていられるのか謎である。そうと悟らせないのが、ゼギオンの凄さなのだった。

ディーノ達も遅れて反応するが、こちらは『邪龍獣』二体を相手に悪戦苦闘中だった。どう見ても、ヴェガにまで手が回りそうもない。

完全に気が抜けていた——というか、ヴェガは一応仲間だったので、自分達が狙われるとは思っていなかったのだ。

人は——それを油断と言う。

「スマンな。ゼギオンに武器をあげちゃったから、俺は戦えないわ」

笑顔でそんな事を言い出したディーノだったが、そんな言い訳が通用するはずもない。

「舐めるな、バカ!」

「さっさと本気出せ。そしたら許してあげる」

ガラシャ達から容赦なく突っ込まれて終わっていた。

そちらは放置していても構わないと、ディアブロは即座に見て取った。そして、本命と対峙する。

「ゼギオン、コイツは譲ってもらいますよ」

と、ディアブロが不敵に嗤いながら提案した。

提案というか、それは決定事項だ。

ゼギオンには、ここでディアブロの提案を蹴る意味などない。素直に頷き、アピトに支えられながら後ろに下がった。

ディアブロの前に、目が赤く染まったヴェガが降り立つ。

叫ぶ必要もないのに大声を出したのは、ディアブロ達の注意を自分に向ける為だった。そしてその隙に、ゼラヌスの死骸を喰らう事に成功したのである。

ヴェガが調子に乗るのは当然の流れだった。

「ぎゃははは！　スゲエ、こいつは凄え力だぜィ‼」

嬉しそうにヴェガが叫ぶ。

ゼギオンに殺されかけて、ゼラヌスの介入によって九死に一生を得た。そのまま諦めればいいのに、ヴェガはそうせずチャンスを窺っていたのだ。

今がまさに、その時だった。

ゼギオンをも圧倒したゼラヌスの力も、いまやヴェガのモノなのだ。自分の力が数倍に跳ね上がったような気がするほど、それは超絶的だった。

「ディアブロっつったか？　俺様の手下になると誓うなら、テメーは生かしてやんぜ？」

ヴェガの感覚では、ゼギオンは警戒すべきヤバイ相手だ。疲弊している今こそが殺すチャンスであり、その力まで奪える絶好のタイミングなのである。

だから、ディアブロに邪魔されたくなかったのだ。

ディアブロが『邪龍獣』を瞬殺したのを見て、そこそこやると気付いている。しかし、ゼラヌスを相手に苦戦している様子も目撃しているので、今のヴェガなら勝てると踏んでいた。

ゼギオンまで喰えば、必勝確定である。

なので、ここは言葉巧みに騙す気満々で、そう話を持ちかけたのだ。

しかしながら、それが通用するハズもない。

「――は？」

何を言われたのか理解に苦しむといった表情で、ディアブロが問い返した。

「まさかお前、この私を下に見ているのですか？」

そんなはずはないだろうと、ディアブロは信じ難い思いだ。

ヴェガのような小物から格下認定されるなど、誇り《プライド》が傷付くどころの話ではなかった。

許されざる暴挙である。

ディアブロにとって、リムルに向けた暴言も禁句だが、自分が舐められる言動も大嫌いなのだ。

ヴェガは自覚なく、ディアブロの地雷を踏み抜いていた。

そして更に――

「ああ、そうさ。悪い話じゃねーだろ？　あの舐めたスライム野郎だって、今頃はフェルドウェイに殺されちまっただろ――おぶぅ⁉」

この瞬間、ヴェガの運命は決まったようなものだった。

何が起きたのか理解も出来ないほどの一瞬で、殴り倒されてしまっていた。

痛みよりも、驚きが先に出るヴェガ。

「ガハァ⁉　ブベェ、テ、テメエ、何しやがった⁉」

「何、だと？　お前こそ、何を舐めた事を口にしているのです？」

ゼラヌスに向けたのと同じ、底なしの闇がヴェガを包み込もうとしていた。

それは、深淵《しんえん》より来る《きた》〝虚無〟の力だ。

ディアブロもゼギオン同様――いや、それ以上に、自由自在に〝扉〟を開けられるようになっていたのだった。

故に、数字などでは測れないのである。

「ひゅっ⁉」

ヴェガは本能的に、恐怖を悟る。

ディアブロがヤバイ相手なのだと、ようやく認識したのだ。

殴られた頬に、我慢出来ないほどの苦痛が生じていた。

痛覚などとっくになくなっているはずなのに、それはまるで〝魂〟に直接働きかけているような〝激痛〟なのだ。

「覚悟はいいですか？」

「ま、待て！」

恥も外聞も関係なく、ヴェガは今更交渉しようとするが、それはもう手遅れというもので……残された道は、あってないようなものだった。

「いいえ、待ちませんよ」

ディアブロの返事を聞いて、ヴェガは錯乱する。

（し、死ぬ？　俺が？　嫌だ。そんなの、絶対にイヤだぁ――っ!!）

恐怖の余り、ヴェガは全ての権能を暴走させた。

ディアブロを倒せなくてもいい。逃れる手段は何かないかと、死に物狂いで力を解き放ったのだ。

その結果、予想もしなかった事態に陥る事になった。

＊

ヴェガの迷宮同調が加速した。

ヴェガの権能は、大地に根を張り巡らせる事で、栄養を補給するというものだ。迷宮への侵蝕を実行している事からもわかる通り、それは死骸だけに止まらずあらゆるものを栄養素としていた。

先程まではラミリスが隔離していたから、ヴェガの不死性は発揮されていないも同然だった。

しかし、今は違う。

迷宮本体から、無尽蔵にエネルギーが補給されていた。その上、ゼラヌスという最高のエサまでその身に取り込んだのである。

かつてないほどに、力が満ちるのを感じていた。

それなのに、ディアブロには通じなかった。

生半可な力では駄目だと、ヴェガは限界を超えて力を取り込んでいく。

どんどん迷宮から力を吸い込み、己を肥大化させていく……。

それでもヴェガは満足しない。

（まだだ、まだ足りねーんだ！　この化け物と戦うには、こんなもんじゃ力が足りねーぞ!!　この迷宮を奪うだけじゃなく、下層に隠れている者共《エサ》も喰らって——）

と、果てしなく欲望を肥大化させていた。

それは自殺行為に等しかった。

制御出来ない力は、身を滅ぼすものなのだ。

それなのにヴェガは、もっと力が欲しいという強迫観念に囚われていた。

それはまるで、恐怖から逃れようとするかの如く。

この迷宮には、化け物がうじゃうじゃいた。

ヴェガを圧倒したゼギオンだけでなく、このディアブロという悪魔だって話にならないほど危険だった。

何しろヴェガの『邪龍獣』が一体、ディアブロの爪鋏刃《シザーズ》で完膚なきまでに切り刻まれて、その場での再生も敵わずに消滅したのだ。

ヴェガ自身の目で目撃したので、間違いない。

今の『邪龍獣』は、ヒナタ達と戦った時よりも強いのだ。たった四体だけなのもその為で、雑魚を何体生み出しても意味がないと考えたからである。

ヴェガも学習していた証拠なのだが、ディアブロが相手では意味がなかった。

二体の『邪龍獣』がゼギオンを狙っているが、こちらも期待出来ないはずだ。あの蟲魔王《むしまおう》ゼラヌスを倒せるような化け物なのだから、どれだけ弱っていようとも倒せるとは思えなかったのだ。

だからヴェガは、何かに追い立てられるように焦っていた。どんどんどんどん力を取り込んで、ディアブロやゼギオンを上回ろうと考えていたのだった。

その結果、ヴェガは迷宮への侵蝕を加速させていく。望むがままに迷宮と同化して、迷宮の権能を掌握していったのだ。

しかしながら、そんな真似をして無事で済むはずがなかった。ヴェガの意識は混濁し、大きなエネルギー反応をエサとして認識するだけの、暴走状態に陥ってしまったのである。

一言で言えば、理性が吹き飛んでいた。

「喰ってやる。テメーも喰って、この俺様が最強なのだと証明してやんぜ!!」

口から涎《よだれ》を垂らしながら、ヴェガが狂気に染まった表情で叫んだ。

その恫喝は、恐怖の裏返しだ。

ディアブロは、そんなヴェガを見て溜息を吐いた。

(やれやれ。ここまで力が肥大化してしまえば、言うまでもなく脅威なのでしょうが……)

実につまらない相手だな、と感じたのだ。

テスタロッサが逃がしてしまっただけあって、ヴェガの権能は厄介だ。現に、迷宮に根を張ってしまっているので、このまま倒すだけでは復活してしまう。

エネルギーも迷宮から補給し続けるだろうから、ほぼ不死に近い存在になってしまっていた。

しかも最悪なのが、ゼラヌスの遺体を喰われてしまった事だ。

これは失態だったと、ディアブロも認めている。

何しろ、〝全てのモノを喰らう〟ヴェガの特性と、ゼラヌスの〝暗黒増殖喰《デヴァステイターウイルス》〟――意思ある極小の暗黒細胞を操る権能が、とてつもなく相性がいいと見抜いていたからだった。

ゼラヌスの暗黒細胞は、厳密に言えば細胞ではないし、生命体でもない。そう見えるだけなのだが、ヴェガが取り込んだ事で、その性質もより厄介なものへと変化しているだろう。

幸いなのは、ヴェガ自身がその事実に気付いていない点だった。

馬鹿でよかったと言うべきか……いや、ディアブロからすれば、戦い甲斐のないつまらない相手だと感じてしまうのだ。

信念もなく、覚悟もなく、自身の欲望を制御する事さえ出来ないような、未熟な愚者。感情の高ぶりを感じる事もない相手であり、そこに美学はない。

無感情に見えた蟲魔王《むしまおう》ゼラヌスでさえ、ヴェガに比べれば〝熱い魂〟を宿していた。

(こんな事なら、ゼギオンに譲ったりするのではありませんでした)

と、少しばかり後悔するディアブロである。

ともかく、このままでは由々しき事態になる。

ヴェガの隔離を怠ったのはラミリス達なのだが、それを見通せなかったのはディアブロの落ち度だ。ゼラヌスという脅威で集中力が乱されたなど、言い訳にもならない戯言《たわごと》であると思っていた。

だからディアブロは、責任を持ってヴェガを始末しようと決意していた。

「〝管制室〞、状況は把握していますね？」

『勿論だ。ああ、ラミリス様は返事が出来るような状態ではないから、ここからは俺が対応する』

「了解です。では、一匹逃げたヤツがいますが、そちらはお任せしても宜しいですか？」

『最優先で、迷宮内の構造を変化させてもらった。百階層、本来ならヴェルドラ様が待つはずだった大広間に、四大竜王とハクロウが待機している。倒せるかは疑問だが、時間稼ぎにはなるはずだ』

ベニマルの言うように、別働している『邪龍獣』など無理して倒す必要はないのだ。本体を殺してしまえば、後は簡単に処理出来るだろうから。

迷宮内では復活可能なのだから、四大竜王だけでも十分というものだ。ましてハクロウもいるのなら、そちらは任せても問題なさそうだった。

「クフフフフ。流石はベニマル殿ですね、余計なお世話だったようです」

『いや、助言感謝する。それでは、無茶はするなよ』

「御冗談を」

その言葉にて、ディアブロとベニマルの会話は終了した。

ディアブロはヴェガを見据えて、どう処理すべきか思案するのだった。

●

ディアブロとベニマルの会話からもわかる通り、混乱の極みにあるのが〝管制室〞だ。

主にラミリスが、目を白黒させてテンパっている。

「あばばばば、ヤバイのよさ！」

アタシの迷宮が食べられる——と、さっきから大騒ぎしていた。

騒ぐだけで何も対処出来ない様子だったので、ベニマルの指示で迷宮内の各種防衛機構が実行に移された。

こういう時の為にマニュアル化させていたのだが、それが役に立ったという訳だ。

「こうなると、リムル様の偉大さを再確認させられるな」

と、ベニマルが唸る。

「そうですね……ちょっと大袈裟かなと思う事もあったのですが、リムル様の不在時に私達がこの体たらくでは、猛省するしかなさそうです……」

そう言って、シュナも項垂《うなだ》れていた。

リムルは常に、最悪の事態を想定して行動していた。考え過ぎな場合がほとんどなのだが、それで困った事はない。

『常に最悪な状況を想定しておけば、いざという時に慌てずに済むだろ？』

というのが口癖で、過剰なまでに防衛戦力を育てていたのも、それが理由だったのだ。

それだけしていても、今の状況である。

全てが足りていなかったと、自分達の見通しの甘さを突き付けられているようで、ベニマルも己の未熟さを反省するしかなかった。

「落ち着いて下さい、ラミリス様。私も協力しますので、先ずは侵蝕されている階層の隔離から行いましょう」

バタバタと飛び回るだけのラミリスを落ち着かせようと、トレイニーが話しかけていた。

早く立ち直ってもらわねば困るので、ベニマルとしてもトレイニーを応援する。

「そうですとも。自分の出来る事を確実にやるようにと、リムル様も常に口にしていました。ラミリス様、ワレも手伝いますので、先ずは安全策から」

無茶をする必要はないのです——と、ベレッタも追従する。

その通りだなと、ベニマルは己の心にも言い聞かせた。

リムルの言葉を聞けば、それだけで落ち着けるのだ。

それが、上に立つ者の資質なのだなと、ベニマルは大いに納得していた。

「そ、その通りなのよさ！　アタシは、ど、動揺なんてしていなかったですけど、皆がそう言うなら手伝わせてあげるのよさ！」

混乱している時ほど、何かする事があれば落ち着くものだ。

それが普段から行っている作業であればあるほど、効果も高くなるものなのである。

ヴェガに自分の権能を奪われそうになって慌てていたラミリスも、ようやく立ち直る兆しを見せていた。

反撃はここからだ——と、ベニマルも闘志を燃やすのであった。

では、何から始めるのかと言えば、基本に則って現状確認である。

先ず、安全圏の確保。

一番厳重なのが、ここ〝管制室〟だった。

ベニマルにとっての最大の懸念事項である奥さん方も、ここに隣接する控室に避難してもらっていた。

戦況を見せるのは胎教にも悪いだろうからと、心穏やかに過ごしてもらいたいという配慮であった。

この控室には子供達も一緒に逃げ込んでいるので、モミジやアルビスも安心出来るだろう。遊び道具も置いてあるので、退屈もしないで済むはずだった。

後で子供扱いするなと怒られるかも知れないが、それはそれ。

そんな訳で、私事ながらベニマルの不安は解消されている。

続いて、リムルが大事にしているテンペストの街だが、こちらも最終防衛ラインを突破されない限り、ヴェガの侵入を許す事はなかった。

ヴェルドラの大広間からしか入れないように、他の出口は全て封鎖済みなのである。

現在、主力となる階層守護者《ガーディアン》達まで防衛に駆り出していた。であるからこそ、階層ごとの防衛戦力はゼロに等しく、ヴェガが放った『邪龍獣』の侵攻を止められるものではない。故にベニマルは、ディアブロに説明したように残存戦力を一点集中させて対応する構えなのである。

ただし、それで『邪龍獣』に対抗出来るのかどうか、それは未知数であった。

特に、ハクロウが心配だ。

孫を守るのだと張り切ってしまって、ベニマルが止めるのも聞かずに出て行ってしまったのである。

戦力的には助かるのも事実だが、ヴェガの『邪龍獣』は油断出来るような相手ではないし、剣技で倒せるのかというのも疑問符だった。

侵蝕された迷宮と繋がっていれば、何度も再生されてしまうだろう。それを倒すには、先ずは迷宮と分離させる必要があるのである。

つまり、ラミリスの働きに全てがかかっていた。

ラミリスは先程までの失態を取り戻すかのように、今は全力で迷宮の機能修復とヴェガの隔離に向けて動いている。トレイニーが様々な補助をして、ベレッタが演算関係を手伝っているようだ。

任せておけば安心——というより、見守るしかないのが現状なのだった。

ベニマルは、リムルの言葉を思い出す。

『最悪の状況を想像したら、それをどうすれば阻止出来るのか考えるんだよ。これが欠けたら成立しないという点を探し出して、そこを攻めるのさ。そうすれば、〝最悪〟は最悪ではなくなるからな』

そしてそれを繰り返す事で、事態の安定化を図るのだと言っていた。

それを踏まえて、今回の危機について考える。

（最悪なのは、ヴェガに迷宮を完全に奪われてしまう事だな。それさえ防げれば、立て直しは余裕だ）

ベニマルが出した結論としては、それであった。

ここでヴェガに逃げられたら面倒ではあるが、それはまだ何とかなる。時間を稼ぐ事は出来る訳で、次回に遭遇するまでに対策を考えるなりすればいい。

迷宮を失いさえしなければ——もっと厳密に言えば、仲間や街の人々さえ無事ならば、再起は可能なのだった。

そうと見定めたベニマルは、『ならば問題ないな』と不敵な笑みを浮かべた。

「べ、ベニマルちゃん？　副司令官のくせして、余裕みたいじゃないのよさ？」

「ええ、そうですね。総司令官殿。考えてみれば、簡単な話じゃないですか」

「え？」

「ヴェガが侵蝕した箇所は、全て廃棄すればいい」

「えっと、え？」

「迷宮が大変な事になるのは確かですが、また再建すればいいだけです。ゼロからここまで創れたのですし、次はもっと上手く出来るんじゃないですか？」

「いや、それはそうだけど……」

「だったら、迷っている場合じゃありませんよ。住民の避難は完了していますし、可能な限りの魔物達も隔離済みです。頑張って作った施設が勿体ないのは理解しますが、『損切りが大事だ』とリムル様も言ってましたからね」

「そ、それはまあ、その通りなのよさ」

堂々たるベニマルの発言に、ラミリスもコクリと頷いた。

「本体から切り離してしまえば、あの『邪龍獣』も再生能力を失うでしょうしね。ディアブロ達が戦っている階層を主軸に、ヴェガが根を張っている全区域を隔離してしまいましょう」

力強くそう言われると、そんなものかもと思い始めるラミリスである。

単純な性格をしているので、やる事が明確になると後は速かった。

迷宮の立て直しなど、全ての業務を凍結。安全な階層を分析して、疑わしき階層全てを選別、隔離していったのだ。

ゼギオンの支配領域だった七十一～八十階層も、クマラの支配領域だった八十一～九十階層も、アダルマンが帝国兵達と一緒に城を再建中だった六十一～七十階層まで。ラミリスは全て切り離す事にした。

アダルマンが一番悲しむだろうが、人的被害さえなければ失ったものは取り戻せるのである。

「アタシは何で慌ててたワケ？」

「さあ、それは知りませんけど、アダルマンへの説明はお願いしますね」

「ちょっと⁉　アタシはアンタに言われて――」

「何を言っているんですか、ラミリス様。貴方は今、総司令官なんでしょ？　全責任を負うのが筋ってものじゃないですか！」

実にイイ笑顔で、ベニマルがそう答えた。

それは正論であり、ぐうの音も出ないラミリスである。

しかし明らかに、ラミリスの表情は明るくなっていた。

その事に安堵するトレイニーとベレッタだ。

「大丈夫ですわ。私も一緒に、アダルマン殿に説明致しますから！」

「そうですとも。きっと納得して下さいます」

「ベニマルと違って、アンタ達こそアタシの味方なのよさ！」

大袈裟に感動したフリなどをしつつ、ラミリスはチラチラとベニマルを見た。

ベニマルは苦笑する。

「わかりましたよ。俺も一緒に謝りますんで、仲間外れは止めてください」

「フフッ、そういう事なら仕方ないわね！　それじゃあベニマルちゃんとも仲直り完了って事で、さっさとお仕事を終わらせるわよ‼」

ラミリスが元気になってよかったと、一同は胸をなでおろした。

そして、ヴェガとの決着をつけるべく、再び戦場へと集中するのだった。

●

ヴェガの『邪龍獣』二体を相手に、ディーノ達は苦戦していた。

特にディーノは必死だ。

素手なので、何も出来ずに逃げ回りながら、必死になって助けを求めている。

しかし、皆が無視していた。

「いや、あのね？　俺はアピトとかベレッタとか、皆からイジメられてね？」

それでもめげずに訴えるディーノだったが、甘えは許されなかった。

「知るか、ボケ！」

「それって、ディーノの自業自得だよね。いつまでも怠惰に生きているから、そんな目に遭うんだよ」

「ピコの言う通りだ。貴様が最初っから本気を出していたならば、今のように無手で逃げ惑うような無様な姿も晒さずに済んだのではないか？」

反応するだけ優しいのかもと思うには、辛辣な言葉だった。

「それはどうだろう？　俺だって、かなり本気だったぞ。少なくとも、痛みには全力で抵抗した！」

痛覚無効の精神生命体の癖して、痛みに抵抗しなければならないのかと、ピコとガラシャはアホの子を見るような目でディーノを見る。

「な、何だよ、二人して。俺にだって、色々と事情があってだな――」

更に言い訳を重ねようとしたディーノだったが、その言い分は的確に潰されて、参戦を余儀なくされてしまった。

「ちくしょうが！　ヴェガの野郎、友達だと思っていたのによ!!」

「嘘つけ」

「あからさま過ぎて、引くわ」

ピコ、ガラシャがいつものようにディーノをまぜっかえした。

「よくそんなふうに、口から出まかせを言えますね」

こんなやり取りに慣れたのか、遂にはマイまで参戦する始末だ。

ここでようやく、ディーノも折れる。

「しゃーない。俺だって本気を出すとしますか」

ディーノはそう言って、諦めたように天を仰いだ。

次の瞬間、表情を引き締めて叫ぶ。

「〝神霊武装〟――発現！」

ディーノは久々に、真の姿を晒した。

〝勇者〟クロエの〝神霊武装〟と同様に、ディーノ達の装備だって神話級《ゴッズ》に至っているのである。普段はその本質を隠していたのだが、この瞬間、全ての性能が解放されたのだ。

更にディーノは、自身を生体神格化《アポテオーシス》させていく。

生体神格化《アポテオーシス》とは、肉体に神の権限を宿す荒業である。ディーノ、ピコ、ガラシャの三名は、地上で活動する上で肉体に制限を設けていた。これを解除するのは初めてなので、ディーノにもどうなるのか未知数だ。それでも、それを行うべきだとディーノは判断したのだった。

ディーノの最強戦闘形態が露わになる。

その姿は、六対十二枚の白と黒の輝く翼を持つ、光輝《こうき》なるものだった。

漆黒の司祭服のような霊装で身を固め、手には召喚された二本の剣を持っていた。

黄金の剣《エクスカリバー》と、闇銀の剣《カリバーン》。

当然ながら神話級《ゴッズ》の神器にして、星の核《スターハート》を鍛え上げた最強の一角であった。

白と黒の、聖剣と魔剣。

輝くような黄金のエクスカリバーと、漆黒の刀身に星をちりばめたようなカリバーン。

その対極に位置する剣を巧みに操る双剣士、それがディーノの本当の姿なのだ。〝崩牙《ホウガ》〟を扱うのは仮初のスタイルであり、ラミリスが『ディーノは本気じゃない』と悟った理由であった。

もしもディーノが双剣を出していたら、その技量《レベル》はアルベルトやグラソードをも凌ぐのだ。

この世界における最強の剣士、それがディーノなのであった。

そんなディーノを見て、ゼギオンが感心したように話しかける。

「オレが刻んだ〝夢の終わり《ドリームエンド》〟の刻印《ノロイ》も破ったようだな。さもありなん。やはり、オレの目に狂いはなかったようだ」

ゼギオンはディーノを認めていた。ディーノを完全に支配出来なかった時点で、ある程度は予想していたのだ。

ディーノには隠された力がある、と。

だからこそ、安心してアピトを任せられたのだ。

「あれ？　マジだ。いやあ、これでお前の言いなりにならなくても——って、本当は最初から、俺を殺す気なんかなかったんだろ？」

そう笑い返すディーノに、ゼギオンは「フッ」と笑って応じた。

「オレはまだ本調子ではない。アレの相手はディアブロがするが、他の雑魚は頼めるか？」

「チッ、仕方ねーな。後は俺に任せろ」

最初から裏切る気はなかったディーノだが、この瞬間、帰って来たのだと実感した。

だからだろうか？

ディーノもようやく素直になって、ラミリスに言葉でも謝罪する気になっていた。

「悪かったな、ラミリス。お前を裏切るつもりはなかったんだが、海より深く山より高い理由があったんだ。わかってくれるよな？」

素直になれたと思ったが、これがディーノの精一杯だった。


それに対するラミリスの反応は——

『ほーーーっほっほっほ！　やはりアタシの正しさが証明されてしまったようね！　いいわよ、許してあげるのよさ！　だから、ディーノ——先ずはそっちのヤバイのを倒しちゃって!!』

というもの。

こちらも余裕を取り戻したばかりで、大らかになっていた。

寛容の精神を存分に発揮して、ディーノを心から許したのだった。

それに苦笑しつつも、ディーノは安堵していた。

どれだけ年を重ねようとも、謝罪するのは難しいものなのだ。

上手く仲直り出来て、ホッとしたのだった。

そしてディーノは表情を引き締めて、倒すべき『邪龍獣』を見定めた。

「交代の時間だ」

そう言って、奮闘中だった三人を後ろに下がらせたのだ。

変身したディーノを見て、ピコとガラシャは大喜びした。

「おお、そんな感じだったね。やっぱ意外とイケてる！」

「よっしゃ！　いけ、ディーノ！　あんな化け物、ブッ飛ばしちまえ!!」

「おう！」

そう言うなり、瞬時に『邪龍獣』二体を斬り刻んで見せた。

あまりの早業に、全員が絶句する。

マイも唖然となって、自分の目が信じられない思いだった。

「えっ、恰好いい？」

人は、ギャップに弱い。

ダメな姿しか見せた事のなかったディーノが、急に真面目な表情をした。それだけでも恰好良く思えるものなのに、マイ達が苦戦していた敵を瞬殺したとあっては、称賛する気持ちも湧こうというものだった。

ピコは自分の事のように自慢気な表情なのに、その口調は刺々しい。

「最初からやれってのよ」

などと悪態をついているが、嬉しそうなのは隠せていなかった。

ガラシャも一息つく。

この姿のディーノを見るのは、本当に久しぶりだ。

ヴェルダナーヴァが健在だった頃以来、か。

しかし、その姿を見ただけで安心感が凄い。

どんな敵が相手でも負ける気がしない。それが、今も昔も変わらぬ感想だったのだ。

（まったく……。本当に怠惰なんだからよ……）

呆れたような思いとは裏腹に、ガラシャの顔にも自然と笑みが零れ出るのだった。


本能のままに暴れられた方が幸せだったのに、ヴェガの自我は薄っすらと戻っていた。

それは『邪龍之王《アジ・ダハーカ》』の権能である『並列思考』によ

って、暴走状態の本体から別の自我が独立派生したお陰だった。

それと同時に、現状への理解が及んでいく。

巨大化し続けるのは、己の魔素量《エネルギー》だ。

実際、ヴェガの存在値は膨れ上がっていた。ゼラヌスの残滓を喰った上に、迷宮をも取り込み続けているのだから当然だ。

対して、ヴェガが殺そうとしていた敵――ディアブロはどうかと言えば、実に安定して変動はない。だから余計に怖かった。

最初から一貫して、数字上ではヴェガに及ぶべくもない相手なのである。それなのに、実際に押されているのはヴェガの方だった。

捕獲しようと数多《あまた》の触手を伸ばしても、爪鋏刃《シザーズ》で切り刻まれるのみ。

ならば直接消滅させようと大口径高出力ビームで狙い撃っても、当たりはするが逸らされてしまった。

ディアブロの技量《レベル》は卓越していた。

恐怖から逃れようとあらゆる手段を試し尽くしたが、それでも駄目だったのだ。

ここに至ってようやく、ヴェガも理解している。

強いとはどういう事なのか、勝敗を決定づけるのは存在値の大小ではなく、運要素も含めた総合力で判断しなければならないのだ、と。

ヴェガには、技量《レベル》が決定的に足りていなかった。

努力せずともそこそこ強かったせいで、単調な戦い方しか経験してこなかったせいである。

戦いを愉しみたいが為に成長を止めていたのがディアブロなのだから、その差は天と地、埋めようがないほどに広がっていたのだった。

(コイツを殺すのは無理だ……逆に、この俺様だって殺されはしねーだろうが……)

ディアブロは受け身ばかりで、攻撃に転じてはいなかった。ヴェガの『邪龍獣』を斬り刻んだみたいに、ヴェガの本体を狙ってはいなかった。

しかし、殴られた箇所の〝激痛〟は消えていない。あれを繰り返されるだけで、ヴェガの精神が疲弊するのは間違いなかった。

それに――

（わかんねーぞ？　何か狙ってるのかも知れねーし）

攻撃が来ないのが、逆に怖いヴェガである。

ディアブロが浮かべているのは、不敵な笑みだ。

ヴェガを弱者だと見做して、必勝を疑っていない様子であった。

そしてそれは、決してハッタリではなさそうだった。

ヴェガは、弱者の立場も理解する男なのだ。

力が増し続ける万能感があるのに、ディアブロに対する恐怖が拭えない。これはもう、間違いなく〝絶対に勝てない〟というサインであった。

そうなると、ヴェガに残されたのはいつもの手――『逃亡』という手段のみであった。

しかし、事はそう簡単ではなさそうだった。

ヴェガは無意識のままでも迷宮侵蝕を続けていたのだが、侵蝕率は三十％といったところだった。これは順調とも呼べる数字で、なかなか凄い事なのだ。しかし、ここにきて問題が発生する。

（ヤベエな。ここから先は、何もねえ……）

そう、敵だって対策するのだ。

どうやらヴェガは、隔離されつつあるらしかった。

転移系のスキルを有さないヴェガでは、逃げるに逃げられない状況だった。

しかし、可能性は残されていた。

ヴェガの分岐した細胞がどこかに残っていれば、そこから完全復活する事が可能なのだ。もちろん、細胞片があればいいという都合のいい話ではなく、『邪龍獣』程度の『複製体』が必要だった。

ヴェガから一定以上の距離が離れると死滅してしまうから、保存しておくのも不可能である。

それでは意味がないように思えるが、そんな事はない。影響範囲のギリギリに安置しておくだけで、いざという時の保険になるからだ。

ヴェガはそれを利用して、あの狡猾で油断ならないテスタロッサからも逃げ延びた実績を持つのである。それは誇ってもいい経歴なのだ。

今回は、迷宮外に一体残しておいたのだが、それとは連絡が途絶していた。

迷宮内と外では、次元層が異なった為だ。

現時点で残っているのは、迷宮の最下層を目指している『邪龍獣』が一体のみ、という事になる。

（迷宮の外を目指すように命令を――って、入口も封鎖されちまってたな……）

迷宮を喰らった事で判明したのだが、ラミリスの迷宮には覆せないルールが存在した。

その一つが『必ず現実世界との繋がりを残しておかなければならない』というものである。

続いて『次元階層ごとに出入口を設置しなければならない』とあった。

これを説明するなら『異なる次元は、常に連結しておかねばならない』という事だ。

人工衛星と地球を、宇宙エレベーターで繋ぐイメージである。ただし、地球の重力に引っ張られている人工衛星と違って、異界では建造物の位置が固定される事はない。その為、増設は可能だが必ず何処かにくっつけておかないと、地球の自転から取り残されて何処かに飛んで行ってしまうだろう。それと同じで、ラミリスの迷宮も異界と隣接している為に、必ず接続箇所を必要としているのだった。

ヴェガ達が侵入した出入口は、とっくに閉ざされているという事だ。そして今は、最終防衛ラインであるヴェルドラの大広間を通り抜けた先で守られている部分に、新しく出入口が開設されているようだった。

（そうなると、賭けだな。出来るだけ俺の力を分け与えておいてよかったぜ。最悪でも、どっちかが生き残れるってもんだろ）

と思ったヴェガだが、確率的には『邪龍獣』が生き残るだろうと考えていた。

たった四体しか出せなかっただけあって、今の『邪龍獣』は一体一体の存在値が五百万弱もある。外皮は神話級《ゴッズ》の強度だし、そこらの相手なら蹂躙出来る戦力なのだ。

もっとも、数値では強さを測れないと理解したばかりなので、安心は出来ない。なのでヴェガは、可能な限りの知恵を振り絞って、生存への道筋を思案する。

迷宮内の戦力は、ヴェガの本体を討伐する為に集中しているようだった。これをもっと加速させるのだ。

ディアブロに、ゼギオン、他にもいるのかも知れないが、ここで大暴れしておけば『邪龍獣』への対処が甘くなるはずだと考えたのである。

（やるぜ、やってやるぜ！　別によ、ここでコイツ等を皆殺しにしちまえば、余計な不安も吹き飛ぶってもんだからなァ――――ッ!!）

それが無理だとわかっているのに、ヴェガは吹っ切れた。

空元気も、ここまでくれば立派である。

ディアブロは怖いが、もしかすると運が味方するかも知れない。

ヴェガは、自分が『強運だ』と思っている。その自信に裏打ちされて、根拠もなく作戦が成功するはずだと信じて疑わない。

その運がとっくに尽きているのも知らず、ヴェガはここ一番とばかりに大暴れし始めたのだった。


コイツ、何を企んでいる？

と、ディアブロは目を細めてヴェガを見た。

（クフフフフ。どうせ、必死に生き残ろうとしているだけでしょう。無駄な足掻《あが》きというものですが、付き合って差し上げますよ）

ディアブロに油断はない。

ヴェガが期待するような、失態を犯す事もない。

もう無理なのだ。

ディアブロが攻撃に転じていないのは、ヴェガの力量を正確に読み取ろうとしているからだった。

それももう、ほぼ完了していた。

ヴェガの成長速度も加味して計算していたのだが、迷宮の隔離が大詰めになった時点で、その限界点も読み解けている。

後は、塵一つ残さぬように、ヴェガを消滅させるだけ――だったのだが、ここで一つ、面倒な事実が判明していた。

　ヴェガの権能を解析した結果、本体を始末しても分岐させた細胞から復活しそうな感じだったのである。

（恐らくは、ヴェガの『邪龍之王《アジ・ダハーカ》』も継承されるでしょうし、ゼラヌスの暗黒細胞情報も伝わると見て間違いありません。ここでコイツを始末しても、逃げた『邪龍獣』が新たなヴェガとして復活するだけでしょうね……）

　テスタロッサが逃がしてしまった訳だ――と、ディアブロは苦々しく思った。

　自分も同じミスをするなど、断じて許されない。

　それもあって、ディアブロは少し悩んでいた。ヴェガを倒すだけなら簡単なのだが、復活出来ないように始末するとなると、手順を踏まえる必要があったのだ。

　それと、もう二つほど不安要素があった。

　一つ目は、マイを狙われる事だ。

　ヴェガは『転移』能力を持っていないのだから、それを奪おうと考えるのは自然である。だが、狙われるのが間違いないのなら、対策は立てられるのだ。

　こちらはゼギオンがそれとなく目を光らせているので、ヴェガの望みが叶う事はないだろう。

　二つ目、これが問題だった。

　ヴェガの性格上、それはないと思われる手段だ。しかし、追い詰められた者は何を仕出かすかわかったものではないので――

　そう思って思案していたディアブロに、ベニマルから『思念伝達』が届いた。

『ヴェガを隔離しようとしている階層だが、全て廃棄する事にした』

『ふむ。それについては、同意しますよ』

『ん？　他に何か問題があるのか？』

　ベニマルも、大スクリーンで状況を把握している。それでも現場の温度感は伝わりにくいので、ディアブロの意見に耳を傾けるのだ。

　それが、どんな些細な問題でも共有すべきという、リムルの方針であった。

『いえ、ね。このままコイツを処理してしまうと、下層に向かっている『邪龍獣』に乗り移ってしまう可能性が高いみたいでして。そうならないよう、先にそちらを始末しなければなりません』

ヴェガのような相手は、さっさと始末するのがセオリーだ。そうしなければ、変に余計な力を身に付けたりして、より厄介な存在になりかねない。

そうと理解しているのにディアブロがそうしなかったのは、テスタロッサが逃がしてしまうという失態を犯していたからである。

散々馬鹿にしたが、ディアブロはテスタロッサを認めているのだ。そんな彼女がミスをしたとなれば、それは敵を評価すべきなのであった。

そして実際、ヴェガの性質の厄介さに気付いた。

面倒な相手ほど、遠回りしてでも確実に事を進めるべきなのだ。それを再認識して、ディアブロは気を引き締めた。

ディーノ達が相手している『邪龍獣』も、もう何度も復活している。ディアブロが最初に倒した一体も復活して、今は三体同時に相手していた。

それでも本気を出したディーノの敵ではないのだが、ヴェガがどんどん力を分け与えているからか、少しずつ強くなっている気配である。

下層に向かったヤツは本体から離れているので、そこまで不死性を有していないだろうが……。

面倒なヤツだ、とディアブロはウンザリする。

『なるほど……』

ベニマルも、状況を察して頭を悩ませた。

ディアブロがヴェガを圧倒している様子を見て、ベニマルは新たな作戦を立案していた。

ディアブロがヴェガを倒してから、隔離した迷宮を廃棄する。そうすれば、万が一ヴェガが復活したとしても、こちらには戻ってこられなくなるという寸法だ。

迷宮隔離が完了した時点で、モニターでの状況確認も出来なくなってしまう。そうなる前に、ディアブロとすり合わせを行うつもりだった。

少し考えが甘かったなと、ベニマルは反省した。

『よし、わかった。そちらの処理は俺達で行うから、お前は現状を維持してくれ』

『連絡をお待ちしますよ』

そう言って、ディアブロはベニマルとの『思念伝達』を終了させた。

そして淡々と、面白くなさそうな表情を浮かべたまま、ヴェガの力を削り始めたのだった。

●

調子に乗って戦っていたディーノだが、だんだん元気がなくなっている。

最初は二体だけだった『邪龍獣』が三体に増えた時点で、やる気をかなり喪失していた。

「しかし、こりゃあきりがないな……」

ディーノは襲いかかってきた『邪龍獣』を斬り倒して、愚痴を口にした。

ヴェガは迷宮の権能を奪おうとしていたが、それは一部分とはいえ成功している。ラミリスが六十一～九十階層までを隔離しつつある事で、ヴェガの支配が及ぶようになっているのだ。

つまり、エネルギーが尽きない限り『邪龍獣』が無尽蔵に生き返るのである。しかも、さっきまでは一撃で倒せたのに、少しずつ強化されている感じであった。

幸いなのは、同時に出せる数に限りがある事だろう。

ただし、他にも厄介な点がある。

二体目に向けて濃縮魔力弾《ディープブレット》を放つも、胸に穴が空くだけで死にはしなかった。そしてその時、ゼギオンから忠告が入ったのだ。

「放出系の技は無意味。敵を利する行為と知るがいい」

ゼギオンは迷宮内最強の守護者であり、その性質を熟知している。それ故に、してはならない行動も把握しているのだ。

「え？」

そう言われて、ディーノも気付く。

ディアブロも、打撃や斬撃だけでヴェガに対処しているな、と。

そして納得した。

ヴェガが隔離されつつある迷宮と同調している以上、迷宮内で放出されたエネルギーは全て取り込まれてしまう、と考えるべきだったのだ。

ディーノも推察力はあるのだが、いかんせん怠惰だった。

ディアブロやゼギオンのように、言われずとも察せられるような能力を有していないのだ。というか、その二人と比べるならば、大抵の者が注意力散漫だと評されてしまうだろうけど……。

ディーノの魔素量《エネルギー》もそれなりに膨大なので、魔力弾を数千発撃った程度では問題にならないのだが、そのエネルギーがヴェガに流れるだけだったと知れば面白くない。

「マジかよ？　それじゃあヴェガのヤツ、自分だけ迷宮に守られているようなものなのか？」

その通りだと、ゼギオンが無言で頷いた。

それが答えならば、ヴェガ本体を倒さない限り、ディーノ達の戦いも終わらないという事だ。

ディーノは早々に憂鬱となった。

エネルギーが尽きるまで無尽蔵に再生可能な『邪龍獣』が、少しずつ強化されながら襲いかかってくるのである。ディーノでなくとも、溜息の一つくらい吐きたくなるというものだ。

唯一の救いは、『邪龍獣』には技量《レベル》がない点だ。これでヴェルグリンドのように『別身体』だったなら、その時はもうお手上げだった。

ともかく、無駄だとわかっても対処するしかない。

ディーノは嫌々ながらも、双剣のみで『邪龍獣』と戦う事にした。

それと並行して、何か打つ手はないのかラミリスに質問する。

『おい、ラミリス！　お前の迷宮にも、何か弱点があるんだろ？　それを教えろよ。じゃないと、倒しても倒しても終わんねーぞ!?』

こっそりと『思念伝達』をするあたり、少しは配慮しているのだ。

しかし、そんな甘いものではなかった。

特に今のラミリスには余裕がないので、対応も塩である。

『バッカじゃないの！　アタシの迷宮には、弱点なんてありませ～ん！』

『アホか！　その無敵の迷宮をヴェガに奪われておいて、偉そうに威張ってんじゃねーよ！』

『奪われてませ～ん！　こっちから隔離しつつあるから、アタシの権能を不完全に真似てるだけですぅ――ッ!!』

　それでも十分ダメであった。

『アホか！　そのせいで俺達が苦労してんだろうが』

　ラミリスとそんなふうにやり取りしながら、ディーノの双剣が煌いた。

　それと同時に、一体の『邪龍獣』が塵となって消える。

　愚痴りつつも、ディーノの技は冴え渡っていた。

　ラミリスも感心する。

『凄いじゃん、ディーノ！　その調子で、現状維持を頑張ってよ』

『はあ？』

『今さ、ディアブロとベニマルが相談してたんだけどね、こっちに一匹攻めて来てるんだけど、ソイツをやっつけないとヴェガが乗り移っちゃうかもなんだって』

　ラミリスの説明は全然足りていなかったが、ディーノも状況を察した。

（なるほどな。それでディアブロのヤツ、さっきから下準備に徹してたって訳か）

　ディアブロはヴェガをいなしながら、入念に魔力を練り上げていた。とっくにヴェガを倒せそうな密度まで達しているのに実行する気配がなくて、ディーノも不思議に思っていたのだ。

　今トドメを刺しても逃げられるというのなら、その対応にも納得であった。

　しかしそうなると、ラミリス達の対応が終わるまで現状維持という事で……。

　ディーノの持つ聖剣と魔剣が、白と黒の剣気《オーラ》を纏って輝いた。それらを巧みに振るって、ディーノは『邪龍獣』を撃退する。

　埒が明かないので、省エネモードへと切り替えたのだ。

「まだかかるってさ。悪いが、お前らも手伝ってくれねーか？」

ディーノが振り返らずにそう頼むと、ピコとガラシャは既に〝神霊武装〟を纏っており、自身を生体神格化《アポテオーシス》させていた。

その姿を見るに、やる気十分である。

「ようやく私の出番だね♪」

「ま、アタイ達がいないと、ディーノは何も出来ないからな。手伝ってやるさ」

最初からその気だったくせに、そんな軽口を叩きながら参戦する二人であった。

ディーノと似た姿になって、三人は互いに支え合うように戦っていく。

自我がないとはいえ、本能のままに襲い掛かってくる『邪龍獣』が危険なのは間違いないのだ。その存在値だって、今や生体神格化《アポテオーシス》していないディーノ達を上回っている。それに、極力エネルギーを消耗しないように剣だけで戦うのも、思った以上の重労働であった。

といっても、疲れるとかそういう意味ではなく、精神的に面倒だという意味なのだが、単調な作業ほどミスを誘発しやすいものなのである。見栄を張ったりせずに協力を求めたディーノだが、それで正解なのだった。

そして――

ディーノ達三名のコンビネーションは最高だった。

ガラシャも神盾《イージス》を召喚し、防備も完璧だ。前面に立って、盾役を引き受けていた。

ガラシャが受け止め、ディーノが斬る。

ピコは補助担当で、ちょこまかと動いて自分が邪魔にならないよう立ち回っていた。

三体の『邪龍獣』が次々に向かって来るが、いとも簡単に撃退されていく。先程より強化されているのだが、三人の連携の前に敵ではない様子だった。

ディーノの剣技、ガラシャの盾捌き、ピコの状況判断が揃っているからこそ、長時間でも疲弊せずに戦えるようになっていた。

実のところ、生体神格化《アポテオーシス》は負担が大きい。短時間では影響ないのだが、これが長時間続くとなると、反動が怖いのである。

戦闘中、いきなり解除されかねない。

そうなったら致命的なので、対策を立てるのは当然だった。

今のディーノ達ならば、何時間だって戦える。

もうこれで憂いなし——と思った時、何の気なしにラミリスから『思念伝達』が届けられた。

『あ、そうそう。迷宮の隔離だけどさ、完全に完了するとそっちの様子が見れなくなるワケ』

『ああ、それで？』

ふーんと聞き流そうとしたディーノだったが、ラミリスの次の発言には絶句する事になる。

『それはつまり、アタシの権能が及ばなくなるって意味なのよさ』

ラミリスからすれば当たり前の事を告げているだけなのだろうが、ディーノからすれば驚きだ。

何しろ、その意味するところは——

『え？　それってつまり、〝復活の腕輪〟の効果もなくなっちゃったり……？』

『当然じゃん？』

当然じゃん——じゃないんだよなと、ディーノは頭を抱えた。

『おいおい、それじゃあ隔離が終わった後、俺達はどうやって脱出するんだよ？』

先ほどのラミリスの説明で、この隔離されつつある階層を、廃棄《パージ》すると聞いている。このままこの中にいたら、ヴェガと一緒に時空の狭間《はざま》を彷徨《さまよ》う事になりかねなかった。

ディーノはそれを危惧して、ラミリスに問い返したのだ。

『ああ、それについてはベニマルが、タイミングを見計らってそっちに行くから』

ラミリスが言うには、ベニマルの『時空間操作』で空間を繋げておいて、皆を脱出させる計画なのだそうだ。

ぶっつけ本番で成功するのかどうか、とても不安なディーノである。

『……それって大丈夫なの？　本当に、そんなに上手く出来るのか？』

『出来る出来ないじゃなく、やるの。それ以外、脱出の方法はないのよさ！』

『――あ、そう』

それ以上は聞いても無駄だと、ディーノは諦めた。

ラミリスがやるしかないという以上、やるしかないのだろう。

後は――どうにかして、その作戦を成功させるだけだった。


ラミリスとの通信を終えたディーノは、皆にも状況を説明した。

戦いながらなので、余裕がない中での会話だ。

「――って事だから、現状維持でヨロシク！」

「まあね、先が見えたのは嬉しいよね」

「そうだな。これ以上ヴェガを刺激するのも、何かヤバそうな予感がするしな。ディアブロに任せとけば安心だろうけどさ」

肝心なのはタイミングなので、誰からも異論は出ない。というより、文句があっても他に代案がないので、大人しく従うしかないのが現状なのである。


そんな中、後方サポートに徹していたマイが、所在なげに問うた。

「あの、私は？」

自分の権能ならば簡単に脱出出来そうだと考えて、それを指摘しようとしたのだが……。

三人の連携は完成されていたので、マイは下手に手出し出来なかったのだ。

ディーノからすれば驚きの提案だった。サボッたらダメなタイミングでも休みたい男なので、マイも休める時に休んでおけばいいのにと思ったのである。

なので、ゼギオン達の方向を指し示しながら、優しく告げた。

「マイは、そこで待機だな。何かあってもゼギオンが守ってくれるだろうから、そこから援護してくれ」

「そだね。前に出ると危ないし」

「ま、ここはアタイ達に任せな！」

そういう事になった。

マイは、ゼギオンを支えていたアピトの隣に立ち、ディーノ達を信じて見守る事にしたのだった。

〝管制室〟にて、ベニマルが状況説明を終える。

「嘘でしょ、本当に厄介なヤツね……」

「これはもう、隔離する作戦で大正解でしたね」

「まったくなのよさ。迷宮の再利用も考えていたけど、まだどこかに生き残っているんじゃないかって、後から不安になりそうだもん」

世に言う、穢《けが》れ思想である。

ちょっと違うが分かりやすく例えると、〝便器に落ちた歯ブラシは、どれだけ綺麗に洗っても使いたくない〟といったような意味合いであった。

これに同意する者は多い。

トレイニーもその一人で、ラミリスと頷き合っている。ラミリスの発言なら何でも肯定してしまうので、ひょっとしたら違った思想を持っている可能性もあるのだが、それはどうでもいい話だった。

ベレッタがジュースを用意して、ラミリスに手渡した。

それをゴクッと飲み干して、ラミリスが言う。

「でもさ、その『邪龍獣』って倒せるの？」

それは、実に核心を突いた質問だった。

ベニマルも、それを不安に思っていたのだ。

ディアブロに恰好をつけてみたはいいものの、四大竜王とハクロウでは無理だと考えていた。

「俺が行くしかないな」

と、ベニマルが告げる。

大スクリーンでは、ハクロウが『邪龍獣』を斬り捨てていた。その冴え渡る剣技は見事の一言なのだが、残念ながら『邪龍獣』を滅するほどではない。ヴェガとの繋がりを絶たれた『邪龍獣』は『無限再生』こそ失われているものの、『超速再生』は有している。何度も何度も、再生を許してしまっていた。

もっとも、五十倍以上も力の格差がある相手を斬り捨てられる時点で、ハクロウは異常なのだ。ベニマルからすれば、『流石は師匠だ』と誇らしい気持ちになる。

とはいえ、ハクロウでは倒せないのが明白だった。

では、四大竜王はというと。

赤髪の美女である〝炎獄竜王《えんごく》〟エウロスが、灼熱を纏わせた炎の鞭で『邪龍獣』を縛り上げた。継続的に熱ダメージを与えて、細胞を焼き尽くそうというのだ。

このチャンスを得る為に、かなりの犠牲があったのだと察せられる。露出高めのドレスは赤褐色の肌を隠せておらず、全身に癒えきれぬ傷が生じていたからだ。

細身の美男子が、扉にもたれかかるようにして座っていた。

〝氷獄竜王《ひょうごく》〟ゼピュロスだ。優雅で優し気な風貌だったのに、今は射るような視線で『邪龍獣』を睨んでいる。エウロスの攻撃を補助しようとして、大きなダメージを負った様子だった。

ゼピュロスよりもっと酷い状態なのが、〝天雷竜王《てんらい》〟ノトスだ。

小柄な幼女のノトスは、その怪力を活かして『邪龍獣』を抑えようとした。しかし、地力が違い過ぎたのだ。もしも相手に自我があれば、ノトスでは相手にならなかっただろう。

ノトスが頑張っていたのと同様、今度は自分の番だとばかりに、〝地滅竜王《ちめつ》〟ボレアスが死力を尽くしていた。全身を覆う竜の鱗を砕かれながらも、倒れたゼピュロスとノトスを守っている。

エウロスの炎の鞭が、力任せに破られた。

力が違い過ぎるのだ。

炎の鞭の継続ダメージも、結局は『邪龍獣』の回復量を上回らなかった。瞬間的な足止めには成功したが、それだけで終わってしまう。

悔しそうに舌打ちする苛烈なエウロス。美女に似つかわしくない仕草だが、それが様になっていた。

ハクロウがエウロスと交代した。

決定的に力不足で『邪龍獣』に打つ手がないエウロスとしては、大人しく引き下がるしかない。しかし、そんなハクロウだって……。

全員の頑張りは称賛に値するものだが、やはり足止めするだけで精一杯だった。当初の作戦通りなら問題なかったのだが、この面子に『邪龍獣』を滅させるのは不可能である。

二度と復活出来ないように、細胞片すら残さず消し去れるほどの戦力を必要とするからだ。

ベニマルが言うように、誰かが援護に向かう必要があった。

それがベニマルなら確実に勝てるだろうが……。

「ちょっと、副司令官さん？　アンタには、隔離階層内に取り残されてるゼギオン達を連れ戻すっていう、これ以上ないほどに重要な任務があるじゃない」

その通りだった。

タイミングが大事なので、こちらの『邪龍獣』を倒すと同時に、隔離部分の中でも速やかに行動する必要があるのである。

ベニマルがダメなら、残る戦士は少ない。

ソウエイは、各所に『分身体』を派遣して情報収集の真っ最中だ。

ガビルは回復中。全力状態でなら勝てたかも知れないが、それでも倍以上ある存在値を誇る『邪龍獣』が相手では、苦戦していたはずだった。今出て行っても、勝てる確率は低いだろう。

ランガも同じ。全力状態なら確実に勝てたのだが、今はゲルドの負担を請け負った事で消耗し過ぎている。大技を使用するなど以っての外なので、出て行くだけ時間の無駄だった。

その中で、ベレッタが名乗り出た。

「そうなるとやはり、ここはワレが行くしか――」

これに被せるように、ラミリスが却下する。

「ダメに決まってんじゃん！　ベレッタちゃんが演算を手伝ってくれなきゃ、アタシだけで迷宮を廃棄するなんて無理ってものなのよさ!!」

無理ではないのだが、時間がかかるのだ。

そしてそれは、ヴェガに回復の機会を与えるようなものであり……つまりは、作戦の失敗を意味するのである。

ここはラミリスを手助けすべく、ベレッタには頑張ってもらうしかなかった。

その時、一人の人物が立ち上がった。

「ようやく、私の出番が回ってきたようですね」

力強くそう言ったのは、燃え盛る炎のような黒と赤のまだら髪と褐色肌を持つ戦士――カリスだった。

竜気魔鋼《ドラゴタイト》製の依代《よりしろ》と完全融合を果たした事で、以前よりも風格が増している。勿論、その内面も充実しているのだ。

「カリスちゃん!!」

ラミリスが『思い出した!』とばかりに、表情を輝かせた。

「なるほど、ヴェルドラ様の助手であるお前なら、この大役を任せられそうだ」

と、ベニマルも頷く。

ひと目でカリスの力を見抜き、『邪龍獣』に勝てると判断したのだ。

ベニマルが認めたのなら、誰からも反対意見など出なかった。

忘れられかけていたカリスも、ここぞとばかりに張り切って出撃したのである。

カリスが去った〝管制室〟にて。


「ちなみに、カリスちゃんの存在値って?」

「ええと、現時点で274万です」

数値だけ見れば『邪龍獣』に劣るが、それは幹部勢にも見劣りしない強さの指標であった。

「知らずに送り出したんですか、ラミリス様?」

「お堅いわね、副司令官ってば。だーいじょうぶ、大丈夫だっての! だってカリスってば、師匠の助手なんだもん。ガチガチの戦闘系なんだから、負けるはずがないのよさ!」

ラミリス達の間でも、『存在値は、その構成内容によって戦闘能力が大きく変わる』というのが常識になっていた。今回の戦いの例を見るに、それは疑いようもない。

ディアブロのように数値を誤魔化せるような変態《カイブツ》もいるが、それは希少過ぎるので例からは除外されていた。

あくまでも指標であり、全てではないのである。

カリスの能力は平和利用されていたが、全ての権能が戦闘に流用可能だった。今回のような危機に際しては、戦闘特化に活用出来るのである。

要は、使い方次第なのだ。

万能なのが、カリスの優れた点なのである。

そんな訳で、カリスの勝利は間違いないと思われた。

そして、その予想が外れる事はない。

ベニマルもようやく安堵の微笑を浮かべて、最後の仕上げの準備に入るのだった。

＊

戦場への扉を開いたカリスの目には、奮戦するハクロウの姿が映っていた。

ハクロウは仕込み刀で『邪龍獣』の拳を受け止め、流していた。

「流水斬」

神話級《ゴッズ》の威力を秘めた拳なのだが、ハクロウの剣は砕かれたりしなかった。

それは、高い技量《レベル》の為せる業だ。

そして、もう一つ。

クロベエが鍛え直して、伝説級《レジェンド》最上級の大業物に至っていたのだ。

仕込み刀――〝鮫雲《さめぐも》〟――

これが、ハクロウの愛剣の名前である。

折れず、曲がらず、しなやかで砕けない。柔らかくも芯は強い、そんなハクロウの注文通りの仕上がりとなっていた。

威力よりも、その身を安心して任せられる頑丈さを選んだのが、この〝鮫雲《さめぐも》〟なのだった。

これに加えて、ハクロウが剣気《オーラ》で刃を保護している上に、折れないように絶技を揮《ふる》っているのだから、刃が欠ける事もなく神話級《ゴッズ》の外皮をも斬り裂いていたのだった。

素晴らしいなと、カリスは賞賛した。

しかし残念ながら、それだけでは『邪龍獣』に勝てない。

扉付近にいたゼピュロスとノトス、そしてボレアスが、カリスの為に道を譲った。

途中で目が合ったエウロスが、頬を上気させてカリスに目礼している。エウロスはカリスに憧れているので、こんな状況だというのに嬉しそうな表情を浮かべたのだった。

それを軽くスルーするカリス。スルースキルは、ヴェルドラに鍛えられてMAXなのだ。

堂々と歩を進めたカリスは、ハクロウに並び立ってから声をかける。

「ハクロウ殿、交代しましょう」

「む？　お主はカリスか。そうか、ワシの出番はもう終わりかのう」

「十分満足されたのでは？　まだ生まれていないお孫様にも、ハクロウ殿の勇姿は伝わるかと思いますよ」

「ホッホッホ。見かけによらず、世辞が上手いですな」

「ヴェルドラ様に鍛えられましたので」

ヴェルドラ様に鍛えられましたので——という言葉には、カリスの万感の思いが込められていた。

何でもかんでも無茶振りしてくる上司を持てば、その気持ちに共感出来るのではあるまいか。

これに頷くのは、この場にはいないベレッタであった。カリスとは飲み友達で、たまに意見交換《愚痴の言い合い》をする仲なのである。

それはともかく、ハクロウは大人しく引き下がった。

時間稼ぎと聞いていたが、事情が変わったのを察したのだ。

「手伝いも要らぬのじゃな？」

「はい。私だけで十分でしょう」

これはハクロウを馬鹿にしている訳ではなく、巻き込まないよう純粋に配慮しているだけである。何しろカリスの戦い方は、超高熱による焼滅を得意としているからだ。

ハクロウがいては、その本領を発揮出来なかった。なので、竜王《ドラゴンロード》達と一緒に離れたところまで避難してもらいたかったのである。

「ホッホッホ。承知した。武運を祈っておるぞ」

「お任せを。勝利をお約束しましょう」

この会話を最後に、ハクロウはエウロスと一緒に竜王《ドラゴンロード》達がいる扉まで下がったのだった。

そして、カリスが『邪龍獣』と対峙する。

力だけなら『邪龍獣』に軍配が上がるが、戦闘能力では果たして――

「時間がないそうです。どの程度の相手なのか試したかったのですが、さっさと終わらせますね」

カリスが一方的に宣言した。

その言葉を理解するはずもない『邪龍獣』が、カリスを敵と見做して襲いかかる。

カリスはそれを――軽く蹴り上げた。

「ギヒィ⁉」

想像以上の衝撃と予想外だった結果に、『邪龍獣』が苦悶と驚きの叫びを上げた。

そんなの無視して、カリスは追撃する。

「〝ヴェルドラ流闘殺法〟――灼熱連弾《バーニングブレット》」

目に見えない速度で放たれるカリスの拳。それは空気を熱して弾丸と化し、プラズマを生じさせながら『邪龍獣』に連続して着弾した。

「――――ッ⁉」

声なき絶叫を上げる『邪龍獣』だが、それを気にするカリスではなかった。

まだ『邪龍獣』が宙に浮いている隙に、地面に魔法陣を描き上げる。そして発動させたのは――

「懐かしい技で仕留めてやろう――〝黒炎竜化爆獄覇《ドラゴニックフレア》〟――」

落ちてきた『邪龍獣』が丁度ドーム内に入るタイミングで、その技が完成する。以前、リムル相手に使用して破られた、イフリートの奥義〝炎化爆獄陣《フレアサークル》〟――の進化技だった。

その威力は、まるで別物なのだ。

改良に改良を重ねて、実用的になっている。

その範囲はかなり狭められていて、直径にして三メートルほどだ。しかしその結果、内部に封じられる熱エネルギーは比例的に増大していた。

ベニマルの〝黒炎獄《ヘルフレア》〟をも上回っており、炎熱系では最強級の奥義となっている。

何しろこの技は、発動させたら終わり、ではないのだ。炎と化したカリスが、その意のままに内部温度を調整可能なのである。

リムル相手に戦った時の反省点を活かして、内部の敵に熱を集中させられるようになっていた。

結界内部に逃げ場などなく、カリスの熱はあらゆるものを焼き尽くすまで消えたりしない。

「オアッ――――」

魂が擦り切れたような絶叫を残し、『邪龍獣』が焼滅する。

復活など許さぬ、カリスの完全勝利であった。

「見事じゃ」

文句なしのカリスの圧勝を、ハクロウが褒めた。

「いえいえ。私がここに残された理由は、まさにこの為だったのでしょうし。勝てて当然というものですとも」

と、笑顔で応じたカリス――だったが、その内心では別の事を考えている。

(ヴェルドラ様って、絶対に私の事を忘れてましたよね？　そりゃあ、リムル様から頼られて嬉しかったのは理解しますけど、私も連れて行って欲しかった……)

と、ヴェルドラに置き去りにされた事を根に持っていたのだった。

今回役に立てなかったら、それこそ拗ねてしまったところである。

そうとは知らぬ竜王《ドラゴンロード》達も、カリスの勇姿に感動している。

「凄い！　流石はカリス様ですぅ!!　素敵♡」

カリスのファンを公言しているエウロスが猛烈に絶賛しながら、頬を染めて感激している。苛烈な美女といった外見なのに、夢見る乙女のように可愛らしい仕草だった。

「クッ、俺達はまだまだって事かい」

「今は仕方ないから、もっと経験を積まなきゃだね」

「私達も負けてはいられませんからね。ゼギオン殿のようなボスを任されるには及ばずとも、最下層手前を守る竜王《ドラゴンロード》としては、もっと強くならなければ」

ボレアス、ノトス、ゼピュロスの順番に、感想を口にしている。

この日の悔しさをバネにして、四大竜王はより奮起するようになる。その結果、迷宮難易度が更に跳ね上がる事になるのだが……それはまだまだ先の話なのだった。

●

〝管制室〟は、カリスの勝利に沸き立っていた。

「ほらね！　アタシの言った通りだったのよさ!!」

自分の手柄のように自慢するラミリスに、大半の者が「そうですね！」と頷き、甘やかしていた。

ベレッタは、演算に必死で口を挟めない。というか、いつもの事なので諦めモードだ。

注意するとすれば副司令官のベニマルなのだが、既に隔離階層に向かっており、この場を留守にしていた。もはやこの場はラミリスの独壇場であり、ガビルやランガなどが口を挟める雰囲気ではなくなっていたのだった。

とは言え、緊張感をなくした訳ではない。

一部の大スクリーンの映りが悪くなり、ノイズが走っていた。その先が隔離階層なのは、言うまでもない話であろう。

この戦いも大詰めとなった。

後は、ヴェガを倒して隔離部分を切り離すだけだ。

そして、皆が無事に戻って来るのを祈るのみである。

ラミリス達もバカ騒ぎしているように見えるが、それは不安の裏返しなのだ。

作戦の成功を信じて、ラミリスはベニマルからの連絡を待つのであった。


そして、ベニマルが向かった先では――

ディアブロはベニマルの登場を見て、時が迫ったのを悟っていた。

今のところ順調。しかし、油断は出来ない状況である。

ここまで追い詰められたヴェガが動くとしたら、まさに今だった。

ディアブロがチラリと視線を向けると、心得ているとばかりにゼギオンが頷く。

まさに、以心伝心だ。

ならば安心だと思った瞬間、やはりというかヴェガが叫んだ。

「ギャハハハハ！　そうか、その手があったぜィ!!」

ディアブロを狙うと見せかけて、地面を這わせた触手が蠢《うごめ》いた。一斉に伸縮して、超速でマイに迫ったのである。

「え？」

――っと、気配を察して振り向くマイ。視界を埋め尽くす数多の触手を見て、その表情を驚愕で染め上げる。

ディーノ達のサポートに徹していたマイは、ヴェガ本体へは不注意だった。まさか自分が狙われるなど、夢にも思っていなかったのだ。

しかし、触手がマイに届く事はない。

「無駄だ」

というゼギオンの言葉が、マイの耳に届いたのは、虚空に散る触手の残骸を目にした時だった。

ゼギオンの『蟲空領域《こくうりょういき》』は、清浄なる青色だ。曇りなく透き通り、美しくも儚げに見えるのだが、その実態はアピトのそれよりも強力だった。それも、比較にならぬほどに。

攻防一体であり、ゼギオンの意思によって空間断絶による攻撃性まで備えているのだ。

ヴェガの触手はこれに阻まれた。マイに触れる事すら敵わず、空間歪曲防御領域《ディストーションフィールド》の時空揺らぎに巻き込まれて散ったのだった。

「わ、私、もしかして狙われていたんですか？」

とマイが悟ったのは、全てが終わった後だった。

追い詰められていたヴェガは、最後に得た希望まで奪われる形になった。元からそんなものはなかったのだが、ヴェガが絶望するには十分な出来事だったのである。

「バ、バカなァ!?」

と喚くが、それで事態が好転するはずもなく……。

全ては、このまま無事に終わるかと思われた。

馬鹿な、ありえねえ！

ここで俺様が死ぬだと？

そんなの、絶対に認められねーぞ!!

――と、ヴェガは混乱と恐怖の絶頂にあった。

マイを喰って、その権能を奪う。そしてこの場から脱出するという素晴らしい作戦も、まるで読まれていたかのように完全に阻止されてしまった。

全てが納得いかない出来事だった。

（俺様ほどの優れた戦士が、こんなところで滅ぶなど……）

しかしもはや、打つ手など何もなかった。

ヴェガが舐めてかかったディアブロは、想像以上の化け物だった。ヴェガの全てが見透かされているかのようで、どんな攻撃を仕掛けようが通じないのだ。

頼もしいと思っていた『邪龍獣』達も、まるで期待外れだった。

新たな戦士――ベニマルがここに来たのを見るに、下層へ向かった一体も仕留められたのだと察せられた。


ここにきて、ヴェガの理解力も限界まで高まっていた。

追い詰められて、もう後がないと悟った事で、生き延びる為にその頭脳が活性化していたのだ。

しかしそれでも、ヴェガに残された可能性は何もない。

ディアブロ達が何かを狙っているのは間違いないし、それに耐えられるとは思えない。もしかしたら、ヴェガが得た不死性ならば生き延びられるかも知れないが……生きるか死ぬかなどという賭けなど、真っ平ごめんだったのである。

ヴェガは悔しかった。

誰もが認めるほど強くなったはずなのに、誰からも尊敬されなかった。

信用の置ける仲間が出来なかった。

安住の地も得られなかった。

心が満たされなかった。

欲望は尽きなかった。

それらは当然だ。

ヴェガ自身の行いの結果なのである。

自分が相手を信じていないのだから、相手から信じられる訳がないのである。

ただ強くなったところで、威張るだけでは何も為せない。

人は意外と本質を見るのだと、ヴェガには理解出来なかったのだ。

望むだけでは、何も得られない。

与えるだけで返ってこない場合もあるが、与えなければ何も始まらないのである。

ヴェガは、それを知らずに生きてきた。その生い立ちに同情すべき点もあるのだが、更生の機会は幾度となくあったのだ。

故に結局は、ヴェガの行動の責任を取るべきは、自分自身しかいないという結論に落ち着くのである。

だが、ヴェガはそれを良しとしなかった。

「ふざけんじゃねーぞ、チクショウがァ――――ッ!!」

と、全身で不満を表明して叫んだ。

そしてその瞬間、禁断の手を思い付いたのである。


（そうだ、そうだぜ。俺だけが死ぬなんて、そんなの絶対にオカシイじゃねーかよ。だったらよお、全員道連れだ。そうすりゃあ、あの世とやらに行っても寂しくないってもんだぜィ!!）

それはまさに、ディアブロが不安視していた可能性だった。

臆病で生き汚いヴェガなら取らないだろう手段だと思いつつも、そうなる可能性を捨てきれずにいたのは、ヴェガの頭が悪過ぎたからだ。

何らかの思想があるでなく、その場その場で行き当たりばったりで生きている。思いつきで主義主張を翻《ひるがえ》し、思い付いた策を吟味せずに実行する愚かさを持ち合わせていて……。

そんなヴェガだからこそ、その一瞬で『破滅主義に目覚めないとは限らない』と、ディアブロは警戒していたのだった。

その予感が的中してしまった。

ヴェガはニタリと笑う。

「へへへ、わかったぜ。テメエが俺より強えのは認めてやんが、最後に笑うのは俺様だ。ギャハハハハハハハハ、そうさ！　最初っから、こうしてればよかったぜ!!」

笑いはやがて哄笑《こうしょう》となり、ヴェガの放つ邪悪な気配が濃密になっていった――

●

ディアブロは舌打ちした。

こうなる可能性を見越して対策を立てていたので、ヴェガが撒き散らそうとしている魔性細菌《バクテリア》を未然に押さえ込めている。しかし、ゼラヌスの暗黒細胞と融合した事で、ヴェガの魔性細菌《バクテリア》は強化されていた。

既にある程度は、ヴェガの垂れ流した細胞片が空気中を満たしていたのだ。

先程の触手の残骸も、魔性細菌《バクテリア》に変わった様子である。

（ここまで厄介になるとは。当初の状態《ママ》ならもっと楽に防げたものを、忌々しいヤツめ――）

ヴェガはこの戦闘の間にも、少しずつ強くなっていた。性質《たち》の悪い権能まで獲得していた様子で、ディアブロとしては不安要素しかなかったのだ。

このままではヴェガの行動を止められなくなると、事前に準備しておいて正解だった。

「――『絶界』――」

ディアブロは、速やかに対抗策を実施した。

ヴェガの本体が、ディアブロの『誘惑之王《アザゼル》』に囚われる。これによって、ヴェガの意識は外部との連絡を途絶させられたのだ。

一瞬にして、ヴェガの狙いは阻止された。

即ち、ディアブロがヴェガの自爆を未然に防いだのである。

「なるほど、な。この隔離階層に満ちていた自分の細胞を、一斉に崩壊《ブレイク》させようとしていたって訳か」

崩壊というが、ヴェガが秘めたるエネルギー量は相当なもので、それが意味するところは大爆発である。

流石はディアブロだ、とベニマルは思った。

「その通りです。コイツのように何を考えているのかわからぬ愚者は、さっさと始末すべきですね」

ディアブロだけなら生き延びる自信があったが、疲《ひ》労困憊《ろうこんぱい》になった他の者達では被害規模が予想困難だった。なのでディアブロは、断固阻止すべく手を打っておいたのだ。

状況が状況でなければ、ディアブロの手でとっくにヴェガを始末していた。不確定要素を生かしておけば、どのような災厄が起きるかわからないからだ。

生かす意味もないので、容赦する必要もなかった。ともかく、全ての段取りが完了した以上、後はヴェガを葬った上で隔離部分を廃棄するだけだった。

そのハズだったのだが……。

ここにきて、ヴェガに――『邪龍獣』に変化があった。

ヴェガの悪足掻きが、更なる力を得るキッカケとなってしまったのだ。

「ひゃははハハハ！　やったぜ、流石は俺様だ!!」

その叫びは『邪龍獣』が発していた。

三体いたはずが、今は一体しか復活していない。しかしその一体の顔はヴェガのものとなり、今までとは別格の存在感を放っていた。

ヴェガの究極能力《アルティメットスキル》『邪龍之王《アジ・ダハーカ》』には、『並列思考』の権能もあった。それが今、『邪龍獣』に宿ったのだ。

「「――ッ!?」」

その危険性に咄嗟に気付いたのは、ディアブロ、ゼギオン、ベニマルの三名だった。

遅れて、ディーノ達も状況を理解する。

しかし、誰も動けない。

ディアブロは、ヴェガ本体の封じ込めに手を取られている。

ベニマルは『時空間操作』を発動させて、この場と退避場所を繋ごうとしていた。

ディーノは、ようやく休めると嬉しそう。

ピコとガラシャも、ディーノと同じ。

アピトも安堵の表情で、戦い疲れたゼギオンを労わるように支えていた。

そのゼギオンも、攻撃を躊躇《ためら》ってしまった。

何故ならば、ヴェガはマイに覆い被さるようにしていたからだ。

ゼギオンに守られていたマイだったが、何を思ったのかヴェガの前に飛び出したのである。この行動はゼギオンにとっても想定外で、対処が遅れてしまったのだ。

ヴェガは『邪龍獣』に思考を宿らせているだけのようで、その権能を全て扱える訳ではない様子だった。それでもディアブロの『絶界』から『並列思考』を跳ばせたのは、ヴェガの執念の為せる業だと評価出来るだろう。

せっかくディアブロが封じたのに、このままマイを喰って逃げ切れたならヴェガの勝ちだった。

それが叶わなかったとしても、このまま皆を巻き込んで自爆してしまえば、ヴェガの鬱憤《うっぷん》は晴れるというものだった。

逆恨みですらない醜い感情に支配されて、ヴェガは悪意を撒き散らしていた。

せめて、隔離部分と一緒に追放出来たなら――と、皆が思ったその時だ。


「こうなると思った。だって貴方、しつこかったもん」

マイが諦めたように、淡々とそう呟いたのだ。

その声は小さかったが、静まり返った現場で大きく響いていた。

「は？」

思わず間抜けな声を洩らした『邪龍獣』のヴェガに、マイが挑戦的な目を向けた。

「だから私が、連れて行ってあげるわ。貴方が誰にも迷惑をかけられないように、どこか遠い未知なる場所へ」

「はあ？　何を言ってやがんだ、テメエ⁉」

必死に問うヴェガに、マイは答えない。

「おい、止め――」

ヴェガが拒絶しようとするより早く、マイの『星界之王《テラ・マーテル》』が輝くように発動する。

マイだって、ずっと守られているばかりではなかった。

ヴェガを観察し、そのしぶとさを恐れた。

そして、こうなるのではないかと薄っすら予感していたのだ。

だから、ヴェガが自分を狙っていると理解しながら、敢えて逃げなかった。自分だけが犠牲になる事で、皆を守ろうとしたのだった。

消えゆく『星界之王《テラ・マーテル》』の光輝。

その最後に――マイの思念の残滓が、ディーノ達に届いた。

サヨナラ、ディーノ。

貴方って、真面目にしてたら恰好良かったよ。

私に勇気をくれて、ありがとう。

サヨナラ、ガラシャ。

頼もしくてお姉さんみたいだった。

サヨナラ、ピコ。

短い付き合いだったけど、友達みたいに感じてた。

サヨナラ、みんな。

元気でね。

永遠を生きる貴方達なら、私の事なんて直ぐに忘れちゃうだろうけど――

そこで、マイの声が途絶える。

もしも覚えていてくれたら嬉しいな、と続く気がしたディーノなのだった。

＊

マイが消えて、脅威も去った。

残るヴェガ本体を生かしておく意味はない。

ディアブロが、迷う事なく処理を行う。

「――〝崩壊する世界《エンド・オブ・ワールド》〟――」

世界の崩壊に抗う術《すべ》はない。

この瞬間、ヴェガの本体が滅んだのだった。

ただし恐らくは、マイと一緒に消えた『邪龍獣』に本体の権能が移り、本物のヴェガとなって完全復活を果たしているだろう。

ディアブロが忌々しそうに舌打ちする。

結局は、テスタロッサを馬鹿に出来ない結果となってしまったからだ。

まあいい――と、ディアブロは気持ちを切り替えた。

「さっさと終わらせましょう」

ゼラヌスを喰った事で、ヴェガがどのような進化を遂げたのかわからない。

この隔離階層には、まだヴェガの細胞が残っている。これを放置すれば、それこそ魔物を喰らって復活してしまう恐れがあったのだ。

感傷に浸っている場合ではなく、事前に取り決めた予定通りに、事を運ばねばならないのだった。

「何を呆けているのです、ディーノ」

「いや、だって……」

「だって、ではない。つまらぬ感情に惑わされて、使命を果たせない方が問題ですよ」

ディアブロが冷徹に告げた。

その通りなのは、ディーノも理解しているのだ。

「ま、せめて手向けくらい贈ってやるとしよう。せいぜい派手にな」

ベニマルがそう言って取り成した。

そしてそれを実践すべく、皆が行動に移る事になったのである。

そんな中、ディーノは一人思う。

（マイも喜んでくれるなら——って、絶対に怒るよな、アイツ）

マイは真面目で、自分が目立つのを嫌っていた節がある。

それに、派手な事も好きではなさそうだった。

ディーノはそれを思い出していたのだが、それは口にせず呑み込んだのだった。

＊

ベニマルが『時空間操作』で繋げた退避場所は、迷宮の〝外縁部〟にあった。

迷宮内なのに外縁部と呼ばれるのには、それなりの理由がある。

そこは、時空の狭間なのだ。

迷宮は異界——つまり、亜空間に隣接しており、数多の別次元世界《アナザーワールド》とも接している場所にあった。であるからこそ、迷宮の外が基軸世界であるのならば、迷宮の内側こそが〝外縁部〟と称されているのだった。

そこの最端部に立つのは、ベニマル、ディアブロ、ゼギオン、そしてディーノの四名だ。

ベニマルの提案で、今からどでかい花火を打ち上げようとしていたのだった。

たった四名だけなのは、他の者達がこの先で行動可能な権能――『時空間操作』を有していなかったからである。

ゼギオンは、ゼラヌスから権能を託された事で、『時空間操作』が進化して『時空間支配』となっていた。

ディアブロは、ミカエルに『時間停止』で後れを取ったのが悔しくて、とっくに『時空間支配』の権能を獲得している。

そしてベニマルも、ディアブロに教授されて特訓しており、本当に短い期間で『空間支配』を『時空間操作』へと成長させていたのだった。

ベニマルでさえようやく扱えるようになったばかりの権能なので、他の者に扱えないのは仕方ない。

ピコとガラシャでさえも『空間支配』しか有しておらず、亜空間内での存在維持は困難であった。


それほどまでに、この先の空間は危険だったのだ。

難事に挑もうとするベニマル達だったが、その前に、迷宮との機能回復を忘れてはいなかった。

『良くやってくれたわね、アンタ達！　アタシは信じていたのよさ!!』

という、ラミリスの嬉しそうな声が聞こえた。

迷宮内に戻ってきた証拠であり、ここで死亡しても〝復活の腕輪〟の効果で生き返られるという安心感があるので、皆の表情にも安堵の色が浮かんでいる。

ただし、今から行われる作戦行動に従事する者には、ラミリスの迷宮法則すら適用されないのだが……。

『で、本当にやるワケ？』

このまま放置するだけでいいじゃん――と、ラミリスは言いた気だ。

何しろ、今からベニマル達が行おうとしているのは、廃棄した三十階層部分への全力攻撃だったからだ。ベニマルから『思念伝達』で説明を受けていたのだが、乗り気でない様子である。

ベニマルやディーノ達からは、ヴェガの復活を絶対に許さない、という気迫が感じられた。

マイが連れて行った『邪龍獣』が残っているが、それはそれ。今から行うのは、単なる憂さ晴らしだった。

そう理解しているからこそ、ラミリスとしては反対の立場なのだ。それでもディーノ達の気持ちは理解出来るので、止めたりはしないだけである。

異界に接する退避場所からは、廃棄された三十階層部分が視えていた。

これを放置しておくだけで、やがて異界に呑まれて飛ばされていくはずだ。

亜空間には、常に位相の変動が生じている。それは予測出来るものではなく、それに巻き込まれたならば、どんな異次元空間へ飛ばされるか予測不可能なのだ。

時間の流れさえも歪曲された異界であるが故に、たとえ『空間支配』を有していたとしても、跳ばされた場所から今と同じ地点への復帰は現実的ではなかった。

ヴェルグリンドはそれを成し遂げたが、あれは偶然と奇跡が重なった例外である。

跳ばされた先だが、人が生息している別次元世界《アナザーワールド》だったらまだマシで、何もない宇宙の終焉《しゅうえん》だったり、生命が誕生する前の大破壊の真っ最中だったりしても不思議ではない。

如何に精神生命体とはいえ、そんな場所での生存は絶望的なのだ。

それを知っているだけに、ラミリスが真面目に忠告する。

『いいこと？　ちゃんと自分自身を『結界』で防御して、命綱を手放さないようにね。じゃないと、亜空間に呑まれて流されたら、どこに跳ばされるかわからないんだからね？』

ラミリスの警告に、ディーノが強く頷いた。

実際、ベニマル、ディアブロ、ゼギオンの三名は、リムルを経由して〝魂の回廊〟という繋がりがあるのだ。今から作戦行動を行う四名の内、ディーノだけが確固たる絆がないのである。

「ま、あれだ。アタイとピコがしっかり支えてやっから、安心しな」

「いやね、俺達に絆がなかったのがショックでさ」

「気にすんなよ！」

「そうだよ？　私達は仲間だし、信じあえてるじゃん。〝魂の回廊〟とかいう、訳わかんないモノがある方がオカシイんだよ」

その通りなんだよな――と、ディーノも思うのだが、少し寂しい気分になっていた。

ともかく、ここからは気を引き締める必要があった。亜空間では足場となるものがない為、命綱が頼りなのだ。

ラミリスの言うように、とても危険な行為なのである。

それでも、ディーノは珍しくやる気だった。

ディーノにとって最善なのは、言うまでもなく『働かない』事である。

だからと言って、仕事が出来ない訳ではない。

したくない、だけなのだ。

故に、本気になったディーノは仕事が早かった。

必要に迫られたならば速攻で終わらせる事を良しとする――それが、ディーノという男なのだった。


そんなディーノが、真っ先に亜空間へと飛び出した。

続いて、ゼギオンがディーノの対面に到着する。

ベニマルが一番不慣れなので、まだ安全圏に近い位置に陣取っていた。

一番危険な最奥には、いつの間にかディアブロが。

ディーノから見たら、正三角形に見える配置だ。

そしてそれは、他の者達から見ても同様で――つまりは、四名を頂点として正四面体となるような陣形だったのだ。

これにて、準備完了であった。

それは、四名以上の者が必要となる儀式奥義だ。

どうせやるならとラミリスが提案したのだが、これにディアブロが「クフフフフ、面白い」と賛同した。

ゼギオンは無言で同意し、発案者だったベニマルと追従したディーノの方が、遅れて賛同する形となっていた。

実はその儀式そのものも、この場所と同じくらい危険な行為だったのだ。

（ディアブロはともかく、ゼギオンとベニマルか。凄いな――また魔素量《エネルギー》が増大してるじゃねーか……）

ゼギオンは……先の戦いを目撃したので、理解したくないが理解出来る。

しかし、いつの間にかベニマルまでも、本気のディーノに並ぶほど強くなっていた。

どうなっているんだと思ったものの、突っ込む元気などない。

ディーノは作戦に集中する事にした。

『気を付けてね！』

不安そうなラミリスの思念が届く。

全員が所定の位置へ到達したのが確認されてからが、本番だ。

二人で、点と点を結ぶ一次元。

三人で、面を描く二次元。

四人ならば、空間を形成する三次元となる。

目標を中心に、各人が正四面体の頂点に立っていた。

つまり今から行おうとしているのは、廃棄された迷宮三十階層部分を囲い込むように完成した正四面体から、中央へ向けて各々の奥義を叩き込もうとしている訳だ。

それは――積層型魔法陣をはるかに凌ぐ、空間型魔法陣が形成される事になる訳で……。

（想像を絶する威力になりそうだな。マジで）

と、ディーノはゴクリと唾を飲み込んだ。

考えれば考えるほど、メチャクチャな話だった。つい熱くなって話に乗ってしまったが、本番前に冷静になってくると、『これってヤバイな』と思えてきたディーノである。

もっとも、ディーノ以外の三名は意外と乗り気であった。

『クフフフ、久々に全力を出せますね』

『ああ。オレもこの機会に、自分の限界を知っておくとしよう』

『そうだな。身体はボロボロなんだが、何故かイケる気がする』

その『思念伝達』での会話を聞いて、ディーノは思った。

先ず、ディアブロ。

お前は本気を出すな！

次に、ゼギオン。

アンタに限界なんてないから！

そして、ベニマル。

身体がボロボロなら、どうしてこんな提案をしたんですかね？

コイツら、絶対にオカシイよ！　と、ディーノは全力で叫びたい気分であった。

しかし、今更なので何も言わない。

言っても無駄だし、下手すれば、空気を悪くするだけだと思ったから。

ディーノは意外と、気配りの出来る男なのだった。

そんな訳で、ディアブロを筆頭とするテンペストの幹部勢に苦手意識を植え付けられつつ、カウントダウンが始まった。

『わかっていますね、ディーノ？　主技は貴方に任せます。我等の方でタイミングを合わせますので』

と、ディアブロが言う。

ベニマルにゼギオンも異論はない。


三人だけならば完璧にタイミングを合わせられる自信があったが、ディーノにそれを求めるのは酷と言うものだからだ。

そこで、ディーノが技を放つのと同時に、三人が追従する形になった。

ディーノも、これに文句はない。

むしろ、ここまで難易度の高い儀式奥義で、ぶっつけ本番にタイミングを合わせろなどと、無茶を言われずに済んでよかったと胸を撫で下ろしているほどだった。

『わかった。全力でいくぜ！』

そう応じて、ディーノは精神を研ぎ澄ましていく。

最高の一撃を放つべく、意識を集中させて——その瞬間、ディーノの六対十二枚の白と黒の翼が輝いた。

ディーノの双剣——黄金の剣《エクスカリバー》と闇銀の剣《カリバーン》に、絶大な力が収束した。

『天魔双撃覇《フォールンクルセイド》!!』

白光刃と黒影刃が残光を残し、正四面体の中心にて見事に交差する。

そして——まさにその瞬間、満開の華が同時に咲き狂ったのだ。

『陽光黒炎覇加速励起《プロミネンスアクセラレーション》——ッ!!』

『——〝終末世界への鎮魂歌《エンド・オブ・ワールド・レクイエム》〟——』

『——〝幻想増殖波動嵐《デヴァステイターストーム》〟!!』

ベニマルが放った陽光黒炎覇加速励起《プロミネンスアクセラレーション》は、言わずと知れた最強奥義だ。

ディアブロの〝終末世界への鎮魂歌《エンド・オブ・ワールド・レクイエム》〟は、世界が崩壊する様を再現して局所的破壊を巻き起こす、究極の幻想・元素系破滅魔法である。能力《スキル》と技術《アーツ》、そして魔法の複合技で、言うまでもなくディアブロのオリジナルにして最強最悪の奥義であった。

そしてゼギオンの〝幻想増殖波動嵐《デヴァステイターストーム》〟だが、こちらもゼラヌスから託された力を取り込んだ事で、ゼギオンの最強奥義であった〝幻想次元波動嵐《ディメンションストーム》〟がより凶悪に進化していた。

各々が、各々の持てる最大の力を発揮した形だ。

寸分違《すんぶんたが》わず放たれた超絶技の数々が、正しく絶妙なるタイミングにて、ディーノの放った技に被せるように正四面体の中心部に到達していた。

そこに座する迷宮廃棄部分にて、色無き極光が花開いて、亜空間を美しく彩っている。

それは、手向けに相応しく美しかった。

ただし、その秘めたる威力は——宇宙開闢《かいびゃく》以来で最大となる、絶禍の破壊力を生じさせるものだった。

威力を逃さぬように構築された正四面体内部を、破壊の災禍が埋め尽くしていく。


——四重複合絶技《カルテットスキル》：絶撃追憶滅光崩《ブレイクダウンノスタルジア》——


四名の力が一つに合わさり、かつてない究極の破壊を生み出したのだ。

少しでもタイミングが狂うと術者本人を巻き込む危険なもので、それを間近に体験したディーノが恐怖を感じたのは言うまでもない。

ぶっつけ本番で試すには、危険過ぎる技だと思ってたんだよ——と、後にディーノは語る。

武勇伝が一つ生まれた瞬間だった。

＊

〝管制室〟でも、この状況は把握していた。

この光景を目撃した者は、皆一様に押し黙っている。

荒れ狂う破壊嵐が収まる気配はない。

この場が亜空間であった事は、幸いであったと言える。もしもこれが迷宮内だったら、どれだけの階層が巻き込まれたのか想像もつかないほどだった。

『……あの、ヤバイんですけど?』

と、ラミリスが本音をポロリとこぼしている。

破壊の中心にあった『廃棄した三十階層分』だが、破壊のエネルギーに触れた一瞬で消滅したのだ。こんな凶悪極まりない技を、もしも地上で使用したなら……。

惑星だって消え去るだろうし、太陽系だって飲み込まれるだろう。

まさしく、ヴェルグリンドの力をも完全に上回る破壊力。この世界における上位者四名による四重複合絶技《カルテットスキル》は、相乗効果によって想像を絶する結果を生み出したのだった。

そんなふうに沈黙に包まれた〝管制室〟に、楽しそうに会話しながら戻って来る者達がいた。

ディアブロとベニマルだ。

「いやあ、実に楽しい体験でした」

「ああ、まったくだ。身体は悲鳴を上げていたのに、いざ実行に移す時にはむしろ、これまでになく力が漲るのを感じた。またやりたいが、早々に機会がなさそうなのが残念だ」

「クフフフフ。カレラが『階層をぶち抜くのって、めちゃ楽しい』などとほざいていましたが、ようやくその気持ちが理解出来ましたよ」

「──確かに。力の限界を試すなど、滅多に出来ぬ経験だからな」

最後にはゼギオンまで加わって、かなり盛り上がっている様子である。

〝管制室〟の温度感とは大違いで、ラミリスはプルプルと身体が震えだすのを止められなかった。

不安は、怒りに変わっていた。

ラミリスはパタパタと部屋中を飛び回りながら、戻ってきたベニマル達に向けて『絶対禁止』を宣言したのだった。

そんな中、もう何もしたくないくらいに疲れているのが、シレッと一緒にいるディーノである。

ピコとガラシャも当たり前のような顔をして、応接用のソファーでふんぞり返っていた。

そんなディーノ達に、そっと紅茶とお菓子を差し出すシュナ。

「お疲れ様でした」

そう言いながら笑顔を見せられれば、これにコロッとなるのが男の性《さが》だ。

ディーノもご多分に漏れず、頑張った甲斐があったな、などと苦労が報われる思いになっていた。

ベニマル達と違って、ディーノは自力のみで戦っていた。

だからこれは自分への御褒美なのだと、ディーノは堂々たる態度で長椅子に寝そべるのである。


優雅に寛ぎ、シュナに紅茶のお代わりを頼んでいた。

そうする事で、ディーノは疲れを癒しているのである。

そんなディーノの実に自然体な様子に、ベニマルが呆れて文句をつけた。

「おい」

「ん？」

「どうしてそんなに寛いでいる？」

「いや、だって、俺の仕事はもう終わりだろ？」

実に軽やかにディーノが答えた。

これに、イラッとした様子でベニマルが問い返す。

「それならどうして、自分の家に帰らないんだ？」

それを聞いて、ディーノはキョトンとした。

そんなディーノを見て、ベニマルの方が戸惑ったほどだ。

「え？　いやあ、戦い終わった後はもはや、『強敵と書いて友《トモ》と読む』だろ？　だったら、俺達の住む場所だって、ここ以外にないって話じゃん？」

などと、ディーノは爽やかに言い放った。

清々しいほど、自分達の都合しか考えていない。

軽くウィンクまでされたので、ベニマルの苛つきがピークに達してしまう。

なのでつい、語気荒く言い返していた。

「それ以前の話だろうが！　そもそもお前達って、ちょっと前まで敵対してただろう⁉」

仮にもディーノは魔王なので、その言い方は失礼に当たるのだが……ピコやガラシャからもクレームは出ない。そこまでディーノを尊敬していないのだ。

ディーノ本人も気にした様子はなく、軽くスルーしてラミリスを巻き込む始末だ。

「えー？　もう仲直りしたじゃん。なあ、ラミリス？」

「え？　ま、まあね。また働きたいっていうなら、雇ってあげるのもやぶさかじゃないのよさ！」

ラミリスの機嫌はもう戻っていた。ディーノと仲直りしたのを思い出し、笑顔になっている。

そのまま一緒になってお菓子に舌鼓を打ち始めたのだが、それはまだ気が早いというものだった。

忘れてはならないが、ここは〝管制室〟なのだ。

迷宮内の危機は去ったものの、まだ世界各地では苦難が続いている。

ソウエイだって情報収集に飛び回っているし、決して万事解決した訳ではないのである。

それなのに『もう自分は関係ありませんよ』と言わんばかりに、ディーノ達は他人事の体であった。

ピコやガラシャも同様だ。

いや、もっと酷かった。

会話するディーノ達をガン無視して、二人そろってケーキを貪りついていたのである。

「こ、これ！　超美味しいんですけど⁉　三つあるし、もう一つも私が食べてもいいよね？」

「ピコ、慌てるな。この最後の一つはアタイが狙っていた獲物だぜ」

「はあ？　何を言ってるのよ。私が先に宣言したんだから、権利は私のものでしょ？」

シュナの用意したケーキを奪い合うという、実に醜い争いが勃発していた。

これに、ディーノが参戦する。

というか、当事者だった。

「――おい!? それは残っているんじゃなくて、俺のだから! お前等の権利なんて、最初からないから!!」

そう叫んで、慌てて自分の分のケーキを確保しようとしたディーノだったが、その主張が聞き入れられる事はなかった。

友情も、ケーキの前には無力なのか……。

そう思わされるテンペスト一同だった。

それを見やり、溜息を吐くベニマル。

自分もケーキは大好きだが、これは酷い、と思っていた。

「ダメ男を甘やかすのには反対なんだが、シュナ、もう一つ用意してやってくれ」

根負けしたのは、ベニマルが先だった。

このままでは話が前に進まないと、そう考えたのだ。

ディーノに対して酷い言い草だったが、魔王の風格など感じられないのだから仕方ない。

シュナは苦笑して、頷いた。

そうとは気付かず、ディーノ達は本性丸出しで争い続けている。

やはり友情とは、かくも儚いものなのだ。

世界規模の戦いから比べれば可愛いものだが、三者、一歩も譲らぬ構えで睨み合っていた。

シュナが新しいものを用意して運んで来るまで、その争いは続いたのだった。


結局、ケーキを食べ終えたディーノ達は、ベニマルの傘下に入る事に合意した。

シュナという食を司る権力者の兄上に逆らうのは愚か――と、そう認識したようである。

どの世界でも、台所を支配する者は強い。

そんなこんなで、一時同盟の成立であった。

「俺はこう見えても魔王なんだし、決して買収されたんじゃないからな」

「そだね。せめて三つ、一日に用意してくれなきゃ話にならないね」

「でもよ、世界が滅んじまったら、このケーキも食べられなくなりそうだしな。協力してやるしかねーよな」

という感じで、交渉が成立したのである。

その後はラミリスに雇われる予定のディーノ達だが、それは交渉次第という話になっていた。

何にせよ、この世界を守ってからだ。

ベニマルの指揮下に入ったのは、それが一番効率がいいと判断したからである。

ディアブロもそうだが、ベニマルも自分達の勝利を疑っていなかった。

リムルが帰還すると信じて、この基軸世界を守ろうとしているのである。

それも、国家の枠組みを越えて世界規模で、だ。

まだ若いのに大したものだ——と、ディーノも認めざるを得なかったのだった。


そんなベニマル達を見て、ディーノも思ったのだ。

マイだってもしかすると、無事に帰って来るかも知れないもんな——と。

あの生真面目な同僚の少女が、まさか自己犠牲の精神を発揮するとは思わなかったディーノである。


その行為に助けられたのは事実なのに、不本意ながら恩返しも出来ない状況だった。

ディーノとしては納得いかず、せめてベニマル達に協力しようと考えたのだ。そうでなければ、決して動こうとしなかったはずだ。

ディーノは思う。

(マイが戻った時は、このケーキを御馳走してやらねーとな)

その為には、ガラシャも言っていたように、この世界の平和を守る必要があった。

本当は働きたくないが、『仕方ないな』と思うディーノなのだった。

●

古城《フルキ》舞衣《マイ》は、全力で跳んだ先のどことも知れぬ空間に漂っていた。

恐らくは、亜空間と称される次元の狭間だ。

ラミリスの迷宮から無秩序に跳んだから、位置座標を見失ってしまったのである。

　生きているだけでも儲けものだが、これはマイの権能によって『生存可能な空間を自動調整』された結果であった。

　そうとは知らぬまま、マイは自分の幸運に感謝した。それと同時に、何故か無性にケーキが食べたくなっていた。

　誰かがマイの事を噂しているのかも知れないが、どうしてケーキを思い出したのかは疑問だ。

　ケーキなんて、滅多に口にする事が出来ない贅沢品だった。

　それも、ベイクドチーズケーキやカボチャケーキなどが主流で、ふわふわスポンジのショートケーキなどはお目にかかった事がない。

　探せばあったのかも知れないが、帝都のスイーツ店などは高級過ぎて、マイの給料では高嶺の花だったのだ。

　ユウキがお土産としてスイートポテトなどを持ってきてくれたりしたのだが、それがこれ以上ないほどの御褒美だったのは秘密である。

（そのユウキ君だって、ジャヒルに殺されちゃったんだよね……）

　最後にユウキの事を思い出したからか、マイはそんなふうに感傷に浸る。

　何も知らぬまま帝国で彷徨っていた時、ユウキに拾われてお世話になった。それ以降、自分の元いた世界に帰れる日を夢見て、必死に生きてきたのだ。

　今では人間を止めてしまい、こんな不思議な空間でも死なずに生きているほどの力を得たのだが、それでもマイの望みが叶う事はなかったのだ。

　マイは、究極能力《アルティメットスキル》『星界之王《テラ・マーテル》』を得た事で、より現実を知る結果となっていた……。

　マイが望む元の世界に戻れる確率は、限りなく低いものなのだ、と。

　理論上、決して不可能ではない。ただし、マイでは無理だった。

　その理由は、次元の壁を越えるには、膨大なエネルギーを必要とするからだ。

そしてそれ以上に、複雑怪奇な演算が必須となり、膨大な量の『時間と空間に関する位置情報』を必要とするのである。

それこそ今の状況を見ても、マイの絶望が理解出来るというもので……しかし逆に、それが故にマイの安全は保障されていたのである。

マイはまだ、ヴェガに捕まったままだった。しかし、怯える事はない。この状況では、自分が直ぐに殺される事はないと理解していたからだ。

「テメエ、何を笑ってやがる？」

と、マイを掴んだままだったヴェガが、不機嫌そうに問いかけた。

「別に。ちょっとケーキが食べたいな、って思ってただけです」

「へッ、余裕そうじゃねーか。テメエ、自分だけ逃げようったって、そうはいかねーぜ？」

「逃げる？　無理ですよ」

「……あん？」

ヴェガは理解出来ないという表情で、マイを見た。

それから顔を歪めるように笑み、マイに脅しをかける。

「クックック。俺様の本体が殺されちまったら、こっちの身体に究極能力《アルティメットスキル》『邪龍之王《アジ・ダハーカ》』が宿るんだぜ？　そうなったらテメエ、真っ先に喰ってやるからな」

そうすれば、マイの『瞬間移動』が手に入る。

自分はより強くなって、帰還を果たせるはず——そう考えて、ヴェガはニタニタと笑った。

実はこの時点で、ヴェガの本体は滅んでいた。ヴェガの身に『邪龍之王《アジ・ダハーカ》』も宿っているのだが、本人はまるで気付いていないのだ。

ヴェガが自分の権能を全然理解出来ていないという証拠であり、とても滑稽な話である。

それに——

マイは、ヴェガに脅されても動じない。

「無理ですって」

「テメエ、調子に乗ンなよ！　俺の本体が殺されずに封印されるかもって話なら——」

「ああ、そういう心配ではありません」

マイもその可能性は考えた。

ヴェガ本体を殺してしまうと、マイの目の前にいる『邪龍獣《コイツ》』が本体になるだけだ。そうとわかっているのだから、封印するという手を打つのではないか。そう思ったのだが、直後に自分の考えを否定した。

その理由は、危険性が高いからである。

ヴェガの進化速度は尋常ではない。それを鑑みれば、潰せるところから潰しておく方がいい、という結論に至るだろうと。

実際、そうなった訳で、マイの予想は正しかったと言える。

そしてマイが自信を持っていたのは、それこそ自分の望みが叶わないと理解させられた理由と同じであった。

「私の権能を奪えるかどうか、それも賭けでしょう?」

「馬鹿め！　俺様なら、それは確実だぜ」

マイも『そうかもな』と思ったが、そこは黙ったまま続きを口にする。

「でも、位置情報を読み解けないでしょう?」

「は?」

「空間を移動するには、座標計算が必須になります。現在位置の座標と『転移』先の位置情報の二つは、最低でも必要なんですよ」

「む……」

「私を殺しちゃったら、その情報は得られないでしょうね」

マイの権能——進化した『星界之王《テラ・マーテル》』は、『時空間跳躍』も可能になっていた。

ただし、前述したように数多の情報を必要としているのである。

目標の人物の波長に向けて跳ぶ方法もあるが、異なる次元にいては辿れなかった。

また、目標地点の時間軸、位置座標、その他の情報が判明していたとしても、そこを隔てるように次元の壁があれば、マイの力では越えられないのである。

これが、マイが元の世界への帰還を諦めた理由であった。

隣接する次元であれば、壁を越えられる場合もある。

しかし、次元によっては壁の高さもマチマチなので、どうあっても不可能な場合があった。それこそ〝冥界門〟を探すなりして、コツコツと次元探索を繰り返すしか手はないのである。

マイには無限に等しい寿命があるが、それでも無理だと断ずる他ない。何しろ、次元ごとに時間軸は異なっているからだ。

時間軸を同期させた状態の世界間なら、次元跳躍しても時差はない。しかし現実的には、そういう現象は期待出来なかった。

同じ世界の宇宙でさえ、光速を超える速度で空間は膨張を続けているのだ。時間と空間の相関性など、マイの理解の及ぶ範囲にないのである。まして、愛する弟が生きている時間と場所に辿りつける確率など、限りなくゼロに等しくあってないようなものだったのだ。

マイにもっと強力なエネルギーがあれば、時間と空間を跳躍する事も可能だった。それこそ〝竜種〟であれば、そのような無茶もまかり通らせられただろう。

しかし、マイでは不可能だった。


ただそれだけの話なのである。

ついでに言うと、全力で跳んだからか、マイ自身も現在位置の情報が読み解けずにいた。ヴェガから逃げられたとしても、帰還するのは絶望的だったのだ。

隠すような話ではないので、マイはそれを素直に説明する。

当たり前だが、ヴェガに理解出来るはずもなかった。

「な、に？　えっと、何だ？　つまり……」

「私の協力がなければ、どっちにしろ権能を使いこなせないでしょうね、って話ですよ」

強気でいけば、ヴェガの決断を遅らせられるだろうというのが、マイの狙いである。

実際、それは成功する。

ただし、それが時間稼ぎでしかない事を、マイ本人が一番理解していたのだが……。

マイの断言に、ヴェガは頭を抱える事になった。

否定出来なかったからだ。

そもそも、ヴェガは究極能力《アルティメットスキル》『邪龍之王《アジ・ダハーカ》』だって使いこなせているとは言い難い。マイの言うように、マイから権能を奪ったところで、宝の持ち腐れになるのは間違いなさそうだった。

そしてこの時、ヴェガもようやく気付いた。

自分に『邪龍之王《アジ・ダハーカ》』が宿っている事を……。

しかし、ヴェガには何も出来ない。

(ク、クソッ!! 確かに俺じゃあ、複雑な権能なんて扱えねー気がする。けどよ……どうする?)

このままマイに舐められるのは癪《しゃく》だし、かと言ってマイを殺してその権能を奪っても、ここで手詰まりになってしまっては意味がなかった。

ヴェガは迷った。

このままではマイと二人、この何処とも知れぬ亜空間に取り残されるだけである。

ここから跳ぶにしろ、マイ頼りだ。マイの気力が回復するのを待って、それから当てもなく『時空間跳躍』する事になるだろう。

そうなると協力は必須な上に、いちいちマイの機嫌を窺わねばならない。

正直言って面倒だ、とヴェガは思った。このまま時間をかけて考え続ければ、結局はマイを喰うという結論に至っていたであろう。

逃げられたら終わりなので、ずっとマイを捕まえ続けるのも大変なのだ。それなら権能を奪って、自力で何とかする方がマシ——という思考になる訳である。

だが、しかし。

ヴェガはその答えを見出す前に、チャンスを失う事になった。

「——え?」

「あちゃあ、何だ!?」

それに気付いたのはマイが先か、それともヴェガだったのか……。

強大無比の時空嵐が、その場に突然発生していた。

亜空間の法則は、人知の及ぶところではない。

その時空嵐に巻き込まれて無事で済むのかどうか、それさえも不明なのである。

「逃げた方がいいわね」

「言われるまでも——」

ヴェガは、その言葉を最後まで言えなかった。

マイもそうだが、より強大な力を垂れ流していたヴェガを中心に、新たなる時空嵐が発生したからだ。

「──きゃ⁉」

「ぐわぁ──────────ッ⁉」

それは、抗う事など出来そうもないほど、強力無比なエネルギーの本流だった。

ヴェガの手がマイから離れた。

それは好機なのだが、マイはそれどころではなかった。

光が舞う。

その時空の渦に巻き込まれるなり、精神生命体であるマイの意識さえも朦朧《もうろう》となって──

『諦めるなって言ってくれたのに、ゴメンね、ユウキ君──』

そう心の中で呟いて、マイは意識を手放したのだった。


その時空嵐が去って、ヴェガは一人、しぶとく生き残っていた。

「クックック、大した事なかったぜィ！」

喉元過ぎれば熱さを忘れるというが、ヴェガはまさにそれだ。

だから反省もしないので、同じ過ちを繰り返すのである。

「チッ、マイとはぐれちまったか。これほど強力なエネルギーの奔流の直撃を浴びちまったんじゃ、もう死んじまったかもな」

マイが死んでもどうでもいいが、その権能を奪えなかったのは残念だった──と、ヴェガは思った。

しかし、ヴェガは『強運』な男なのだ。

今回も無事に生き延びられたのがその証拠だ──と、本人は思っていた。

しかし、それは間違いだ。

何しろ、ヴェガの運はとっくに尽きていたからである。

マイを手放してしまったのが、その揺るがぬ証拠であった。


——そこは、誰にも知られぬ場所——


何もない。

海も、空も。

天と地、上下さえもなかった。

「あ？」

ヴェガはようやく、己が置かれている立場に気付いた。

その場所では、星も輝かない。

光がないので、色もなかった。

何も存在していない、完全なる〝無〟だったのだ。

「おいおい……」

これは不味いのでは——と、ようやく気付くヴェガである。


何もないから、指標がない。

動いてみても、進んでいるのか後退しているのか、それすらも判別出来ない状況だった。

魔素もない。

ヴェガから垂れ流されていた魔素が拡散しても、何かに当たる気配はなかった。

もしかしたら、時間すら流れていないかも知れなかった。

突如、ヴェガの心に恐怖が湧き出た。

自分が、完全なる孤独であると理解してしまったのだ。

する事が何もない。

出来る事も何もない。

「おいおい、待ってくれ。どうなってんだ？　クソったれが、誰かいねーのか、ゴラァ——ッ!!」

恐怖は、怒りに変わる。

「ちくしょうがァ!!　俺が何をしたってんだ、ふざけんじゃねーぞ!!」

誰もいない虚空に向けて、ヴェガが吠《ほ》える。

力の限り怒鳴る。

しかし、誰も何も答えない。

反応は、ゼロだった。

誰もいないので、威張れない。

虚勢を張っても意味はないが、ヴェガは試してみた。

「舐めるんじゃねぇぞぉ――ッ!! この俺は不死身のヴェガだァ! 全世界で最強不滅の――」

そこまで叫んで、急に虚しくなったヴェガである。

怖くなった。

そう、ヴェガは不滅なのだ。

それを思い出してしまったのである。

「おいおいおい、ちょっと待て。ちょっと待ってくれよォ……」

全エネルギーを放出するように、自分自身を中心とした大爆発を起こしてみた。

しかし、何も変わらなかった。

ヴェガは無事に復活を果たした。

そして時間が経てば、何もかも元通りで……。

ヴェガには自慢の、尽きる事のないエネルギーがあった。だから、どれだけエネルギーを放出しようとも、無尽蔵に湧いてくる。

蟲魔王《むしまおう》ゼラヌスを喰った成果だ。

今となっては、それが恨めしいヴェガである。

何しろヴェガの肉体は不滅であり、エネルギーも尽きない。

そうなると〝自殺する事さえ出来ない〟という事だった。

「――え? 嘘だろ、ちょっと……そんな……待てよ……待てって……」

怨嗟《えんさ》の声は、誰にも届かない。

いつしかそれは嘆きに変わり――

誰もいない孤独なその場所で、自分を終わらせる事さえ叶わずに、ヴェガは己の愚かさを噛み締める。

一人寂しく、いつまでも、いつまでも……。

終章

終焉の先

Regarding Reincarnated to Slime

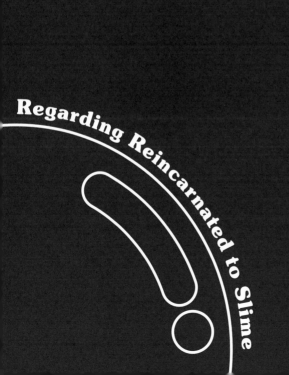

俺は薄っすらと目を開けた。

確か、ミリムと組み合っていたところで、フェルドウェイに邪魔されて、それから——

《お目覚めになりましたか？》

おっと、シエルさんが話しかけてきたぞ。

シエルさんが無事だったのなら、まだ俺も生きているって事だな。

ちょっと安心すると、次々と疑問が湧いてきた。

俺は、一番大きな疑問を呟いてしまう。

「何処だ、ここ……？」

いきなり視界がブレたけど、何が起きたのかサッパリわからない。

そう戸惑っていると、シエルさんが何でもない感じで説明してくれた。

《ここは〝果ての世界〟です。別名——〝時空の果て〟とも呼ばれる場所ですね》

は？

《フェルドウェイから〝時空転送〟を仕掛けられて、ここに跳ばされてしまったのです》

シエルさん曰く。

俺がミリムに対処している隙をつかれて、フェルドウェイの〝時空跳激震覇《クロノサルテーション》〟を許してしまったらしい。

時間停止に時間停止を足しても、効果は変わらない。

だがしかし、掛け合わせたならば劇的な変化をもたらすのだと。

それが〝時空転送〟――〝時空跳激震覇《クロノサルテーション》〟――全ての時間の流れを塞き止めて、それを対象だけに浴びせる技だった。

流れる時間と、固定しようとする空間の反発。それらが強ければ強いほど、対象を〝時空の彼方《かなた》〟に葬り去れるのだそうだ。

そして俺が辿り着いた場所が、ここ、〝時空の果て〟だった。

遠い未来、時間と空間の終わりが交わる場所――なのだそうだ。

あの時点での俺は、ミリムをフェルドウェイの支配から解放出来るほど、無視出来ない存在となっていた。

《フェルドウェイからすれば、自分に匹敵しうる――あるいは上回る可能性のある――超越存在となった主様《マスター》と、正面から戦うのを避けたのでしょう》

つまり、フェルドウェイも俺を殺せたとは考えていない訳だ。

簡単に倒せないから、邪魔にならないように別の場所に飛ばす。一見すると問題の先送りなのだが、それは実に合理的な手段だと思ってしまった。

だって現実に、俺は自分の居場所がわからなくなってしまっている……。

この色すらもない、だだっ広いだけの空間が、〝時空の果て〟だとか言われてもピンとこないのだ。

この場所では時間も流れていなかった。それなのに〝停止世界〟と違って、〝情報子〟を操作しても空間の広がりすら感知する事が出来なかったのだ。

《はい。この場所では、時の流れも止まっています。そして空間の広がりは終息し、エントロピーの法則に従い虚無へと至りました》

至りました？

まるで、見てきたような物言いだな？

《その通りです。フェルドウェイの〝時空跳激震覇《クロノサルテーション》〟で、我々は時空の彼方へと跳ばされました。そこでは星の寿命はとっくに尽きておりましたが、世界の崩壊へは至っていませんでした。フェルドウェイの力では、基軸世界の宇宙を滅ぼすだけで限界だったのだと推測されます》

その時間軸で何が起きたのか、正確にはわかっていない。

シエルさんが跳ばされた時点で、全ての物事は終わっていたからだ。

イヴァラージェがどうなって、どう動いたのかさえ不明なのだが、それでも確かなのは、世界は滅ばなかったという事実だった。

それがフェルドウェイの望み通りだったのかもわからないが、俺にとってはどうでもいい話である。

《――その後、星すら瞬かぬ宇宙を漂うように彷徨《さまよ》い、この世界の終わりを見届けたのです》

――シエルさんが何を言ってるのか、いまいち理解出来なかった……。

跳ばされた先が〝時の彼方〟で、そこから時間経過して〝時空の果て〟に至ったと？

世界の終わりを見届けたとか、何を言っているのかサッパリ不明であった。

というか、そんな状態で生きていられる訳がないだろう。

吐くならもっとマシな嘘を――と思ったところで、シエルさんは嘘を吐かないという事を思い出した。

たまに騙されたりしたが、それは嘘ではなく俺が勘違いした――というか、させられた――だけの話だし。

という事は、ここって本当に世界の終わり――!?

《はい、その通りです》

困ったものですね――というような、実に気軽な感じでシエルさんが頷いた。

俺としては、それどころではない。

理解が追い付いてくると、現状のヤバさが明確になってくる。

イヴァラージェは俺がいない隙に『フェルドウェイの思うまま、世界を滅ぼしてしまえばいい』とばかりに暴れたみたいだし、それで世界を滅ぼせなかったと聞かされても、よかったね、とはならないのだ。

えっと……、それって大丈夫なの……？

《やられました。まさか、あのような策を弄されるとは……》

嘘でしょ⁉

やっぱり、やられちゃったの？

以前、フェルドウェイがヴェルグリンドを跳ばした技だが、俺も同じ手でやられるとは思わなかった。

シエルさんには同じ手は通じないと、少しばかり過信してしまっていたようである。

そのシエルさんが負けを認めるなんて……。

《いえ、認めていません。今回は痛み分け、といった感じでしょうか？》

いやいや、「やられた」とか言うとる時点で負けとるやろがい。

《いいえ、気のせいです》

気のせいなわけ――って、もういいわ。

《それでは早速ですが、この後はどう致しますか？》

どうする、とは？

《長き時が経っていますので、『虚無崩壊』のエネルギーが膨大に貯まっています。ヴェルダナーヴァは世界を創造した事で『虚無崩壊』を失ったようですが、主様《マスター》には『虚数空間』があるので問題ありませんでした》

何が問題ないというのか。

問題だらけだと思うのだが……。

俺の『虚数空間』は無限に広がっているらしく、世界を何万回でも再構築出来るほど充填されているのに、まだ満たされていないのだそうだ。

それがどう関係あるのかと思っていたら、シエルさんがとんでもない事を言い出した。

《――主様《マスター》にかかわった者達の全ての記憶と、世界環境を再現して、限りなく当時と近い世界を意図的に生み出す事も可能です。どうされますか？》

えっ……？

シエルさんに問われ、俺は絶句した。

そうか――と、理解する。

全てが終わってしまった後では、もう何も出来ないのだ、と。

そう、ここは最果て。

全てが終わった後の世界なのだ。


俺が生きていた時代、ベニマルやシュナ、シオン、テンペストの仲間達、ディアブロや悪魔達、ギィや魔王達、ミリムやラミリス、ヒナタ達、その他大勢の、俺が愛した者達は全て、今の世を見渡してもどこにも存在しないのだと――俺はようやく理解した。

つまり、それは敗北同然で――

《いいえ、それは違います。主様《マスター》が生きていますし、それに――》

確かに、俺は生きている。

全てを再現させて、何事もなかったかのような顔をして、平和に暮らす事だって出来るのだろう。シエルさんが出来ると言うのだから、それは間違いない。

でも、それでは意味がなかった。

俺が愛していた者達を守れなかった世界で、たった一人だけ生き残っても、嬉しくも何ともない。喜びも悲しみも、全ての感情を共に感じられる仲間達がいないのならば、生きている意味が失われたようなものだった。

たとえそれが、限りなく同じ記憶を有していて、DNAすらも完全に同一の者なのだとしても、俺がこの手で生み出してしまったのならば、それを本人であると言い張るのは不可能だ。

今までと同じように付き合っていけるほど、俺の神経は図太くないのである。

神の如き視点で、何か気に喰わない事があったら簡単にやり直せる世界——そんなのは、まやかしだ。

俺の望みとはかけ離れた、地獄のような世界に違いなかった。

シエルさんは合理的に、俺が望む新しい世界を構築すればいいと考えているようだが、そんなのは出来っこないのである。

確かにそれは、表面的に見れば正解なのだろう。

数字上なら辻褄が合っているのかも知れないし、何の問題もないと言えるのかも知れない。けれど、それでは納得いかなかった。

都合のいいリセットボタンなどないのだ。


現実は、ゲームとは違うのである。

感情的だと笑わば、笑え。

俺の孤独を癒す為だけに、まやかしのように死んだ仲間を蘇らせるだと？

そんな真似は、死んでも御免であった。

俺は我侭《わがまま》だと自覚している。

だがだからこそ、自分に都合の良いだけの世界を生み出す事を認める訳にはいかないのだ。

そんな世界では、俺という存在そのものが腐って死んでしまうだろう。

過去に縋って自分を慰めるくらいなら、誇りある孤独を選択する方がマシであった。

《やはり。主様《マスター》ならばそう答えるだろうと、私も予想しておりました》

だったら余計な提案をするな——って、ん？

俺は怒りのままに叫びかけたのだが、シエルさんは逆に、とても嬉しそうだった。

熱くなりかけた心に、冷や水をぶっかけられたような感覚。

この、してやったりと言わんばかりの反応は、何だか覚えがあったのだ。

それは、シエルさんが悪巧みしている時によく見せた記憶が……。

俺の考えは大正解だった。

シエルさんが、ここ一番のとんでも発言をぶちかましたのだ。

《先程も言いかけましたが、主様《マスター》は負けていません。今から過去に戻って、フェルドウェイを倒してしまえばいいのです》

事もなげに、シエルさんがそう告げる。

過ぎ去った過去に戻って？

今から倒しに行けばいいですと⁉

そんな事が出来る訳がない——と、俺は思った。

クロエは未来の記憶を読み取れる『時間跳躍《タイムリープ》』が可能みたいだったが、あれはあくまでも過去の自分へと戻れる能力だ。

それに、時間が停止している中では使えない。

この〝時空の果て〟では時間も流れていないので、多分クロエでも過去には戻れないだろう。

——と思った俺に、シエルさんが囁くのだ。

《こういう事もあろうかと、『時空間跳躍《タイムワープ》』を開発しておきました》

……タイム、ワープ？

時間歪曲と空間歪曲を合わせて、好き勝手な移動を可能とする、みたいな？

《その認識で、大体合ってます》

……。

めちゃめちゃじゃないですかね？

物理法則が乱れる、どころの話じゃない。

それって、空間移動系でも類を見ないほど万能な権能ですよ。

マイの『瞬間移動』も凄かったが、それよりも優れてるじゃないか。

《その古城舞衣《マイ・フルキ》が所有していた、究極付与《アルティメットエンチャント》『地形之王《ワールドマップ》』ですが、ミカエルの吸収時に回収してあります》

は、はあ？

どうしてそういう大事な話を、こういう状況になっちゃうまで黙ってたんですかね!?

そう憤慨した俺だったが、シエルさんの反応は冷たいものだった。

《説明しました。ですが主様《マスター》はレインとの会話に気を取られて、私の話を聞いて下さらなかったのです》

おっと？

急に雲行きが怪しくなってきたぞ。

レインとの会話というと、絵画の取引の時かな？

いや、確かに……ミカエルを吸収した後にも、何度かレインと交渉した時があったけど……。

ひょっとすると俺が悪い流れだが、ちょっと待って欲しい。

どうしてそういう大事な時に、こんな重要な説明を行おうとしたんだ!?

絶対に嫌がらせだよね？

《違います。断じて》

俺は絶句した。

倒置法まで使って否定するとか、余計に疑わしいんですけど？

今回、俺を試そうとした件だって、その時の意趣返しな気がしなくもないし……。

しかし、この件を追及するのは、自殺行為に等しい気がしなくもない。

それよりも今は、ここからどうやって戻るのかが大事だった。

　俺は都合の悪い真実から目を背けるように、これからについて目を向ける事にしたのだった。

＊

　マイの権能を回収して研究した結果、万能の『時空間跳躍《タイムワープ》』の開発に成功した——と、シエルさんは自信満々だ。

　どうやらこの『時空間跳躍《タイムワープ》』とは、実に凄い権能みたいだった。

　マイの『地形之王《ワールドマップ》』が原型となっているらしいが、それに含まれていた『瞬間移動』が、未完成ながらも可能性の塊だったのだと。

　その本質は『一度行った事のある場所へ、好き勝手に移動する能力』ではなく、『あらゆる時空を超えて、望む場所へと到達する能力』だったのだそうだ。

　マイでは力不足で、その本領を発揮出来ていなかったらしい。

　ところが俺の場合、反則的な『時空間支配』を有している上に、シエルさんが言っていたように計測不可能なほどの膨大なエネルギーを蓄積している訳で……確かに、この『時空間跳躍《タイムワープ》』を使いこなせるだけの条件が揃っていたのだった。

《時間と空間を支配する主様《マスター》ならば、時を超える事など容易い事なのです》

　と、シエルさんが自慢そうに言う訳である。

　最初から、俺が何を望んでいるのかを、全て見通していたのだろう。

　という事で、どうやら本当に戻れそうであった。

《問題ありません。〝魂の回廊〟で繋がる者が多数いるので、この地点の時空間座標も把握済みです》

　ほ、ほほう？

つまり、簡単に戻れると？

《簡単ではありませんが、まあ、戻れます》

それなら安心だ。

考えてみれば、新たな世界を創造するよりも、難易度としては低そうだしな。

シエルさんがいれば、俺も安心というものだった。

それじゃあ、さっさと戻ろうぜ、と思ったのだが
――

《少しお待ち下さい。せっかくなので、ギリギリまで情勢を見極めた上で、敵を一網打尽にすべきかと愚考します》

……それって、本当に愚考にならないだろうな？

手違いで犠牲が出ました、じゃあダメなんだぞ？

《重々承知しております》

相変わらず、シエルさんは自信満々だ。

フェルドウェイの策にしてやられたばかりだというのに、まるで揺らがないのだから大したものである。

というか、その策だって……果たして、本当に〝時空転送〟を受けなければならなかったのだろうか？

自分で――つまりは俺が――直接体験した事で、シエルさんも〝時空跳激震覇《クロノサルテーション》〟の完全解析を果たしたそうなのだ。

ワザとじゃないよね？

と思ってしまうのは当然で、しかもシエルさんの話を聞けば聞くほど、そう疑わざるを得なかった。

《どうせ好きなタイミングで戻れるのですし、この機会に主様《マスター》も、権能の把握を行ってみてはどうでしょう？　例えばこれ――》

とまあ、これでもかと権能自慢をし始めたからだ。

いや、実際には「逃げろ」と忠告してくれたくらいだし、ワザとではなかったというのは理解しているん

だが、結果的にはシエルさんの都合のいいようになっている。

その超強運を見習いたいほどだと、俺は密かに思ったのだ。

それから俺は、しばらくの間、シエルさんの話に付き合う事になってしまったのだった。

俺と二人だけなのに、シエルさんは生き生きとしていた。

俺に応える声には、隠し切れない歓喜が滲み出ていたのだ。

時間はいくらでもあるとばかり、アレもコレもと権能の解説をしてくれたのである。

むしろ、シエルさんにとってはこの状況こそが幸せなんじゃないかと、そう思えてしまうほどのはしゃぎっぷりだった。

それはとても珍しい光景で……。

だが、考えてみれば当然なのかも。

俺は今さっき目覚めたばかりだが、シエルさんは数え切れぬほどの時を、それこそ永遠とも思えるほどの永き間、俺が目覚めるのを待ち続けていたのである。

一人、孤独に……。

それはもう、強メンタルどころの話ではなかった。

俺なら耐えられない自信があるので、シエルさんは本当に凄いと思う。

凄いの一言で済ましていいレベルではないような気もするが、俺の語彙が少ないのだから許して欲しい。

ともかく、俺はシエルさんの話に付き合った。

そして、今の俺に何が出来るのかを正確に把握し、今後に備える事になったのである。

切羽詰まっていたはずなのに、時間はたっぷりとあった。

いや、正確に言えば時間が流れていないのだから、〝たっぷりと〟どころかゼロである。それでも平気なのだから、俺もかなりおかしな存在になってしまったみたいだった。

そんな訳で、準備万端。

時間が流れていないと扱えない権能の方が多いので、

ぶっつけ本番となる場面も多そうなのだが、それでも俺の不安は消え去っていた。

やられた借りは返さねばならない。俺は負けず嫌いなのだ。

もう、負ける気はしなかった。

操られているミリムも解放してあげなきゃだし、やるべき事は多い。さっさと行って、フェルドウェイをサクッと倒してしまうとしよう。

＊

そうして俺は『時空間跳躍《タイムワープ》』を初めて体験して――ゴンッ――と、何かを跳ね飛ばしたような感覚があった。

ん？

もしかして、初心者運転にありがちな、事故ったとか？

《気のせいです》

あ、そう？

俺が何かを言うより先に、シエルさんがそう断言した。

そう言うのなら、そうなのだろう。

俺達が通った〝時空の歪曲路〟を跳ばされていったみたいだけど、多分、亜空間に漂っていたゴミだろうし、シエルさんが気にしていないのなら大丈夫だ。多分。

初めて実行する『時空間跳躍《タイムワープ》』だったから、軽くミスしちゃったのかもね。

まあ、そういう事もあるだろうと、俺は気にしない事にした。

それじゃあ気を取り直して――

「行くぞ！」

《御心《イエス》のままに、我が君主《マイロード》――‼》

俺の命令にシエルさんが応える。

いつものように簡単に、それは当たり前の事だった。シエルさんが俺の事を、絶対的に信頼してくれているのが感じられた。

その気持ちを裏切らないように心に刻み、俺は俺が正しいと思える世界を選択する。

また失敗するかも知れないが、もはや俺に敗北はない。

そろそろ不幸の連鎖を終わらせて、明るい未来を築こうじゃないか！

そんなふうに考えながら、俺は皆が待つ過去へと向けて『時空間跳躍《タイムワープ》』したのだった。

あとがき

お待たせしました！　21巻のお届けとなります。

今回も皆様に喜んでもらえたら嬉しいのですが、作品を届ける瞬間が一番緊張しますね。

ちなみに、書き終えた原稿を読んで、担当Ｉ氏が一言。


「これ、絶対に次巻で終わらないでしょ？」


僕はね、それを聞いて言ってやりましたよ。

まだ諦める時間じゃない、ってね！


「諦めていないのは、伏瀬さんだけですよ」


というのが、担当Ｉ氏の切り返しでした。

最近、剃刀《カミソリ》Ｉ○という綽名《あだな》をつけられているだけあって、キレッキレのツッコミでしたね。

そう呼んでいるのは伏瀬さんだけです！　という幻聴が聞こえてきますが、それは気のせいという事で。

アニメプロデューサーの杉Pも「次の一冊で終わらせるのは無理ですよね！」と、読んだ直後にメッセージを下さいました。疑問形ではなく笑顔の断定口調だったのが、とても印象的でした。

やれやれ、皆さん何を言っておられるのやら。解せぬ思いでいっぱいでしたよ。

ですが……。

残るイベントを書き出したら……アレとアレとアレと……ふーむ。

おや？

風向きが変わりましたね。

まあね。

最終巻なので、めっちゃ分厚くなるのもアリでしょうとも。

もしくは——

22巻・上　○○編
22巻・下　○○編
とすれば、次の巻で終わらせられるかも？

世の中には上・中・下が終わってから、完結編1〜と続いた作品だってあるのですから、手段は幾通りも用意されているものなのですよ！

まあ、冗談はこのくらいにして。

実際のところ『次の巻で終わらせたい』というのが本音ではあります。ですが、残るイベントから逆算していくと、ちょっとだけ文章量が増える可能性が否定出来ません。

最終巻ともなると書き残しを出せませんし、一気に書き上げたいという思いもあります。

そんな訳で、書き終えてから考える!!

次巻が一冊になるかどうかは確約出来ないですが、次回で完結させるつもりで頑張る所存です。

これから完結に向けて、より良い構想を練ろうと思います。次巻も皆様に楽しんでもらえるように頑張りますので、最後まで応援して下さい！

それでは、また次巻でお会いしましょう!!

GC NOVELS

転生《てんせい》したらスライムだった件《けん》 ㉑

2023年11月5日　初版発行

著者　伏瀬《ふせ》
イラスト　みっつばー

発行人　子安喜美子

編集　伊藤正和

装丁　横尾清隆

印刷所　株式会社平河工業社

発行　株式会社マイクロマガジン社
〒104-0041　東京都中央区新富1-3-7　ヨドコウビル
[販売部]TEL 03-3206-1641／FAX 03-3551-1208
[編集部]TEL 03-3551-9563／FAX 03-3551-9565
https://micromagazine.co.jp/

ISBN978-4-86716-488-4　C0093

本書は小説投稿サイト「小説家になろう」(https://syosetu.com/) に掲載されていたものを、加筆の上書籍化したものです。

ファンレター、作品のご感想をお待ちしています！

宛先
〒104-0041　東京都中央区新富1-3-7　ヨドコウビル
株式会社マイクロマガジン社　GCノベルズ編集部
「伏瀬先生」係　「みっつばー先生」係

死亡エンド!?
『転生したらスライムだった件』
コラボキャンペーン開催!!
『かませ犬から始める
天下統一』一巻（初版）
を購入し応募すると、
コラボクリアファイルが
もらえる!
好評発売中!
B6判／定価1,320円（本体1,200円＋税10%）

寝落ち後《のち》、
ラスボスによる
原作下剋上譚、
開幕！
GC NOVELS
かませ犬から始める
天下統一
1
人類最高峰のラスボスを演じて原作ブレイク
Yayoi Rei
弥生零
Illustration
狂zip

突然ですが転スラ読者の皆様
モンスターの肉を食べるメリットをご存知ですか？
メリット① 美女が師匠になります
鬼より怖いけどね!?
メリット② 頼もしい仲間ができます
大陸統一って何!?
メリット③ 食事に一生困りません
こんなの普通死ぬからな!

なんでこんなことに……
メリット④
王になれます
最狂の勘違いファンタジー誕生！
「モンスターの肉を食っていたら王位に就いた件」
GCN文庫
駄犬 イラスト／芝
絶賛発売中

「美人でお金持ちの彼女が欲しい」と言ったら、ワケあり女子がやってきた件。
モンスターの肉を食っていたら王位に就いた件
クラスメイトの元アイドルが、とにかく挙動不審なんです。
魔女と傭兵
恋も青春も、ファンタジーも。
GCN文庫
最新情報はコチラ!
https://gcnovels.jp/gcnb
放課後の迷宮冒険者
～日本と異世界を行き来できるようになった僕はレベルアップに勤しみます～
「人斬り」少女、公爵令嬢の護衛になる
世界で一番『可愛い』雨宮さん、二番目は俺。
ハブられルーン使いの異世界冒険譚
'23年12月発売!
毎月20日頃発売

純粋で素直な
小さな少年の
冒険ライフ！
冒険
スライムから逃げる！
先輩に可愛がられる！
お掃除クエスト
薬草採取
キリ…12歳
冒険者 希望です
①〜②巻
好評発売中！
「冒険者ギルドが十二歳からしか入れなかったので、サバよみました。」
コミックライドにて、
https://www.comicride.jp/
コミカライズ連載中！
冒険者ギルドが十二歳からしか入れなかったので、サバよみました。
KAME
ox
01

GC NOVELS 話題のウェブ小説、続々刊行!